선이 언니

선이 언니

초 판 1쇄 2025년 07월 22일

지은이 김정아
펴낸이 류종렬

펴낸곳 미다스북스
본부장 임종익
편집장 이다경, 김가영
디자인 임인영, 윤가희
책임진행 김요섭, 이예나, 안채원, 김은진, 이예준

등록 2001년 3월 21일 제2001-000040호
주소 서울시 마포구 양화로 133 서교타워 711호
전화 02) 322-7802~3
팩스 02) 6007-1845
블로그 http://blog.naver.com/midasbooks
전자주소 midasbooks@hanmail.net
페이스북 https://www.facebook.com/midasbooks425
인스타그램 https://www.instagram.com/midasbooks

© 김정아, 미다스북스 2025, *Printed in Korea*.

ISBN 979-11-7355-315-8 03810

값 19,000원

※ 파본은 구입하신 서점에서 교환해드립니다.
※ 이 책에 실린 모든 콘텐츠는 미다스북스가 저작권자와의 계약에 따라 발행한 것이므로 인용하시거나 참고하실 경우 반드시 본사의 허락을 받으셔야 합니다.

미다스북스는 다음세대에게 필요한 지혜와 교양을 생각합니다.

선이 언니

김 정 아
장편 소설

다섯 번째 계절, 온전한 선이의 시간

상실을 껴안고 끝내 가족을 지켜낸
지독한 계절을 건너온 한 소녀의 인생

미다스북스

나의 선이 언니에게

그리고

자신의 이름을 잃고

가족을 위해 헌신한 사람들,

그 시대를 살아낸 수많은 선이에게

존경과 찬사를 담아 이글을 바칩니다.

목차

— 005   나의 선이 언니에게

1부 그 바닷가 담배 가게 아가씨

— 011   1. 사라진 엄마-
— 020   2. 검은 리본을 단 액자
— 028   3. 아버지의 눈물
— 036   4. 배우지 못한 죄
— 041   5. 어둠 속의 그림자
— 048   6. 계모
— 054   7. 남겨진 아이들
— 063   8. 열여덟 살 엄마
— 071   9. 처녀 선생님
— 081   10. 2대 독자
— 090   11. 너에게는 꽃길만
— 097   12. '기다려.'라는 아픈 말
— 106   13. 선이 언니
— 113   14. 노란 별이 쏟아져 내려
— 121   15. 너의 자리는 어디에
— 127   16. 시집가는 날

2부 흰 쌀 꽃 나무집, 쌀밥 퍼주는 부인

- 135   1. 붉은 노을이 물들 때면
- 143   2. 가장이라는 자리의 무게
- 155   3. 엄마 없는 죄
- 162   4. 산 넘어 산
- 169   5. 닮고 싶은 부인
- 176   6. 타오르는 욕망
- 186   7. 귤 바구니를 끼고 사는 여편네
- 194   8. 겨울 바다에서 울고 다니는 여자
- 204   9. IMF의 그늘
- 212   10. 마지막은 예고 없이
- 218   11. 목숨값
- 230   12. 젊은 미망인
- 237   13. 빨간 크리스마스
- 245   14. 악몽
- 259   15. 종이 조각 따위
- 269   16. 피의 고리
- 277   17. 다섯 번째 계절

- 290   작가의 말

1부

1978.8.14. 그날 밤은 유독 거센 비바람이 휘몰아쳤다. 마실 다녀오겠다며 집을 나간 엄마는 밤새 돌아오지 않았다.

그 바닷가 담배 가게 아가씨

1
사라진 엄마

선이네 집은 마을 회관이 있는 골목 맨 꼭대기에 있었다. 기와지붕을 이고 돌담을 경계로 늘어선 집들을 지나, 회색 시멘트벽에 길쭉길쭉한 슬레이트 지붕을 얹은 조그마한 집이었다. 그 집은 동네에서 흔치 않은, 누가 봐도 마을 분위기에 스며들지 못한 이방인의 모습을 하고 있었다. 지은 지 얼마 되지 않아 덜 마른 듯한 회색 벽에는 시멘트 냄새가 풀풀 날 것 같았다. 두 쪽 창을 합해도 베개 하나밖에 안 되는 작은 창이 그나마 사람 사는 집임을 알려주었다. 작고 나지막한 집에는 젊은 엄마와 육 남매가 바글거리며 끼어 살았다.

복작복작한 열기가 집안에 가득 들어 찬 8월의 어느 날이었다. 해는 중천을 넘어 서쪽 산봉우리에 걸려 있었고, 벌겋게 물든 하늘 위로 시커먼 먹구름이 스치듯 지나갔다. 선이는 김이 모락모락 나는 수제비 한 그릇을 들고 부엌에서 마당으로 나왔다. 엄지와 집게손가락으로 양은그릇 끝을 잡고 살금살금 걷는 모습이 마치 광대가 외줄 타듯 조심스러웠다. 마당에는 밭을 경계로 큼지막한 돌들이 우둘투둘 박혀 있었다. 선이는 평평한 돌을 골라 그 위에 잽싸게 그릇을 내려놓았다. 그러고는 나지막한 돌덩이에 엉덩이를 걸치고 앉았다. 뜨거운 해가 산 너머로 기울어질 무렵, 저녁이라기에는 한낮같이 밝았다. 선이 뒤를 이어 차례로 마당에 둘러앉은 육 남매는 서로 마주 보며 연거푸 숟가락질을 해댔다. 무엇이 그리 즐거운지 입에 문 수제비를 다 삼키지도 않고 조잘거렸다. 행동이 재빠른 선이가 먹는 것도 빨랐다.

선이는 제일 먼저 그릇을 비운 뒤, 앉은 자리에다 빈 그릇을 내려놓았다. 아직 숟가락을 놓지 못한 형제들을 쭉 둘러보고서는 웃기는 얘기를 들려주겠다며 마당 한가운데로 일어서 나왔다.

- 너거 내 좀 봐 보레이. 아랫집 광수 오빠가 서울 물 좀 뭇다고 요리요리 걷더마.

선이는 한쪽 주머니에 손을 찌르고 위아래로 형제들을 훑어보며 거드름을 피우는 척했다. 선이는 턱을 치켜들고 엉덩이를 씰룩거리면서 마당을 걸어 다니며 광수 오빠 흉내를 냈다. 그 모습을 보고 형제들은 웃음을 참지 못하고 깔깔거렸다. 선이는 팔짱을 끼고 한쪽 다리를 건들거리며 비딱하게 말했다.

- "선이야아! 밥 먹었니이?" 하고 광수 오빠 말끝마다 혀가 꼬부라지는 게 웃기지도 않더마. 그래서 나도 서울말로 "먹었어으."라고 했다아.

선이는 영락없이 광수 오빠를 빼닮아 보였다. 선이를 지켜보던 오빠와 언니들이 배꼽을 잡고 웃어 재꼈다. 입안의 수제비가 허연 파편이 되어 이리 튀고 저리 튀었다. 그 모습을 보고 서로 더럽다며 손사래를 치면서 또 깔깔댔다. 선이는 신이 나 말마다 혀를 굴리고 끝음을 올렸다. 선이가 흉내 내고 있는 아랫집 광수 오빠는 서울에서 양장점에 다니다가 얼마 전 고향으로 돌아왔다. 가수가 꿈인 선이는 서울에 가보는 것이 소원이었기에 속으로는 서울에 살다 온 그 오빠가 부러웠다. 선이는 노래 잘하기로 동네 소문이 자자했다. 국민학교 때부터 학교 행사마다 무대에서 독창했고, 운동회 때는 선이가 부른 노래에 맞춰 전교생이 체조하거나 무용을 하기도 했다. 담임 선생님이 먼 도시에서 열리는 노래대회에 데리고 다닐 정도로 선이의 노래 실력은 빼어났다. 선이와 같은 국민학교에 다니던 막내는 그런 언니가 자랑스러웠고 친구들의 부러움을 한 몸에 받았다. 막내의 단짝인 영숙이는 선이 언니 같은 언니가 있으면 소원이 없겠다고 외동딸인 자신의 처지를 속상해했다.

선이는 육 남매 중 셋째 딸이었다. 아담한 키에 맑고 검은 눈동자는 호수처럼 깊었고, 도톰한 입술은 붉고 앙증맞았다. 선이는 그 무엇보다 가수가 되고 싶었다. 눈만 뜨면 가수 혜은이의 노래를 입에 달고 살았다. 동네 어른들은 앉은 자리마다 선이를 불러 노래를 시켰다. 그럴 때마다 선이는 빼지 않고 달려가 두 손을 모아 배꼽에 붙인 채, 고개를 양쪽으로 천천히 기울여 리듬을 타며 노래를 불렀다. 입을 동그랗게 오므려 목소리를 뽑아낼 때면 어른들은 입을 해벌쭉 벌리고 감탄을 자아냈다.

― 선이야! 니는 서울 가서 꼭 가수해라이! 니 목소리는 하늘도 울고 갈 끼구마.

동네 사람들은 '어린것이 어찌 저리 맑고 구슬픈 소리를 낸다냐?'며 입을 모았다. 선이는 남들 앞에서 노래하는 것이 좋았다. 언젠가는 텔레비전에서 본 가수 혜은이를 만나러 서울에 가리라는 꿈을 안고 살았다. 마을에 한 대밖에 없는 흑백 텔레비전은 선이 친구 미순이네 집에 있었다. 저녁을 먹고 날이 어두워지면 마을 사람들은 전설의 고향이나 김일이 나오는 레슬링을 보려고 미순이네 마당으로 모여들었다. 미순이네 엄마는 텔레비전이 있는 안방 문을 열어젖히고 마당에 커다란 명석을 깔아 놓았다. 사람들이 앉을 자리를 미리 마련해 놓고, 서둘러 자식들에게 저녁을 먹이고, 어린 막내에게 젖을 물렸다. 저녁 해가 떨어지기도 전에 텔레비전을 보겠다고 몰려오는 동네 아이들 때문에 성가셨지만, 딸이 넷이다 보니 찾아오는 또래 친구들을 모른 척할 수도 없는 노릇이었다. 선이는 아버지가 외국에서 사 온 연필을 몰래 미순이에게 쥐여주고 미순이가 선심 쓰듯 내어준 앞자리를 차지할 수 있었다. 그렇게 밤마다 동네 사람들은 내 집처럼 한데 둘러앉아 텔레비전을 보곤 했다.

그날 저녁, 엄마는 배가 고프지 않다며 저녁을 먹지 않았다. 산 너머 꼬리를 내리는 해가 눈이 부셨는지 한 손을 이마에 대고 마루에 걸터앉아 있었다. 엄마는 속옷이 비치는 흰색 블라우스를 월남치마 위로 꺼내 입은 편한 차림이었다. 흰색 블라우스에는 자잘한 파란 꽃들이 수놓여 시원해 보였다. 엄마는 물끄러미 육 남매를 바라볼 뿐 말이 없었다. 자식들의 모습을 바라보던 입가에 문득 희미한 웃음이 지나가기도 했다. 그렇게 넋 놓고 앉아 있던 엄마는 불현듯 머리에 쓴 수건을 벗어 치마를 툭툭 털며 자리에서 일어섰다. 그러고는 동네 마실 다녀오겠다며 황급히 집을 나섰다.

- 엄마! 어디 가는데?
- 아랫집에 놀다 오꺼마.
- 아지매들하고 또 술 마시면 아부지한테 다 일러주끼다아. 빨리 집에 온나!

 선이가 앙칼진 목소리로 불렀지만, 엄마는 뒤도 돌아보지 않고 대문 밖으로 사라졌다. 선이는 연극이 끝나버린 무대처럼 엄마가 사라지자, 흥이 깨졌다. 저녁도 다 먹었겠다, 언니들과 방에 들러붙어 누워 또다시 조잘거렸다.
 그날은 선이의 열네 번째 생일이었다. 좁은 방 안에는 낮에 선이가 동네 친구들을 불러 모아 언니들이 사온 선물을 자랑하고 나눠 먹은 과자봉지며, 꺼내 놀았던 한복들과 보자기들이 뒤엉켜 구석에 처박혀 있었다. 선이는 텔레비전에서 본 사극을 따라 연기 놀이를 하느라 엄마의 몇 안 되는 한복과 보자기들을 헤집어 놓았고, 남의 집 밭일하고 돌아온 엄마는 집구석을 온통 다 뒤집어 놓았다며 선이를 나무랐다. 엄마의 잔소리에도 아랑곳없이 선이는 틈만 나면 친구들을 불러 모아 역할을 정해주고 대사를 시키며 연속극 놀이를 주도했다. 선이는 텔레비전을 통해 본 세상을 동경했다. 서울에 가고 싶은 열망에 하루에도 몇 번씩 상상의 나래를 펼쳤다. 중학교 2학년 여름방학을 그렇게 꿈에 흠뻑 젖어 지냈다.

 언니들과 시간 가는 줄 모르고 떠들다 보니 사방에 어둠이 깔렸다. 일순간 방문 창호지에 번쩍하고 빛이 들었다가 빠르게 지나갔다. 그러더니 쾅쾅하고 지붕이 떠나갈 듯 천둥번개가 내리쳤다. 시멘트를 발라 만든 좁은 마루는 삽시간에 물바다가 되었다. 빗방울이 방문 창호지에 타다닥 튀었다. 빗줄기는 갈수록 더 굵어졌다. 선이는 우산도 없이 나간 엄마가 걱정되어 우산을 챙겨 빗속을 나섰다. 엄마가 찾아가는 곳이라야 아랫집 아니면 그 옆집 정도였다. 바람이 불어 우산이 휘청거렸다. 선이는 두 손으로 우산대를 움켜잡고 몸을 오그려 땅바닥을 기다시피 걸었다. 아랫집을 찾아갔으나 그곳에 엄마는 오지 않았다고 했다. 담을 돌아 그 옆집으로 들어갔다.

- 아지매! 우리 엄마 여기 왔습니꺼?

선이는 마루에 반쯤 기어올라 목청이 터져나갈 듯 소리쳤다.

- 너거 엄마 아까 집 간다고 나갔는데 집에 안 왔더나?
- 예에. 집에 안 왔어예. 어디 들른다는 말은 없었습니꺼?
- 그런 말은 없었다이. 비가 이리 퍼붓는데 어디로 갔을꼬?

두 집을 다 찾아가 봤지만, 엄마는 없었다. 이른 저녁에 벌써 다녀갔다고 했다. 돌아서 나오던 선이는 세차게 쏟아지는 빗속에 정지선을 지키듯 우두커니 멈췄다. 혼란스러웠다. 엄마의 행방이 그려지지 않았다. 형제들에게 엄마의 부재를 빨리 알려야 한다는 생각이 퍼뜩 떠올랐다. 그러자 선이는 누가 쫓아오기라도 하듯 앞만 보고 내달렸다.

- 오빠! 언니야! 엄마가 어디 갔는지 아무 데도 없다아. 빨리 나와 봐라이!

빗속을 뚫고 달려온 선이는 허리를 반쯤 꺾고 가쁜 숨을 몰아쉬었다. 선이의 고함에 동시에 두 개의 문이 열렸다. 작은 방에서 뛰어나온 오빠는 눈이 휘둥그레져 놀란 소처럼 눈알을 굴렸다. 그러다 갑자기 무슨 계시라도 받은 사람처럼 민첩하게 부엌으로 달려갔다. 지어미 닮아 느려터졌다고 아버지에게 구박받던 오빠가 아니었다. 오빠는 부엌 벽에 걸려 있는 검은 비옷을 걸쳐 입고 머리끝까지 모자를 덮어쓰고는 끈을 잡아당겨 목에다 단단히 여몄다. 그러고는 빗속을 향해 뛰어들며 큰 소리로 말했다.

— 내가 윗동네로 가 보꺼마! 너거는 아랫동네로 가서 찾아봐라이! 알았제?
— 그러께. 오빠도 어두운데 단디해라. 엄마는 이 비 오는데 도대체 어디로 갔노? 참말로!

큰언니의 말이 떨어지기가 무섭게 오빠는 빗속을 뚫고 달렸다. 플래시에서 쏟아져 나온 빛이 사방으로 퍼졌다. 동그란 빛에 드러난 빗줄기는 빼곡히 들어찬 대나무 가지처럼 빈틈없이 내리꽂혔다. 오빠는 아버지와 함께 원양어선을 타러 간 조 씨 아저씨를 떠올리고 그 아주머니 집으로 달려가고 있었다. '제발, 엄마! 거기 있어야 된다아.' 오빠는 달리며 엄마가 그곳에 있기를 빌고 또 빌었다. 그러나 그곳에도 엄마는 없었다. 온 적도 없다고 했다. 머릿속이 하얘졌다. 오빠는 지체할 새 없이 다시 아랫마을을 향해 내달렸다. 심장이 터질 것만 같았다. 쏟아지는 눈물은 닦을 새도 없이 빗속으로 흩날렸다.

집에 남아 동생들을 맡아보던 선이는 기다려도 아무 소식이 없자, 큰집 어른들에게 도움을 청해야겠다고 생각했다.

― 막내야! 내는 큰집에 가서 큰어무이한테 엄마 찾아달라고 하꺼마! 막내 니는 옥이 잘 보고 있어라이.

막내는 겁먹은 얼굴로 말없이 고개만 끄덕였다. 금방이라도 눈물이 터져 나올 것 같은 눈망울로. 그 시각, 큰언니와 둘째 언니는 부둣가로 이어진 길을 향해 정신없이 뛰었다. 칠흑 같은 어둠 속에 땅이라도 뚫을 기세로 빗줄기는 더 세차게 퍼부었다. 비탈진 골목길을 따라 구석구석 플래시 빛이 난무했다. 밤늦도록 오지 않는 엄마를 찾아 선이와 형제들은 온 마을을 이잡듯 뒤졌다. 엄마는 초저녁에 이웃집에서 놀다 집으로 갔다고 했다. 그 한마디 단서만으로 깊은 밤 이리 뛰고 저리 뛰는 발길들은 비에 젖어 흩어 다녔다.

― 엄마! 엄마! 어디 갔노? 대답 좀 해봐라이.
― 밀양댁! 밀양댁!

종가집 맏며느리인 큰어머니는 선이와 함께 엄마를 부르며 찾아다녔다. 동네 어른들은 엄마를 밀양댁이라 불렀다. 밀양에서 시집왔다고 그리 부른다고 했다. 사람들이 흩어져 목이 터지라 엄마를 불렀지만, 퍼붓는 빗소리에 묻히고 말았다. 엄마가 갈만한 집들을 다 돌고도 행여나 마을 어귀며 선착장, 아랫마을로 난 골목마다 샅샅이 뒤졌으나 엄마의 모습은 온데간데없었다. 집마다 엄마를 찾는 소식이 전해졌고 마을 사람들은 삼삼오오 그 대열에 합류했다.

빗길을 헤매다 젖은 솜뭉치처럼 무겁게 지쳐버린 새벽녘, 형제들은 모두

집으로 돌아왔다. 축 처진 몰골로 패잔병의 모습을 하고서. 큰어머니는 검은 수심이 가득한 낯빛으로 "날 밝으면 다시 찾아보자이. 이러다 너거 다 감기 걸리겄다. 별일 없을 끼구마는." 끝이 내려앉는 그 말은 그다지 힘이 실리지 않았다. 눈 좀 붙이라며 어른들은 집으로 돌아갔다.

세상 온갖 것들을 다 집어삼켜 버릴 듯한 어둠을 뚫고 쏟아지는 성난 비에 맞서, 엄마를 찾겠다는 결의는 항복하고 말았다. 선이는 흐느끼기 시작했다. 저녁에 집을 나서는 엄마 뒤통수에다 대고 '아지매들하고 또 술 마시면 아부지한테 다 일러주끼다아.' 그렇게 말한 자신을 후회했다. 엄마가 없는 밤이 처음인 육 남매는 아무도 쉽게 방으로 들어가지 못했다. 비에 젖은 병아리 꼬락서니를 하고 마루에 쪼그리고 앉아, 어둠 속을 노려보고 있었다. 엄마가 나타날지도 모른다는 실오라기 같은 희망을 놓지 못하고서.

2
검은 리본을 단 액자

날이 밝았는지 평소와 달리 바깥이 소란스러웠다. 예사롭지 않은 기운이 맴돌았다. 밤새 엄마를 기다리다 지쳐 육 남매는 잠든 죄밖에 없었다. 선이는 눈을 비비며 비스듬히 방문을 열었다. 불길한 예감은 틀리지 않았다. 이른 아침부터 큰아버지가 손수레를 끌고 마당으로 들어오고 있었다.

― 아이고오! 이것들아, 너거 엄마가 죽었다이! 이 어린것들을 우짜라꼬!

큰아버지의 울음에 찬 부고였다. 선이는 귀를 의심하며 방문을 벌컥 열어젖히고 맨발로 뛰어나갔다. 선이는 큰아버지가 마당 한쪽에다 덮어놓은 가마니를 들쳤다. 물에 젖어 퍼런 엄마가 뻣뻣하게 누워 있었다.

― 엄마! 엄마! 눈 좀 떠봐라아! 엄마, 엄마!

선이는 꼼짝하지 않는 엄마의 몸을 세차게 흔들고 두 손으로 양쪽 뺨을 쳐댔다.

― 엄마, 제발 눈 좀 떠 봐라! 제바알!

선이의 울음소리에 뛰어나온 오빠와 언니들이 차례로 엄마의 몸 위에 얼굴을 묻고 통곡했다. 손끝에 닿는 엄마의 살갗이 얼음처럼 차고 나무토막같이 딱딱했다. 여리디여린 흰 살은 시푸르죽죽하게 굳어 있었다. 형제들이 엄마의 몸을 흔들자, 젖은 머리카락이 굽실굽실 살아 흔들릴 뿐 엄마는 미동이 없었다. 죽은 엄마를 붙들고 떨어지지 않으려는 선이와 형제들을 큰어머니가 방 안으로 끌어들였다. 고요했던 집안은 하루아침에 울음바다가 되었다. 밤새 쏟아붓던 비는 엄마 찾아 헤매다 지쳐 잠시 잠든 새, 거짓말처럼 발간 해를 씻겨 내었다.

마당 한편에는 주검이 되어 돌아온 엄마가 가마니를 덮어쓰고 축축이 누워 있었다. 그 사이로 삐져나온 머리카락은 살아 움직이듯 젖은 미역처럼 늘어져 있었다. 날이 밝자, 앞마당에 멍석이 깔렸고 텃밭이며 집터 빠끔한 자리마다 동네 어른들의 손길은 분주했다. 누가 뭐라고 할 것 없이 일사천리로 진행된 엄마의 장례식. 아버지가 귀국하기로 한 일주일을 앞두고 엄마는 변사체가 되었고, 그 소식에 충격을 받은 오빠는 그 길로 집을 나가 자취를 감추었다. 선이는 오빠가 어디로 사라진 것인지, 왜 숨어야만 했는지, 엄마가 죽은 이유를 알 수 없듯이 오빠가 사라진 이유도 알 수 없었다.

선이는 흐느끼다가 소리높여 울다가 온갖 생각에 사로잡혔다. 엄마는 억수같이 비 오는 날 밤, 왜 하필 바다로 간 것일까? 아무 일도 예상 못 한 평화로웠던 어제저녁, 무엇이 문제였을까? 아버지가 돌아올 날을 앞두고 엄마가 죽다니 엄마는 아버지를 기다린 것이 아니었을까? 선이는 문득 달이 바뀔 때마다 한 번씩 읍내 나들이를 다녀오던 엄마의 모습을 떠올렸다.

엄마는 마을의 여느 아낙네들에 비해 키가 크고 하얀 피부를 가졌다. 마땅히 농사지을 땅이 없다 보니 주로 남의 집 밭일을 다녔다. 그러던 엄마는 한 달에 한 번은 거르지 않고 읍내에 다녀왔다. 아버지가 외항선을 타러 가 보내는 월급을 찾으러 가는 날이기도 했다. 그럴 때마다 엄마는 파란 치마에 하얀 저고리를 곱게 차려입었다. 큰언니가 도회지로 나가 첫 월급을 타서 맞춰준 이 한복은 엄마가 제일 아끼는 제대로 된 한 벌이었다. 하루에 두 번 아침, 저녁으로 운행하는 마을버스를 놓치면 고개를 넘어 한 시간은 걸어야 읍내에 닿았다. 첫차를 탈 수 없는 엄마는 아이들을 등교시키고 외출 준비를 했다. 하얀 가루 분칠을 하고, 빨간 립스틱을 바르고 나서는 읍내 나들이에는 늘 길동무가 정해져 있었다. 동네 소문난 아랫집 별난 아줌마와 말 많은 옆집 과부 아줌마, 그들은 언니들이 유독 싫어하는 엄마의 단짝 친구였다. 세 여자의 고운 한복 자락은 고개 넘어 한 점으로 사라질 때까지도 그 빛이 명료했다.

뉘엿뉘엿 해질 즈음, 기름 자국이 배어든 누런 봉투에 부풀었다 쪼그라져 눌린 국화빵 한 봉지와 주렁주렁 매달린 하얀 십 리 알사탕, 주전부리 한아름 안고 돌아온 엄마는 어린 육 남매에게 일찍감치 기다림의 미학을 터득하게 해주었다. 바다 건너 저 멀리, 물리적 거리로 가늠할 수 없는 태평양 '사모아'라는 광활한 바다 위, 마도로스 아버지의 뜨거운 소금 땀이 달콤한 결정체로 둔갑해 새끼들의 입으로 녹아드는 날이었다. 그렇게 한 달에 한 번 엄마의 화려한 외출은 지속되었고 그날만큼은 세상 누구보다 엄마는 예뻤다. 남편 없이 혼자 감당해야 했던 가난한 살림살이에 육 남매를 키워내느라 진이 빠진 엄마, 가진 농사가 없어 남의 밭일로 불려 다니던 그런 엄마의 모습은 결코 찾아볼 수 없었다. 그렇게 몇 해 동안 지속되었던 엄마의 화려한 외출은 이제 그 막을 내렸다.

좁은 골목 비탈길을 따라 꽃상여가 둥둥 떠내려갔다. 엄마를 실은 꽃상여는 집 마당을 한 바퀴 휘휘 돌아 골목으로 나섰다. 상여꾼들은 굵고 낮은 목소리로 진혼곡을 읊조렸다. 상여 앞잡이가 꽹과리를 치며 선창하면 상여를 맨 상여꾼들이 후렴구를 불렀다.

간다 간다. 나는 간다. 저승길에 나는 가네.
어허어 어어어 어리넘자 어허어.
황천길이 멀다 해도 북망산천이 황천인가?
어허어 어어어 어리넘자 어허어.

상여꾼들은 앞으로 한 발 내디뎠다 뒤로 한 발 물러서기를 반복하며 죽은 혼을 달래어 천천히 나아갔다.

– 아이고 아이고오! 엄마! 엄마! 우리 두고 어딜 가노! 아이고 아이고오!
– 우리 엄마 내놔라이! 우리 엄마 안 죽었다아! 우리 엄마 안 죽었습니더!

누가 줄을 세운 것도 아니련만, 하얀 상복을 입은 딸들이 누런 삼베를 머리에 뒤집어쓰고 새끼줄을 묶어 부모 잃은 죄인의 표식을 달고 뒤따랐다. 큰딸과 둘째 딸은 상여에 매달려 온몸으로 막아섰다. 상여가 나아가지 못하게 상여를 묶은 새끼줄을 뜯어내려 발버둥 쳤다. 동네가 떠나갈 듯 찢어지는 통곡 소리에 뒤따르는 사람들의 눈시울도 하나같이 붉었다. 꺽꺽 울음을 토해내며 뒤따르던 선이는 한 손에 동생 옥이를 꿰차고 한 손에는 새끼줄로 동여맨 흰 치맛자락을 움켜쥐었다. 상복 치맛자락이 질질 끌려 선이의 발에 밟혔다. 선이는 목 놓아 울다가도 막내가 잘 따라오고 있는지 몇 번이고 뒤돌아보았다. 막내는 뒤처져 울음도 토해내지 못한 채 사시나무 떨듯 벌벌 떨고 있었다. 한여름 그것도 뜨거운 팔월인데 말이다. 엄마는 꽃상여에 실려 떠나가는데 아버지는 아직 돌아오지 않았다. 아버지의 부재 속에 친척들과 이웃들 손에 이끌려 엄마는 살아 숨 쉬던 곳을 벗어나고 있었다. 한 몸 기대어 살던 남편도, 하늘같이 떠받들던 아들도 그 자리엔 없었다.

선이는 어린 막내의 상복이 없어 흰 티에 흰 치마를 골라 입혔다. 막내는 오라면 오고 앉으라면 앉았다. 말문이 막혀버렸는지 울지도 못하고 턱을 덜덜 떨고만 있었다. 그런 막내를 보자, 선이는 설움이 북받쳐 빨리 오지 않는 아버지가 원망스러울 지경이었다. 하필 막내가 입고 있던 치마엔 보일 듯 말 듯 빨간 꽃무늬가 수놓여 있었다. 동네 아주머니들은 "엄마가 죽었는데 그런 옷을 입혔다."라고, "저것들이 제 엄마를 잡아먹었다."라며 수군거렸다. 선이는 엄마 잃어 서러운데 엄마를 죽게 한 죄인인 양 묘한 눈총을 받고 있다는 느낌을 지울 수 없었다. 엄마가 죽어서 이렇게 슬픈데, 우리가 무슨 잘못을 했길래.

날이 저물어갈 때쯤에서야 아버지가 장지에 도착했다. 먼 나라 타국에서 며칠 걸려 달려 온 아버지는 엄마의 마지막 가는 길에 눈물과 흙 삽을 뿌려 넣었다. 엄마가 자주 넘나들었던 그 고갯길 양지바른 곳에 엄마를 묻었다. 그렇게 한 사람의 육신이 사라지고 영혼의 집 무덤이 만들어졌다. 장례가 끝난 뒤 으레 온갖 무성한 소문이 입방아를 타고 동네에 떠돌았다. 아버지가 해외에서 보내온 돈을 누군가의 꼬임에 빠져 다 탕진했다는 둥, 이웃 아주머니들과 술을 마시고 놀다 미끄러져 물에 빠졌다는 둥, 엄마는 사고사인지 타살인지 자살인지 아무런 징후도 남기지 않고 주검이 되었다. 경찰들이 여기저기 탐문조사를 하고 다녔지만, 아무런 실마리도 찾지 못한 채 단순 사고사로 일단락되었다. 엎친 데 덮친 격으로 집을 나가 자취를 감춘 오빠는 어디로 사라진 것일까? 엄마가 품 안에 끼고 돌았던 2대 독자이자 집안 맏이인 오빠, 그를 찾아야 하는 수수께끼가 풀지 못한 숙제처럼 남아 있었다.

삼우제를 지내고 아버지는 마당 한편에다 모닥불을 지펴 엄마의 옷가지들을 태웠다. 뙤약볕에 맨발로 뛰쳐나온 딸들의 울음은 불꽃보다 뜨겁게 치솟았다.

― 아부지, 제발 이거는 안 됩미더. 엄마 한복은 태우지 마이소!
― 이거 내놔라이! 너거도 다 같이 따라 갈라카나! 어!

살아생전 엄마가 제일 좋아하던 한복을 부여잡고 딸들은 질질 끌려갔다. 아버지는 우락부락 화난 표정을 감추지 않고 소리 질렀다. 땀인지 눈물인지 범벅이 된 얼굴로 딸들이 죽기 살기로 붙잡은 한복 자락을 빼내느라 진땀을 뺐다. 엄마의 파란 치맛자락이 화염 속에 검지 녹아 들었다. 엄마를 떠나보내는 마지막 의식인 그 자리에 딸들의 울음소리는 피어오르는 연기보다 더 멀리 메아리쳤다. 맨발로 뛰어나와 악다구니를 쓰며 통곡하던 선이는 땅바닥에 나자빠지고 말았다. 엄마가 흰 천을 겉어쓰고 누워 있던 그 자리에.

선이는 어린 동생과 자신을 남겨두고 사라진 엄마가 그립기도 밉기도 했다. "저것들이 제 엄마를 잡아먹었다."라고 먼발치에서 수군거리던 동네 아주머니들의 말이 귓가에 맴돌았다. 엄마가 정말 우리 때문에 죽었단 말인가? 선이는 고개를 저었다. 그럴 리가 없다고. 그러면서도 두 번 다시 엄마를 입 밖에 내지 말아야겠다고 생각했다. 다시는 열리지 않을 문처럼 입을 꾹 다문 아버지의 어두운 표정이 왠지 그래야만 할 것 같았다.

다음 날, 직장으로 돌아가야 하는 언니들은 마을 회관 앞 버스정류장에서 또다시 울음보가 터졌다. "선이야, 동생들 잘 돌보고 있어라. 금방 또 올 꺼마." 언니들은 동생 옥이와 막내를 잘 돌보라며 다시 보지 못할 사람처럼 울며 떠났다. 버스가 움직이자, 차창 밖으로 비집고 나온 언니들의 통곡 소리에 선이도, 옥이도, 막내도 덩달아 울음을 터뜨렸다. 큰어머니와 동네 친척들도 끌끌 혀를 차며 "우짜든지 객지 나가서 집 걱정 말고 단디해라이." 라며 언니들을 눈물로 배웅했다. 눈물 콧물로 범벅이 된 언니들은 차창 밖으로 고개를 내밀고 손을 버둥거리며 멀어져갔다. 훌쩍이며 서 있는 동생들을 놓지 못하고. 선이와 동생들은 검은 연기를 뿜어내며 떠나는 버스 꽁무니를 따라 쫓았다. 엄마를 떠나보낼 때처럼 서러운 울음이 메아리쳤다. 선이는 고개 너머로 버스가 사라질 때까지 그 자리를 떠나지 못했다. 버스 꽁무니가 사라지자, 선이는 양팔에 동생들을 끼고 집으로 향했다. 맨 꼭대기 집까지 이어진 비탈진 골목이 까마득하게 낯설었다. 이게 무슨 날벼락인지 눈물밖에 나지 않았다. 당장에 집으로 돌아가 남은 가족들의 저녁을 챙겨야 하는 일이 자신의 몫이라는 생각에 덜컥 겁이 났다.

선이는 좁은 부엌에 들어가 부뚜막에 걸쳐 앉았다. 아궁이 앞에 앉아 부지깽이를 들고 불을 지피던 엄마는 이제 없다는 서러움이 온몸을 파고들었다. 눈을 두는 곳마다 엄마가 어른거렸다. 슬픔에 절여 넋 놓고 앉은 부엌 문틈 사이로 어느새 시커먼 어둠이 기어들었다. 선이는 안방에 몸져누운 아버지를 피해 아궁이 앞에 쪼그리고 앉아 동생들에게 물 말은 밥을 소리 죽여 먹였다. 아버지를 혼자 있게 둬야 할 것 같아 내려앉는 어둠을 그렇게 맞았다. 부엌에 딸린 오빠 방이 주인을 잃고 우두커니 잠들어 있었다.

밤이 깊어져 갔다. 선이는 살그머니 방문을 열고 방 안으로 들어섰다. 며칠 전만 해도 엄마와 다 같이 잠들었던 방이었다. 아버지는 이마에 한 손을 얹고 잠든 것인지, 자는 척하는 것인지 꼼짝없이 누워 있었다. 아버지의 이부자리는 한 사람의 자리만큼 비어 있었다. 선이는 창 아래 벽에 붙은 채 쪼그리고 누웠지만 잠들 수가 없었다. 어두운 산속에 혼자 누웠을 엄마를 생각했다. 금방이라도 흘러내릴 듯한 흙으로 덮인, 잔디 뿌리도 채 내리지 않은 무덤에 홀로 묻혀 있을 엄마, 다시 볼 수도 만질 수도 없는 엄마, 주걱을 휘휘 저어 밥을 퍼주던 엄마는 이제 영영 집으로 돌아올 수 없다는 사실이 믿기지 않았다. 엄마가 쓰던 화장대 위에는 검은 리본을 단 액자가 비스듬히 놓여 있었다. 그 속에는 웃는 것도 슬픈 표정도 아닌 흑백사진의 엄마가 가만히 선이를 내려다보고 있었다.

3
아버지의 눈물

아침햇살이 창호지를 뚫고 들어와 선이의 머리맡에 내려앉았다. 선이는 한쪽 눈을 찌푸리며 부스스 일어났다. 좀 더 누워 있고 싶은 마음이 굴뚝같았지만, 익숙한 듯 부엌으로 향했다. 좁은 부엌 한쪽 벽에는 마른 장작과 산에서 주워 온 땔감이 가지런히 쌓여 있었고, 바닥에는 불쏘시개로 쓰는 누런 솔잎이 한 무더기 놓여 있었다. 선이는 큰 아궁이의 은색 솥뚜껑을 열어젖혔다. 작은 아궁이에도 그에 맞는 작은 솥이 나란히 걸려 있었다. 선이는 큰솥 안에 삶은 보리를 깔고 씻은 쌀을 그 위에 조심스레 올려놓았다. 그러고는 오른손을 쭉 펴서 손마디에 물이 닿는지 재어보고 솥뚜껑을 닫았다. 아궁이에 솔잎을 몇 줌 움켜 넣고 마른 나뭇가지를 얼기설기 쌓아 올려 불을 지폈다. 성냥갑 한쪽에 붙은 적색 발화제에 성냥개비를 휙 하고 그어대니 화약 냄새와 함께 불이 붙었다. 불붙은 성냥개비를 재빠르게 아궁이 안으로 던져 넣었다. 마른 솔잎 무더기에 활활 불이 타올랐다. 선이는 연기로 인해 눈은 매웠지만 나뭇가지에 불이 붙자, 안도감을 느꼈다. 그렇게 멍하니 앉아 불을 지피던 선이는 엄마 생각이 났다. 아궁이 앞에 나란히 앉아 속닥거리던 엄마와 아버지의 다정했던 모습이 떠올랐다.

지난겨울, 항해에서 돌아온 아버지가 한 달간 집에 머무를 때였다. 선이는 이른 아침에 잠이 덜 깬 얼굴로 마루에 나왔다. 오줌이 마려워서였다. 어슴푸레한 새벽 기운이 피부에 닿자 절로 어깨가 움찔거리며 잠이 달아났다. 바깥마당 한쪽 끝에 떨어져 있는 뒷간까지 가야 하는 마음에 신발을 찾아 신고 있었다. 그때 부엌에서 아버지의 목소리가 들려왔다. 평소 걸걸한 목소리가 아닌 달짝지근하고 제법 부드러운 말투였다.

- 요게 제일 꼬숩다더만. 자아, 한 입 먹어보레이.
- 고것 참, 참말로 꼬숩네요.
- 아이들 깨기 전에 얼른 먹어둬어. 하나밖에 없는 것이라 당신 줄라꼬 숨겨 왔제.

엄마와 아버지는 부엌 아궁이 앞에 찰싹 붙어 앉아 선이의 등장을 눈치채지 못했다. 뭔가 입에 넣어 주고 받아먹으며 소리 죽여 쏙닥거리고 있었다. 이른 새벽부터 발간 숯불에 달궈진 석쇠 위에는 시커먼 조각이 연기를 내며 냄새를 풍겼다. 분명 고기 냄새였다. 선이는 모두가 잠든 새, 엄마에게만 정성껏 구워 먹이고 있는 하나밖에 없는 것이란 게 무엇인지 궁금했다. 아버지는 어제 마을에서 동네 잔치하느라 잡은 쾌지에서 나온 이것을 서로 가져가겠다고 앞다투는 바람에 애지중지 싸 왔다고 했다. 그 말이 귀한 것처럼 들렸다. 선이는 끼어들지 못했다. 침범하면 안 될 것 같아 모른 척 돌아섰던 기억이 선명하게 떠올랐다. 그랬던 엄마는 주검이 되어 떠나고 아버지는 방 안에 혼자 되어 누웠다.

아버지가 고향 땅으로 기어들어 오다시피 한 것은 몇 해 전의 일이었다.

선이가 어릴 적에는 읍내에서 제일 큰 기와집에 머슴까지 두고 떵떵거리며 살았다. 모래를 실어 나르는 선박 사업으로 큰돈을 번 아버지는 읍내에서 제일 큰 기와집을 사서 이사를 했다. 아버지는 인근에서 젊은 부자로 소문이 자자했다. 그런 아버지는 전문 도박꾼들의 표적이 되었고, 그들은 친근하게 접근하여 은밀한 속임수로 야금야금 돈을 앗아갔다. 돈을 잃자, 그 돈을 되찾겠다며 도박에 빠진 아버지는 해가 바뀌기도 전에 대궐 같은 집 한 채를 날려 먹었다. 아버지는 몇 해를 못 넘기고 그 많은 가산을 탕진한 후 알거지가 되어 고향으로 돌아왔다. 아무것도 없는 척박한 땅에서 가난의 굴레를 뒤집어쓴 생활이 시작되었다.

 식솔을 이끌고 귀향한 아버지는 맨손으로 시작했다. 직접 벽돌을 쌓아 시멘트를 바르고 지붕을 이어 집을 지었다. 온 가족이 나서 힘을 보탰고 어린 막내가 고사리 같은 손으로 작은 돌을 주워다 아버지 손에 옮겨 놓았다. 아버지는 그럴 때 잠시 환하게 웃기도 했다. 회색 시멘트벽에 슬레이트를 얹은 지붕, 이 작은 집이 빈손으로 돌아온 고향에 새로운 보금자리가 되었다. 고향이라고 돌아왔지만, 전답도 이미 다 팔아치웠기에 육 남매를 키울 재간이 없었다. 아버지는 그렇게 고향에 식구들을 데려다 놓고 먼 바다로 외항선을 타러 떠났다.

 아버지가 떠나던 날은 여름이었다. 식구들과 친척들이 함께 배웅을 나섰다. 선박이 묶여 있는 부산항에는 긴 이별을 앞둔 사람들의 울음소리로 뒤덮였다. 선이는 학교 운동장보다 커 보이는 배를 처음 보았다. 저 큰 배에 올라 아버지는 바다 위에서 살게 될 거라고 들었지만 상상이 되지 않았다. 먼바다로 떠나는 눈물로 얼룩진 사람들 틈에 아버지는 갑판에 오르기 전 가족들에게 작별 인사를 건넸다.

― 엄마 말 잘 듣고 공부 열심히 해라이. 아부지가 돈 많이 벌어 보내주꺼마.
― 아부지! 아부지!

어린 막내가 아버지 품에 매달려 떨어지지 않아 가족 모두가 눈시울을 붉혔다. 아버지는 눈에 물기가 어려 저 멀리 바다를 보는 척 고개를 돌렸다. 사람들이 배에 오르자, 선이도 꺽꺽 소리 내 울기 시작했다. 언니들도 덩달아 아버지 팔을 붙들고 울었고, 오빠는 고개를 돌려 거친 호흡을 내뱉으며 먼 산을 보며 울음을 삼키는 듯했다. 함께 나온 큰어머니가 오빠의 등을 두드리며 소매 끝으로 눈물을 찍어냈다.

― 우짜든지 집식구들 걱정 말고 몸 성히 댕겨오이소. 아버지 없으면 규야가 맏이 노릇을 잘 하끼구마아.
― 야아, 형수가 식구들 뒤를 좀 봐주이소. 너거는 막내를 잘 돌봐주거레이. 아부지가 좋은 선물 많이 사다 주꺼마. 알았제.

아버지는 안고 있던 막내를 엄마에게 안겨주며 말했다.

― 몸 성히 다녀오이소.

몰래 눈물짓던 엄마가 막내를 받아 안자, 막내는 발버둥을 치며 더 큰 소리로 울어댔다. 아버지의 눈에 빨갛게 실핏줄이 엉켜 있었다. 결심한 듯 아버지는 배에 올랐다. 아버지를 실은 배는 뿌우 고막이 터질듯한 경적을 울리며 먼바다를 향해 나아갔다. 배는 점점 멀어졌다. 보일 듯 말 듯 갑판 난간을 붙들고 서서 손을 흔드는 사람은 푸른색 셔츠를 입은 아버지였다. 선이와 가족들은 배가 한 점이 되어 사라질 때까지 그 자리를 떠나지 못했다.

그렇게 이별한 후 아무 연락도 주고받을 수 없는 긴긴 침묵의 시간, 아버지의 생사를 걱정하는 마음들이 켜켜이 쌓여갔다. 어느 나라 어느 항구에 아버지가 머물고 있는지, 그 물리적 거리를 가늠할 수 없듯 그리움의 깊이도 헤아릴 수가 없었다. 기다림의 시간만이 더디게 흐르고 있을 뿐이었다. 망망대해, 끝없이 바다로만 이어진 그 적막한 생활을 끝내고 몇 해 만에 아버지는 귀국할 참이었다. 예정되었던 귀향이 엄마의 죽음으로 인해 며칠 더 앞당겨졌을 뿐.

솥뚜껑이 들썩이며 뿌연 눈물을 쏟아내자, 선이는 잽싸게 뚜껑을 열어젖히고 솥 밖으로 넘쳐 이탈하는 밥물을 다시 솥 안으로 가두었다. 자작자작 물기를 머금은 쌀알이 몽글몽글 빛이 났다. 선이는 큰 대접에 휘휘 저어 푼 달걀을 밥 위에 올리고 솥뚜껑을 닫아 뜸을 들였다. 몇 알 안 되는 달걀을 풀어 만든 달걀찜은 엄마가 오빠에게만 해주던 특별한 음식이었다.

― 아부지, 입맛도 없는데 요것 좀 드셔 보이소.

선이는 기억을 더듬어 만든 달걀찜을 몸져누운 아버지 상에 내놓았다. 평소 밭에는 얼씬거리지 않던 선이가 오이를 따다 조물조물 무치고 가지나물도 만들었다. 어깨너머로 봤던 재주를 부려 남은 식구들의 밥상을 책임지는 손이 되었다. 까탈스러운 아버지 눈에 들 정도로 선이의 살림 솜씨는 날이 갈수록 야물어졌다.

선이의 마음이 닿았는지 아버지는 며칠 후 자리를 털고 일어났다. 아버지는 점심밥을 한술 뜨고 그 길로 마을 회관으로 간다고 집을 나섰다. 그런 뒤 얼마 지나지 않아, 마을 회관에 있는 공용 스피커를 통해 아버지의 목소리가 울려 퍼졌다.

— 동네 사람들! 김시홉니다. 큰일을 치르는데 다 같이 도와줘서 고맙습니더. 오늘 오후에 조합으로 나오시면 제가 술을 대접하겠습니더.

아버지는 엄마의 장례식을 도와준 마을 사람들에게 술을 대접하겠다고 방송했다. 감사 인사를 하긴 해야 하는데 집 사정은 뻔하니 마을 조합에서 해결할 모양이었다. 아버지는 그날 늦은 밤에야 집으로 돌아왔다. 술에 취해 만신창이가 된 몸으로. 아버지는 선이가 펼쳐놓은 이부자리에 엎어지며 혀가 꼬꾸라진 소리로 물었다.

— 너거 엄마가 허구한 날 술을 퍼마시고 댕겼나? 느그들 밥도 안 해주고?
— 아입니더. 엄마는 안 그랬어예.

선이는 속으로 뜨끔했지만, 반사적으로 그렇게 말이 튀어나왔다. 엄마가 마지막으로 집을 나가던 날, 선이는 엄마 등 뒤에 대고 소리쳤던 게 생각났다. "아지매들하고 또 술 마시고 오면 아부지한테 다 일러주끼다."라고 했었다. 선이는 엄마가 죽기 몇 달 전부터 부쩍 동네 아주머니들과 술을 마시고 다니는 것이 꼴 보기 싫었다. 그런데 아버지 앞에서는 엄마를 두둔하고 있었다. 선이는 내내 두려웠다. 자신이 내뱉은 말이 엄마를 죽게 했을까 봐. 가슴 밑바닥에 깔린 죄책감은 그림자처럼 따라다니며 선이를 괴롭혔다. 아버지에게조차 엄마를 나쁜 사람으로 만들고 싶지 않았다.

마을 회관을 다녀온 뒤로 아버지는 다시 어두운 표정에 말이 없었다. 그러다 갑작스레 이사를 단행했다.

— 내일 당장 개울 건너 저 기와집으로 옮길 끼다. 너거들 필요한 짐은 선이 니가 동생들하고 같이 싸놔라이.

새로 이사할 집은 먼 친척이 도시로 나가면서 한동안 비어 있던 집이었다. 대나무밭이 우거져 선이는 그 집을 바라볼 때마다 무섭다는 생각이 들었다. 아버지는 하필 사람도 살지 않고 비어 있는 저 집으로 간다는 것인지, 뭐가 그리 급하다고 서두르는지 선이는 못마땅했다. 다음 날, 날이 밝자 선이는 아버지를 따라 짐보따리를 옮겼다. 이사라 할 것도 없이 손수레에 실어 나르는 짐은 반나절도 걸리지 않아 새집으로 옮겨졌다.

짐을 다 옮긴 후 아버지는 엄마와 살던 그 집을 망치로 두들겨 뿌연 먼지 속에 무너뜨렸다. 입을 앙다물고 표정은 굳어 있었다. 아버지는 손수 지었던 집을 자기 손으로 허물었다. 무언가를 지워 없애버리려고 작정한 사람처럼. 아버지가 망치를 휘둘러대자, 벽이 거꾸러졌다. 그 모습을 멀찍이 서서 바라보던 선이의 볼을 타고 눈물이 쏟아졌다. 집이 형체를 잃어갈수록 엄마의 흔적이 사라지는 것 같았다. '엄마! 이제 나는 엄마를 보려면 어디로 가야 하나? 오빠가 돌아오면 집이 없어져 우릴 못 찾으면 어쩌지?' 선이는 엄마와 오빠를 다시는 못 보게 될까 봐 두려웠다. 큰어머니와 이웃 어른들도 무너지는 집을 바라보며 껄껄 혀를 찼다. 해가 질 때까지 아버지의 손길은 멈추지 않았다. 어둑해질 무렵에서야 아버지는 망치를 바닥에 내던지며 거친 소리로 "망할 놈의 여편네!" 아버지는 잔뜩 화난 표정이었다. 입술은 한쪽으로 일그러져 있었고 헤아릴 수 없이 번뜩이는 눈빛은 무섭기까지

했다. 선이는 아버지의 형형한 그 눈빛에 일렁거리는 눈물을 보았다. 아버지는 울고 있었다. 아버지는 왜 살던 집을 힘들게 부수는 걸까? 왜 엄마에게 잔뜩 화가 난 걸까? 선이는 차마 그 자리를 떠나지 못하고 주춤거렸다. 아버지와 엄마 사이에 보이지 않는 깊은 골이 생겼음을 느꼈다. 어찌할 바를 몰라 머뭇거리는 선이를 보며 아버지는 퉁명스럽게 재촉했다.

- 뭐 하고 있노? 어서 가자! 인자 여기는 다시 오지 마라이. 우리 집 아이다!

아버지는 뒤도 돌아보지 않고 성큼성큼 앞장서 걸어가 버렸다. 엄마의 존재를 부정하듯, 엄마와 살던 집을 없애버리면 가능한 것이기라도 한 듯. 집은 허물어져 폐허가 되어버렸다. 엄마를 버리고 가는 지금, 아버지의 속이 저 모양이 아닐까? 선이는 무너진 집을 돌아보며 차마 발걸음이 떨어지지 않았다.

4
배우지 못한 죄

새집으로 이사한 후, 아버지는 아래채 외양간을 고쳐 병아리를 사다 풀어놓고, 개를 좋아하는 막내에게 하얀 강아지를 한 마리 사 주었다. 노란 병아리 떼가 몰려다니며 삐약거리는 소리가 크고 적막했던 집안에 활기를 더했다.

― 이제 달걀은 마음껏 묵을 수 있을 끼다아.
― 참말입니꺼? 삶은 달걀을 맘껏 물 수 있다꼬예?
― 하모! 막내가 고기를 못 먹으니, 달걀이라도 많이 묵어야제. 막내 니가 병아리 먹이도 주고 잘 돌봐레이.

선이와 막내는 손뼉을 치며 기뻐했다. 고기를 못 먹고 편식이 심해 머리에 부스럼을 달고 사는 막내를 위해 아버지가 선택한 방법이었다. 선이는 새집으로 이사 온 후 집안 곳곳을 손보며 잠시라도 가만 있지 않는 아버지가 고마웠다. 뭐라도 돕고 싶었다. 아버지는 선이와 막내에게 각자 자기 방을 만들어 주었다. 새 이불과 주름장식이 달린 베개까지 갖춘 예쁜 방이었다. 옥이는 선이와 함께 지내고 잠을 잤다. "잠을 잘 땐 잠옷으로 갈아입고 두 손은 가슴에 얹고 자거레이." 아버지는 난생처음 자기 방을 갖게 된 딸들에게 갈색 곰돌이 인형이 그려진 노란 잠옷을 선물해 주었다. 선이는 밤이 되면 동생들과 원피스 잠옷을 맞춰 입고 동네 마실을 나가기도 했다. 아버지가 옥이의 잠옷도 막내와 똑같은 것으로 사 준 것이 그리도 고마울 수가 없었다. 집안은 엄마가 없으면 없는 대로 안정을 찾아갔다.

뜨겁던 여름날이 가고 가을바람이 살갗을 간지럽혔다. 아버지는 새벽 댓바람부터 집을 나섰다. 엄마가 갑자기 세상을 떠나게 되면서 아직 회사와 퇴직금을 정산 못 하고 있었기에 부산에 있는 회사에 다녀오겠다고 했다.

― 퇴직금 받아 오면 낚시꾼 실어 나르는 큰 배를 한 척 살 끼다아. 바다 건너 저 마을들까지 내 맘대로 휘젓고 다닐 끼다. 마!

아버지는 큰소리치며 새벽 차를 타고 부산으로 떠났다. 호기롭게 집을 나섰던 아버지는 막차로 어둠을 지고 돌아왔다. 터덜터덜 버스에서 내리는 아버지의 모습은 영혼이 빠져나간 그림자처럼 너풀거렸다. 아버지의 낯빛은 누랬고 두 눈은 며칠 굶주린 사람처럼 움푹 패어 그 깊이를 알 수 없었다. 굳게 다문 입술은 한쪽으로 일그러져 한마디 말도 꺼내지 않았다.

― 아부지, 무슨 일입니꺼? 피죽도 한 그릇 못 먹은 사람처럼 어쩐 일이라예?

선이는 금방 쓰러질 듯 휘청거리는 아버지를 뛰어가 부축했다. 아버지는 방에 들어서자마자 털썩 쓰러지듯 자리에 누웠다. 선이가 차려온 밥상을 쳐다도 보지 않고 물 한 모금을 겨우 삼켰다. 부산에 있는 회사를 다녀온 그날, 밤새 아버지는 끙끙 앓았다. 다음 날도 그다음 날도 아무것도 넘기지 못하고 곡기를 끊었다. 초점 잃은 눈동자로 멀뚱멀뚱 누워 미동도 하지 않는 아버지 곁을 지키며 선이는 마음을 졸였다. 눈은 깜빡이는지, 숨은 쉬는지, 쉼 없이 살폈다. 막내와 옥이에게는 아버지의 팔다리를 주무르게 했다. 꺼져 가는 아버지의 육신에 그렇게라도 온기를 전하고자.

며칠 동안 꼼짝 못 하는 아버지가 걱정이 된 선이는 큰어머니를 찾아갔다. 선이에게 아버지의 소식을 전해 듣고 놀란 큰어머니는 하던 일을 멈추고 달려왔다. 큰어머니는 자리에 누운 아버지의 손을 붙들고 "대렴, 애들 봐서라도 기운을 내야제, 한 술만 떠보자이."라며 선이가 쑤어 놓은 죽을 가만가만 아버지의 입안에 떠넣었다. 거짓말처럼 아버지는 죽을 몇 입 받아 삼키더니 꺽꺽 울음을 토해냈다.

— 형수요, 내가 못 배운 것이 철천지한이요. 글을 몰라 병신처럼 당하고 안 왔겄소.
— 뭔 일을 당했길래 사람이 이 모양이 되싯꼬?
— 세상에 믿을 놈 하나 없다아입니껴. 내는 글자를 봐도 읽을 줄 모르니 눈앞에서 코 베이고도 몰랐소이. 믿었던 동생이 내 퇴직금을 다 타 가고, 집도 이사하고 흔적을 감춰버렸딥다. 내 처지가 한심하고 어처구니가 없다요. 너거는 부지런히 배워라이. 설움 안 당하고 살 거로.

아버지는 회한에 가득 찬 눈빛으로 고개를 떨구었다. 선이는 작은 체구의 큰어머니에게서 알 수 없는 힘을 느꼈다. 엄마가 죽었다는 전보를 받고 정신없는 아버지에게 퇴직금을 빨리 찾을 수 있게 도와주겠다는 부 갑판장의 말을 믿고 종이에 사인을 한 게 화근이었다. 평소 의지하고 지냈던 부하이자, 동생 같은 그가 도와주겠다는 말에 아버지는 오히려 고마웠단다. 그 사람을 믿었기에. 그게 진심이라고 생각했기에.

- 그 인간은 지옥에나 떨어질 겁니더. 그 돈을 가로채 간 건 우리 아부지 목숨을 뺏어간 거나 마찬가지라예.
- 내가 못 배운 게 죄다! 죄. 사람은 그래서 배워야 하는 갑다.

아버지는 아직도 믿기지 않았다. 그는 왜 돈을 가로채서 도망을 갔을까? 적어도 아버지는 그가 말한 그 순간은 진심이었을 것이라 믿었다. 돈뭉치를 보고 마음이 변했다면 또 모를까. 몇 년씩이나 건바다에서 동고동락하며 아버지가 다리를 다쳐 위태로울 때도 갑판장이었던 아버지를 도와주었던 부 갑판장, 아버지는 그 마음을 저버리지 못해 더 고통스러워했다. 믿었던 사람을 부정한다는 것이, 눈앞에 보고서도 그리 힘에 겨웠다.

아버지는 먼바다 위를 떠돌았고, 가족을 향한 그리움을 눈물로 삼켰다. 살아보고자 분투했던 지난날들이 휴지 조각이 되어버리다니. 아버지는 무너지는 심경을 술로 달랬고, 자주 취해 비틀거렸다. 그래야만 버틸 수 있는 날들이었다. 억장이 무너져 두 손을 불끈 쥐어도 보였지만 아버지는 그날 이후 쇠약해져만 갔다.

선이는 아버지의 억울함을 꼭 풀어주리라 다짐했다. 일찍 부모를 잃고 동생을 돌보느라 어린 나이에 돈벌이를 나서야 했던 아버지는 글을 배우지 못했다. 일자무식이란 말은 글을 모른다는 단순한 의미를 넘어 사람을 얕잡아보는 무기가 되어버린 세상이었다. 그게 한이 되어버린 아버지는 그 서러움에 치를 떨었다. 선이는 아버지를 수렁에서 건져내고 싶었다. 당장 할 수 있는 방법은 열심히 공부해서 아버지를 기쁘게 해주는 것이었다.

― 막내야! 이번 시험 잘 봐야 한데이. 우리가 아버지를 웃게 해주자아. 오빠도 학교를 그만두고 사라진 데다 돈까지 잃어 아부지가 살맛이 안 나는 갑다.

선이는 아버지가 잠든 후에도 늦은 밤까지 책상에 앉아 공부했다. 막내를 옆에 앉혀 놓고 모르는 것을 알려주고 예습, 복습하는 방법을 가르쳤다. 그런 덕에 막내는 그해 기말고사에서 전교 일등을 차지했다. 아버지는 입이 귀에 걸려 동네방네 막내를 자랑하고 다녔고, 잊고 있었다는 듯 다시 바다로 고기잡이를 나가기 시작했다. 선이는 그런 아버지에게 입버릇처럼 말했다.

― 아부지! 내가 돈 많이 벌어 유람선 사 드릴게예. 아부지 소원 꼭 이루어 줄 낍니더.

선이는 애벌레가 **빠져나간** 허물처럼 힘없이 꺼져버린 아버지가 안타까웠다. 그런 아버지를 다시 일어서게 하고 집안을 살리려면 자신이 무엇을 해야 하는지, 단단하고 묵직한 결기가 선이의 마음을 붙들었다.

5
어둠 속의 그림자

살갗에 닿는 밤바람이 어깨를 움츠리게 했다. 부엌 정리를 끝내고 우물가로 나온 선이의 팔에 오돌토돌 소름이 돋았다. 잠들기 전 씻고 방으로 들어가려 했으나 씻기가 망설여졌다. 선이는 쪼그리고 앉아 고무통에 받아둔 물을 바가지로 퍼다 세숫대야에 따랐다. 그때 선이 앞에 작은 돌 하나가 통통 튀며 굴러왔다. 선이는 돌이 날아온 방향으로 고개를 돌렸다. 장독대 뒤 어둠 속에 누군가 어슬렁거리는 게 느껴졌다.

― 거기 누고?
― 쉿! 선이야! 내다. 살살 말해라. 아부지는? 아부지 방에 있나?
― 오빠가? 오빠 맞제?
― 그래, 내 맞다아. 아부지 뭐 하나 살펴보고 온나.

선이는 살금살금 마루에 기어올라 방 안 기척을 살폈다. 방 안에서 아버지의 코 고는 소리가 들렸다. 선이는 살그머니 부엌 뒷문을 열어 오빠를 부엌으로 들어오게 했다. 오빠는 어둠 속에서 꼼짝도 하지 않았다. "아부지

코 골고 자고 있더라. 오빠 들어와도 괜찮다아." 선이가 속닥거리며 말하자 오빠는 그제야 모습을 드러냈다. 오빠의 모습을 보고 선이는 경악했다. 볼이 쑥 패인 얼굴에 깡마른 오빠라니! 뽀얗게 살이 올라 체격이 좋았던 오빠 모습은 온데간데없었다. 귀공자 같다는 말을 듣던 오빠는 퀭한 눈을 이리저리 휘둥거렸다. 불안한 기색이 역력했다. 선이는 왈칵 눈물을 쏟았다. 그렇게 훤칠했던 오빠는 어디로 가고 거리를 떠도는 부랑자 모습을 한 오빠가 눈앞에 서 있었다. 선이는 눈물을 훔치며 얼른 부뚜막에 작은 상을 펼쳤다. "오빠, 배고프제? 이리로 와 앉아라아."

선이는 솥 안에 넣어 둔 밥을 꺼내 상을 차렸다. 밥은 아직 온기가 남아있었다. 혹시 오빠가 몰래 올지도 모른다는 생각에 선이는 늘 밥 한 그릇을 솥 안에 넣어두었다. 오빠는 허겁지겁 밥을 퍼먹고는 큰 사발에 물 한 그릇을 들이켰다. 선이는 오빠가 한숨 돌리자 조심스레 물었다.

― 오빠 여태 어디 숨어 있었노? 아부지가 얼마나 찾았는데.
― 엄마 장례식 다 봤다아. 멀리 산 속에 숨어서…. 장례식날 엄마 무덤에서 하룻밤 지내고 서울로 갔다 아이가. 호텔에 취직해서 현관에서 차 문 열어주고 안내하는 거 하다가 너거 한번 보려고 내려왔다아. 벌써 한 달이 다 되어가는 갑다. 아부지 무서워서 도저히 집에 들어올 수가 있어야제. 그러다 벌어온 돈도 다 까묵고.
― 아부지한테 잘못했다 싹싹 빌고 집으로 들어온나.
― 아이다. 아부지는 나를 때려죽이려고 할 끼다. 엄마가 나 때문에 죽었다 아이가. 아부지가 알면 내는 맞아 죽을 게 뻔하다.
― 엄마가 왜 오빠 때문에 죽었다 하노? 엄마는 사고로 죽은 기다.
― 아부지가 뭐 하러 그 멀리 외항선을 타러 가 고생을 했겠노. 2대 독자

라고 얼마나 기대하고 뒷바라지를 했는데 내가 아부지 바라는 대로 못 됐다아. 엄마가 죽기 몇 달 전에 학교에서 친구들하고 패싸움이 붙어서 엄마가 그걸 합의한다고 쫓아다녔다아. 여태 모아둔 돈을 다 털어 넣었을 것이고만. 아부지 없다고 내한테 다 덮어씌우는 바람에, 내 때문에 속이 썩어 엄마가 술을 다 입에 대고 했다아. 아부지 돌아오면 볼 낯이 없어서 엄마가 죽은 기라. 내 때문에 죽은 기라….

오빠의 시뻘게진 눈에서 비 오듯 눈물이 쏟아졌다. 엄마를 죽음으로 몰아넣은 게 자신이라며 소매로 연신 눈물을 훔쳐내는 오빠는 영락없이 어린아이 같았다. 선이는 무슨 말을 해야 할지 몰라 두 손으로 입을 막고 눈물을 삼켰다.

- 아부지는 좀 어떻노? 내는 차마 아부지 얼굴을 못 보겠다. 아부지가 무섭다. 엄마가 없어서 이제 누가 말려 주끼고. 내는 집에 안 들어올 끼다.
- 오빠 찾겠다고 아부지는 병이 났다아. 동네방네 수소문해서 찾아댕기느라. 그런 아부지 봐서라도 들어와야제.

선이는 아버지는 다 용서할 거라고, 곧 날도 추워지는데 집에 돌아오라고 오빠를 설득했다.

돌이켜보니 지난 초여름에 오빠 담임 선생님이 집으로 찾아왔던 기억이 났다. 담임 선생님 앞에 죄인처럼 고개 숙이고 굽신거리던 엄마의 모습이 떠올랐다. 오빠는 학교에서 촉망받는 인재였다. 서울대를 갈 것이라고 인근에 소문난 수재였고 집안에 맏이자, 2대 독자이기도 했다. 오빠는 학교에서 늘 전교 일 등을 꿰찼고 친구들에게 인기도 좋았다. 아버지와 엄마의 자랑거리였고, 기대를 한 몸에 받았다. 이 집에는 오빠만 자식인 것처럼 엄마는 오빠를 지극정성으로 대했다. 좁은 방에 여섯 식구가 끼어 지냈음에도 오빠만은 혼자 자기 방을 가졌다. 오빠 방에는 오빠만의 카세트와 카메라가 있었다. 늘 찾아오는 친구들로 북적댔고 웃음소리가 끊이지 않았다. 엄마는 오빠를 대하듯 그 친구들에게도 정성을 들였다. 명절이나 꺼내 쓰는 큰 상을 펼쳐 갖은 음식을 차려 내는 일을 마다하지 않았다. 동생들은 보리밥을 먹이고 오빠는 흰쌀밥을 먹였다. 다른 자식들이 신기하게 생긴 꼬불꼬불한 면을 한 입 먹고 싶어 눈앞에서 침을 삼켜도 오빠에게만 건더기를 다 퍼주었다. 동생들은 짧게 부서진 하얀 면이 가라앉은 국물을 한입씩 맛보게 했다.

오빠는 청춘영화에 나오는 주인공이라도 믿을 법한 외모였다. 훤칠한 키에 엄마 닮아 하얀 피부를 지녔다. 이목구비가 조각상처럼 선명했고 입술은 도톰했다. 목소리마저 굵고 부드러워 귀공자 같다는 말을 자주 들었다. 뉘 집 자식이길래 저리 훤칠하냐며 오빠를 본 사람들은 한 번 더 뒤돌아봤다. 집안 식구들은 공부도 잘하고 잘생긴 오빠를 늘 자랑스러워했다. 오빠는 귀한 대접을 받아 마땅한 사람이었다. 아버지는 행여 오빠가 차비가 없어 집으로 돌아오지 못할까 봐 일 년 치 차비를 미리 버스 회사에 맡겼다. 그 덕에 오빠는 차비를 내지 않고 버스를 타고 다녔다. 그런 오빠가 이제 떠돌이 신세가 되어버렸다. 선이는 어떻게든 오빠를 붙들고 싶었다.

— 오빠, 내일 아부지한테 잘못했다고 빌자. 내가 큰집에 알려 큰어무이한테 도와달라고 하꺼마.
— 아이다. 아부지는 절대 날 가만두지 않을 거구만. 옛날에도 그랬다아이.

막내를 안고 아버지 마중 갔다가 막내를 배 위에 떨어뜨려 맞아 죽을 뻔했다. 내는 아부지 기분 좋게 해주려고 그랬는데 하필 막내 입에 못이 박혀 피가 솟구쳤제. 아부지는 눈이 돌아가 내를 인정사정없이 모랫바닥에 처박았다. 그날 엄마가 안 말렸으면 벌써 맞아 죽었을 끼다. 내는 서울로 갈 끼다. 서울은 돈 벌 자리도 많고 남 눈에 안 띄니 붙잡히지는 않을 끼구마.

오빠는 아버지라는 존재 자체가 무섭고 두려웠다. 엄마가 없는 지금은 더더욱.

젊은 날에 아버지는 포마드를 발라 반지르르하게 빗어 올린 머리에 짙은 눈썹, 우뚝 선 콧날, 한 시대를 풍미한 여느 영화배으 못지않았다. 그 모습이 사람들의 눈길을 사로잡았다. 온 가족이 차려입고 외출하는 날에는 어린 막내를 안고 말을 태우기도 했다. 빨간 망토를 입은 막내는 아버지에게서 떨어지지 않으려고 말 위에서 울고불고했었다. 아버지는 자신의 짙은 눈썹과 이목구비 하나하나를 쏙 빼닮은 막내를 한시라도 땅바닥에 내려놓지 않았다. 막내가 소리 내 울기라도 하는 날에는 형제들이 혼나고 매를 맞기도 했다. 형제들은 억울했지만, 누구 하나 대들지 못했다. 그런 일은 종종 있었다. 아버지는 조실부모하여 부모의 사랑을 받아본 적이 없었다. 자식을 낳았지만, 사랑을 표현하는 방법을 몰랐으며 억하게 키워야 강하게 살아갈 것이라 믿었다. 자식을 생각하는 아버지의 마음과 달리 아버지를 무서워하는 자식들을 보며 아버지는 허망했다. 미워서가 아니었는데 멀어져 버린 아들을 되돌려 놓을 방법이 없었다. 아버지는 늘 외로웠다. 그러다 늦은 나이에 본 막내에게는 남다른 애정을 쏟았다. 먹고사는 여유가 넘쳐

났을 때이기도 했고, 자식 사랑을 깨달을 즈음이기도 했다. 유독 아버지를 잘 따르는 막내만큼은 애지중지하며 다른 자식들에게 못 해준 것을 다 해주려고 애썼다. 가족들은 막내에게 "너는 공주고 우리는 하인이다."라고 말했지만, 아무도 아버지에게 불공평하다고 토 달지 않았다.

선이는 울며 오빠를 붙잡으려 매달렸다. 그러나 오빠의 굳은 결심을 깨지 못했다. "선이야, 이제 나는 걸렸다. 공부는 막내를 시켜라. 내가 서울서 돈 많이 벌어 보내 주꺼마. 지금 돈 가진 거 좀 있나? 서울 갈 차비만 있으면 된다이."라고 오빠는 말했다. 선이는 발소리를 죽이고 방으로 가 잔돈을 긁어모았다. 가진 돈이 얼마 되지 않아 결국 막내의 빨간 돼지저금통을 몰래 안고 나와 밑바닥을 칼로 그었다. 지폐 몇 장과 동전을 꺼내 몽땅 오빠에게 주려는 그때, 아버지의 헛기침 소리가 들렸다. 두 사람은 놀라 동시에 두 눈을 부엌문 쪽으로 향했다. 오빠는 곧장 뒷문으로 뛰쳐나갔다. 뒤꽁무니를 쫓을 새도 없이 어둠이 오빠를 삼켜버렸다. 선이는 앞뒤 다툴 겨를도 없이 도망친 오빠를 이제 이해할 수 있었다. 부엌 안을 들여다보며 늦게까지 뭐하냐는 아버지 물음에 선이는 부엌 정리가 늦어졌다며 딴청을 부렸다. 가슴이 방망이질을 해댔다. 선이는 오빠가 함께 살았으면 좋겠다는 바람과는 달리, 오빠가 들키지 않고 더 멀리 달아나길 빌었다. 솥뚜껑을 행주로 닦는 척하는 선이의 눈에 뜨거운 눈물이 뚝뚝 떨어졌다. 아버지는 다행히 바깥마당에 있는 뒷간으로 가는 눈치였다.

선이는 그날 밤 뜬눈으로 밤을 새웠다. 오늘 밤 오빠는 어디서 잠을 자나, 어둠 속에서 혼자 방황할 오빠를 생각하니 가슴이 미어졌다. 집안의 기둥이자 자랑이었던 오빠가 도망자 신세가 되어버린 현실이 믿기지 않았다. 엄마 장례식을 먼 산에서 지켜보아야 했던 오빠는 어떤 심정이었을까? 오늘

밤도 오빠는 산 고개에 있는 엄마 무덤 앞에 앉아 우두커니 새벽을 기다리겠지. 오빠는 첫차가 움직이기 전에 마을을 떠난다고 했다. 선이도 자꾸 시간을 더듬었다. 밤이슬이 차가울 텐데 집에 돌아오지 못하는 오빠의 처지가 불쌍했다. 엄마의 죽음은 엄마에게 기대 살던 오빠의 삶을 송두리째 뽑아버렸다. 이 집안에서도 학교에서도 오빠는 다시는 뿌리를 내리지 못했다.

6
계모

　엄마의 빈자리는 무엇보다 어린 자식들을 돌봐야 하는 아버지를 힘들게 했다. 이제 초등학교 5학년이 된 막내와 말 못하는 옥이는 두 살 터울이었지만, 옥이는 세 살배기 아이같이 보살핌이 필요했다. 몇 해를 먼바다에서 일했건만 집을 몇 채 사고도 남아야 할 통장은 텅 비어 있었다. 그나마 한 가닥 희망이었던 퇴직금마저 공중분해된 마당에 아버지는 점점 화를 내는 일이 잦았다. 바다에 나가 생선을 누구보다 많이 낚았지만, 시장에 내다 팔 사람이 없었다. 학교에 가지 않는 날에는 선이가 동네 아주머니를 따라 새벽시장에 나갔지만, 아주머니들이 자기 것을 다 판 다음에야 선이가 가져간 생선을 무더기로 헐값에 팔아넘기는 수밖에 도리가 없었다. 실의에 찬 아버지를 위해 친척들은 새 부인을 들이라고 부추겼다. 어린 것들을 거둬야 한다는 친척들의 권유에 떠밀려 아버지는 새 부인을 들이게 되었다.
　중학교 3학년, 선이의 저항이 만만치 않았다. 선이는 새엄마를 받아들이지 못해 눈을 흘기며 대들기 일쑤였다. 그런 통에 하루라도 조용할 날이 없었다. 그러던 어느 날, 선이가 새벽 첫차를 타고 학교에 가야 하는 시간에 일은 터졌다. 선이가 울먹이며 대드는 소리가 새벽하늘에 울려 퍼졌다.

− 계모 주제에 니가 뭔데 꽃을 못 가져가게 하는 데에!
− 연못에 그냥 놔두지 와 꺾어 간다꼬 새벽부터 이 난리고!

선이는 새엄마와 한바탕 붙었다. 그날은 토요일이라 오전 수업만 하는 날이었다. 선이는 시내에서 직장에 다니는 큰언니를 찾아갈 생각이었다. 언니에게 갖다주려고 꽃을 꺾어 싸느라 새벽부터 부산을 떨었다. 새엄마가 온 뒤로 큰언니는 집에 오지 않았다. 그런 언니에게 꽃을 담아 갈 비닐봉지를 찾느라 헤집고 다니다가 계모 눈에 딱 걸렸다. 계모는 평소 자신을 우습게 여기는 셋째 딸의 버릇을 단단히 고쳐놓을 심산으로 트집을 잡았다. 게다 큰언니에게 가져다줄 거라는 말에 신경이 곤두섰다. 입이 야물디 야문 셋째가 뭐라고 고자질할지 안 봐도 눈에 선했기 때문에. 계모는 한마디도 지지 않고 빠득빠득 대드는 선이에게서 꽃을 낚아채 마룻바닥에 내동댕이쳤다.

− 니 까짓게 무슨 엄마라고 간섭이냐고! 밥도 안 해주면서. 이 집에서 제발 나가라고!
− 저게 달린 입이라고 함부로 지껄이네. 오늘 잘 걸렸다! 조그마한 게 못 하는 소리가 없다이, 못됐거로!

악에 받친 계모가 선이의 머리채를 낚아챘다.

− 이거 놔라! 니가 뭔데 내 머리채를 잡냐고! 이 미친 여자야!

마루에서 벌어지는 소동에 잠에서 깬 옥이와 막내는 선이의 고함소리에 놀라 잽싸게 일어났다. 옥이가 계모에게 달려들어 굽은 손목으로 계모의 턱을 날렸다. 막내는 계모의 허리춤을 붙들고 선이에게서 떼어놓으려 안간힘을 쓰며 잡아끌었다. 선이가 머리채를 잡힌 채 질질 마룻바닥으로 끌려왔다.

— 바보야! 거기서 끌어당기면 내 머리가 더 아프지!

머리채를 잡힌 채 발악하던 선이가 소리쳤다. 급한 마음에 막내가 계모를 떼어낸다는 것이 계모에게 힘을 보태는 꼴이 되었다. 말 못하는 옥이가 '어어으' 목소리를 높이며 계모의 머리채를 잡아끌었다. 선이의 머리카락 한 줌이 계모의 손에 뽑혀 떨어져 나갔다. 계모는 예상치 못한 어린것들의 공격에 씩씩거리며 방문을 쾅 소리 나게 닫고 안방으로 들어갔다.

계모는 "내가 이 꼬락서니를 보려고 이 집에 온 줄 아나! 아이고, 내 팔자야!"라고 소리치며 한바탕 신세타령을 쏟아냈다. 선이는 고소하다는 듯 안방을 향해 입을 삐죽거리며 엉클어진 머리를 빗고 옷매무시를 가다듬었다.

선이가 챙기려 했던 건 살아생전 엄마가 좋아했던 함박꽃이었다. 그냥 꽃이어서가 아니라 엄마가 좋아했던 꽃이기에, 이사를 하면서 뿌리를 캐다 옮겨 심었다. 그 꽃을 집에도 못 오는 큰 언니에게 갖다주려고 했다. 계모가 그 꽃을 차지하려는 것은 죽기보다 싫었다. "자기 것도 아니면서, 원래부터 우리 꽃이야!" 선이는 들으란 듯 소리치며 새로 꽃을 꺾어 담았다.

새벽에 바다로 고기잡이를 나갔던 아버지가 집으로 돌아왔다. 마당에 들어서자 내팽개쳐진 꽃들로 난장판인 마루를 살폈다. "아침부터 이게 무슨 일이고?" 아버지는 언성을 높였다. 선이가 새벽차를 타고 간 뒤였다. 계모는 방문을 열어젖히고 두 눈에서 눈물을 찍어냈다. 여태 아침 준비를 안 한 명분을 제대로 하나 얻어 잡은 셈이었다. 옥이는 아버지가 나타나자 '어어으' 거리며 반갑다는 인사를 하지만 아버지는 시선을 급히 계모에게로 돌렸다. 옥이는 본 게 있어도 말을 못하니 막내가 나섰다. 막내는 손가락으로 계모를 가리키며 "선이 언니 머리를 잡아끌고 욕하그 그랬어예." 하고 아버지를 보자 울먹거렸다. 함께 산 지 몇 달이 되어도, 아버지가 그리도 '새엄마'라 불러라 엄포를 놓아도 아무도 새엄마라 부르지 않았다. 아버지는 셋째 딸이 학교에서 돌아오면 단단히 혼을 낼 것이라며 계모를 달랬다. 그제야 계모는 일어나 부엌으로 나가 아침밥을 준비했다. 밥은 늘 식어 빠졌고 반찬은 살아 날뛰는 시퍼런 시금치를 무쳐냈다. 데치고 삶는 것도 귀찮아서인지 생전 생시금치 반찬은 처음인 식구들은 잘 먹지 않았다. 계모는 아침에 먹은 상을 방구석에 밀쳐 놓았다가 그 상에 다시 식은 밥을 가져다 놓기 일쑤였다. 막내의 어린 눈에도 마뜩잖았지만, 아버지는 한마디도 타박하지 않았다. 아버지는 자신이 손수 생선을 굽거나 조려 반찬으로 내놓았다.

　선이는 새벽 여섯 시 첫차를 타고 학교에 갔고, 밤 여덟 시 막차를 타고 집에 왔다. 계모가 온 뒤로 아버지는 새벽에 바다로 일을 나가버렸다. 새벽밥을 먹어야 하는 선이는 아침을 굶다시피 했다. 도시락은 아예 기대도 안 했지만, 차비마저도 계모에게 타 가라는 아버지가 야속하기만 했다. 새엄마에게 고분고분 말을 잘 들으라고 한 아버지의 조치가 오히려 더 반발심을 키우고 티격태격 싸움질을 붙였다. 선이는 차라리 아버지와 같이 제 손으로 밥해 먹고 다니던 시절이 더 속 편했다. 계모와 실랑이를 벌이다 차비를 못 받는 날에는 혼자 울며 한 시간을 걸어서 학교에 가는 날도 종종 있었다. 그런 날에는 막내가 모아둔 돼지 저금통에서 동전을 꺼내주기도 했다. 선이는 학교 매점에서 빵으로 한 끼를 때웠다. 껌껌한 밤에 집에 돌아오면 계모는 건성으로 물었다. 아버지가 있으니 어쩔 수 없이 묻는 말임을 선이는 누구보다 잘 알았다.

― 저녁 묵을래?
― 안 묵는다!

선이는 배에서 꼬르륵 소리가 났지만 오기를 부리고 자기 방으로 들어가 버렸다. 무엇보다 엄마에게 미안해서 계모가 해준 밥을 먹을 수가 없었다. 막내가 뭉쳐놓은 누룽지를 꺼내와 오도독 씹어 먹으며 허기를 달래기도 했다. 선이는 하루하루 배고픔과 원망으로 속이 시커멓게 타들어 갔다. 탈출구가 필요했다. 더는 그리 살기 싫었다. 주말마다 언니들을 찾아가 계모의 행실을 일러바쳐 속은 좀 풀렸지만, 언니들이라고 해결할 수 있는 건 아무것도 없었다. 언니들은 이제 집에 코빼기도 안 보였다. 계모가 싫어서였다. 동생들이 어리니 그래도 새엄마가 있는 게 낫다며 선이를 달랬다. 내년에 중학교를 졸업하면 집을 나가 고등학교에 다닐 수 있으니 조금만 참으라고만 했다. 언니들은 홀쭉해진 선이가 안된 마음에 맛있는 밥을 사 먹였다. 뭐라도 사 먹고 다니라며 용돈을 쥐여주는 것이 할 수 있는 최선이었다.

언니들과 헤어져 집으로 돌아오는 길, 선이는 엄마를 떠올렸다. 엄마가 있던 아침을. 엄마는 밤이면 두꺼운 요 밑에 교복 치마를 곱게 펼쳐 신문지를 덮어 깔고 잤다. 이튿날 아침이면 다림질이라도 한 듯 교복에는 칼날 같은 주름이 쫙쫙 잡혀 있었다. 선이는 아침에 머리를 감고도 엄마의 손에 따뜻한 밥을 먹고 다녔다. 그런 덕에 선이는 또래들 틈에서 돋보였다. 깔끔하게 맵시가 났고 공부도 잘하고 야무졌다. 껌껌한 밤에 돌아와도 당연하게 따뜻한 국물이 있는 밥상을 받아먹었다. 엄마가 죽은 후, 선이가 맞이하는 아침은 달라졌다. 교복은 구겨진 상태 그대로였고, 아침밥은 아무도 차려 주지 않았다. 키도 몸무게도 늘지 않았다. 헐거워진 교복 치마를 옷핀으로 꿰어 줄여 입어야 했다.

계모가 들어오기 전에는 선이가 새벽에 일어나 동생들 밥을 해놓고 도시락까지 싸 다녔었다. 선이는 계모가 들어온 뒤로 소홀해진 아버지도 꼴 보기 싫었다. 계모와 함께 시시덕거리는 아버지가 미웠다. 엄마가 죽은 지 얼마나 됐다고 계모를 들이냐고, 악을 쓰며 울부짖는 일이 하루가 멀다고 벌어졌다. 세상을 다 잃은 듯했다. 동생들이 어려서 돌봐야 할 사람이 있어야 한다는 말에 그건 자신이 더 잘할 수 있다고 소리쳤다.

코끝을 아리던 겨울이 지나갔다. 선이는 부산에 있는 산업계 고등학교에 진학했다. 해방이었다. 계모 꼴을 안 보는 것이 무엇보다 기뻤다. 선이에게도 봄이 오나 했다. 하지만 기숙사에서 제공하는 따뜻한 밥을 먹고 편히 지내는 것도 하루이틀에 불과했다. 책상에 앉아 책을 펼치다가도 계모 밑에 찬밥 신세인 옥이와 막내가 떠올랐다. 마음은 늘 집에 있는 동생들에게로 향했다. 끼니나 제대로 얻어먹고 있는지, 계모 비위에 거슬려 매질을 당하고 있는 건 아닌지 선이의 마음은 저울추 끝에 매달린 돌덩이처럼 아래로 무겁게 꺼져만 갔다.

7
남겨진 아이들

4교시가 끝나면 점심시간이었다. 그 한 시간 동안 막내는 집에 남은 옥이의 점심을 챙겨 먹이고 다시 학교로 돌아가야 했다. 막내는 시렁에 걸려 있는 보리밥을 꺼내 마룻바닥에 앉아 허겁지겁 먹었다. 숟가락질이 서툰 옥이에게 밥을 떠먹이며 빨리 먹으라고 재촉할 수밖에 없었다. 막내는 서둘러 상을 치우고 큰길을 꺾어 돌아 학교로 가는 지름길인 골목으로 접어들었다. 수업 시간 전에 교실에 도착해야 하니 마음이 급했다. 막내가 골목으로 들어서 지나가려는 순간, 담벼락 뒤에 숨어 있던 남자아이 하나가 불쑥 튀어나와 길을 막았다. 이 머슴애야말로 동네 소문난 악동이라 누구나 가까이하길 꺼리는 시한폭탄 같은 존재였다. 학교에서도 막무가내로 여학생들의 고무줄을 끊어놓기 일쑤였고, 아무나 닥치는 대로 약 올리는 게 일상이었다. 게다 막내에게 '엄마 없는 애'라고 놀리며 돌을 던지기도 했다. 막내는 엄마가 없어지길 한 번도 바란 적 없는데 놀림을 받는 게 억울했다. 엄마는 왜 죽어서 놀림을 받게 하는지 놀리는 그 애를 한 대 때려주고 싶었지만, 막내는 눈에 그렁그렁 눈물을 매달고 속만 끓였다. 저만의 필살기까지 지닌 그 애는 얄팍하게 남의 살집을 꼬집어 놓고 도망치는 바람에 누구에게나 공포의 대상이었다. 그런 애를 자칫하면 지각할 찰나, 그것도 좁은 골목에서 단 둘이 맞닥뜨린 것이다.

막내는 벌써 손에 진땀이 배고 머리끝이 쭈뼛쭈뼛 목덜미가 서늘했다. 두려움에 온몸이 졸아들어 콩닥거리는 가슴을 진정시키고 정신을 차려야 했다. 두 눈을 부릅뜨고 뚫어져라 그 남자애를 관찰하던 막내는 남자애가 생각보다 키가 작고 왜소하다는 사실과 말을 심하게 더듬고 있다는 것을 간파했다. 그에 비해 막내는 키나 덩치가 훨씬 더 큰 편이었다. 그곳은 친구 영숙이네 뒷간을 지나는 구간이었다. 재래식 뒷간에는 길쭉길쭉한 나무 칸막이가 덮여 있었고 암모니아 냄새가 코끝을 싸하게 찔러댔다. 막내는 길 한가운데를 가로막고 서 있는 남자애를 피해 한 발을 살짝 옮겨 놓았다.

― 야아! 어, 어딜 그냥 갈라 카노! 이, 이 길 지나가려면 돈 내놔라이!
― 뭐라카노? 이게 너거 길이가?
― 하아, 하모! 우리 아부지가 닦았으면 우, 우리 길이제!

막내의 뺨은 붉게 달아올랐다. 눈알까지 벌게져 금방이라도 눈물이 떨어질 판이었다. 학교를 지각할까 봐 안 그래도 조바심이 났는데 장애물을 하나 더 만난 꼴이었다. 막내는 두 주먹을 힘주어 쥔 채 고개를 빳빳하게 들고 쏘아붙였다.

― 이 자슥이 뭐라카노! 이 땅이 영숙이 저거 통시지 우째 너거 땅이고! 저걸 콱 똥통에 처박아 버릴라!

겁먹어 붉어진 뺨에 눈알까지 벌게져 금방이라도 뚝뚝 눈물이 떨어질 판인 막내 입에서 난데없이 튀어나온 말이었다. 편들어줄 엄마도 늘 붙어 다니던 선이 언니도 없는 판국에 그냥 한번 내질러 본 터였다. 막내의 움켜쥔 손과 등줄기에는 식은땀이 비칠거렸다.

– 아, 알았다꼬! 고, 고마 가라꼬.

한방에 꼬리를 쑥 내린 그 머슴애가 길 옆으로 몸을 움츠리며 비켜섰다. 그 애가 길을 내줬지만, 막내는 그 애 앞을 스쳐 지나면서도 뒷덜미를 붙잡힐까 봐 겁이 났다. 잰걸음으로 그 자리를 빠져나오며 식은땀을 흘렸다. 막내는 남자애와 거리가 멀어지자 뒤돌아보며 한 번 더 쐐기를 박았다. "한 번만 더 나한테 걸리면 진짜로 처박아버릴 줄 알아라!" 막내는 골목을 돌아 그 애가 보이지 않자 냅다 달렸다. '걸음아 나 살려.' 하며 교실로 뛰어들었다. 콩닥거리는 가슴을 누르며 막내는 갑자기 자신에게 솟아난 그 힘이 어디서 나온 것인지 의아했다. 어디에서 그런 용기가 난 것일까? 생전 처음 누군가에게 큰소리를 질러 본 것 같았다. 막내는 갑자기 꼬리를 내린 그 애도 두려움을 안고 살기에 먼저 공격한 것은 아닐까? 자기를 방어하기 위해 포석을 깐 건 아닌지 한참을 생각에 잠겼다. 막내는 자기 안의 두려움을 딛고 한 단계 올라선 자신을 보았다. '아, 별거 아니었구나!' 하고. 이것이야말로 자신을 지키려는 생존본능이 발휘된 게 아니었나 싶었다. 사람들은 모두 다 비슷한 두려움의 옷을 입고 약하디약한 자신을 감추기 위해 센 척하는 것은 아닌지, 사람의 마음은 별반 다를 게 없다는 것을 막내는 그날 알아차렸다.

막내는 또래 아이들 틈에서 눈에 띄었다. 하얀 피부에 반달처럼 휘어진 검은 눈썹. 선생님들은 어린것이 화장하고 다닌다며 막내의 눈썹과 빨간 입술을 손으로 닦아보기도 했다. 막내는 도시에서 방학 때마다 할머니 집으로 오는 도시 아이들과 있어도 꿀리지 않았다. 아비로서 해줄 수 있는 건 다 해주려는 아버지를 둔 덕분에. 막내는 시골 산골짜기에서도 레이스가 달린 하얀 양산을 쓰고, 꽃무늬 원피스에 반짝이는 구두를 신고 다녔다. 엄마가 죽은 뒤에는 도시로 나가 직장에 다니는 언니들이 철철이 새 옷을 사다 입혔다. 동네 사람들은 "저것은 뭔 복이 많아 어미 없는 티 하나 안 난다."라며 막내밖에 모르는 아버지를 질타하는 동시에 그런 아버지를 따라 막내를 중히 여기는 언니들을 애석해했다.

아버지는 집안의 중요한 물건이나 돈을 막내에게 맡겼고, 막내는 아버지가 찾는 게 무엇이든 그것을 찾아서 내놓았다.

― 막내야!
― 왜애?
― 아버지 늙으면 막내 니랑 살 끼다. 니가 아버지 모시고 살아야 한다이.
― 응, 양로원 차려서 아부지랑 옥이랑 같이 내가 데리고 살 꺼마요.

그런 막내를 바라보는 아버지는 벙싯거렸고 막내에게만큼은 큰소리 한 번 내지 않았다. 식구들은 막내를 곰이라 불렀다. 말수가 적고 어지간히 아파서는 아프다는 말도 하지 않아 한번 쓰러지면 곤욕을 치렀다. 막내는 잦은 병치레를 했는데 엄마는 그게 입이 짧아서라고 했다. 막내가 예닐곱 살 되는 해, 집에서 키우던 닭을 잡는 광경을 목격한 막내는 슬금슬금 뒷걸음질치다 그 자리에 주저앉아 울었다. 그날부터 그렇게 좋아하던 닭고기를 먹지 않았다. 식구들이 고기를 먹는 날엔 혼자 다른 방에 상을 차려 밥을 먹었고, 고기 냄새를 맡기만 해도 온몸에 붉은 반점이 꽃을 피웠다. 살아 있는 생명을 죽여서까지 먹지 않겠다는 최초의 자각이었다. 고기 냄새를 맡고 두드러기가 생긴 막내를 엄마는 아궁이 앞에 앉혀 놓고 수수 빗자루를 불에 소독한 후, "써억, 물러가라이!" 주문을 외며 벌거벗은 막내의 살갗을 불에 달군 빗자루로 쓸어내렸다. 막내는 늘 개와 노는 걸 좋아했고 집에 키우던 백실이는 막내만 쫓아다녔다. 아버지는 그런 막내를 위해 나무를 자르고 짜서 큰 개집을 지어주었다. 해가 저물어 저녁을 먹으려고 막내를 찾던 엄마는 책가방을 베고 개집 안에 잠든 막내를 발견하기도 했다.

막내는 가쁜 숨을 몰아쉬며 놀란 가슴을 진정시키느라 벌써 5교시가 끝나 있었다. 쉬는 시간 종이 울리자, 교실 안은 갑자기 술렁이기 시작했다. 아이들은 우르러 창가로 몰려가 소리를 지르고, 야단법석이었다. 막내는 귀가 들리지 않는 짝꿍 철수 노트에 수업 내용을 적어주고 있었다. 앞자리에 앉은 막내의 단짝 영숙이가 운동장을 가리키며 말했다. 영숙이는 엄마를 잃고 슬픔에 잠긴 막내에게 자기 엄마가 만들어 준 하얀 속바지를 선물했었다. 개울에 나가 물장구를 치며 놀 때 막내가 속옷이 없어 놀지 못했던 것을 기억하고서.

― 저기 너거 옥이 아이가?
― 뭐? 옥이가? 옥이는 아까 집에 있는 걸 보고 왔는데.

막내는 이건 또 무슨 일인가 하여 일어서 교실 창밖을 내다보았다. "코재야! 뛰라이! 더 빨리 뛰라! 잡아라! 잡아!" 창가에 몰려든 아이들이 창밖으로 고개를 쑥 내밀고 일제히 소리를 질러댔다. "게, 서라이!" 코재는 신이 났는지 한쪽 팔을 바람개비 돌 듯 둥글게 휘저으며 발을 껑충거렸다. 뜀박질하고 있었지만, 잡겠다는 의지보다 놀이를 즐기듯 창 쪽을 흘깃거렸고 소리를 질러대며 쫓는 시늉을 할 뿐이었다. "어으어어으!" 소리를 지르며 옥이는 굽은 팔에 두꺼운 잡지를 꼭 껴안은 채 쫓기고 있었다. 벌어진 입을 다물지 못하고 필사적으로 뛰느라 침을 질질 흘리면서. 옥이가 안고 있는 잡지 책은 낡을 대로 낡아 너덜너덜했다. 〈여성 중앙〉이라는 잡지는 몇 달 전 큰언니가 사다 준 것이었다. 옥이는 무슨 연유에선지 그 잡지를 늘 안고 다녔다. 잠자리에 들 때도 밥을 먹을 때도 잡지를 놓지 않았다. 옥이는 큰언니를 엄마만큼 잘 따랐다. 엄마가 죽고 난 뒤 그 증세는 더 심했다. 큰언니가 도시로 나간 후부터 잡지를 안고 다니는 버릇이 생겼다. 큰언니는 학교에도 못 가는 옥이가 하루 종일 혼자 있어야 하는 것이 마음에 걸렸다. 글자를 모르는 옥이에게 인물사진이 많고 색깔이 알록달록한 잡지를 사 주었다. 옥이는 침을 흘리며 한 손으로 책장을 넘겨보기도 했지만 잡지는 애착 인형처럼 안고 다니는 용도였다. 큰언니가 자신을 위해 사다 준 거여서 그랬을까? 옥이에게도 자기만의 것, 마음을 붙일 대상이 필요한 것이라고 막내는 생각했다.

동네 명물로 소문난, 제대로 대화가 될 리 만무한 두 사람은 무슨 접점으로 이 뜨거운 대낮에 학교 운동장으로 난입한 것일까? 말 못하는 옥이와 몇 마디밖에 할 줄 모르는 코재는 학교에 다녀본 적이 없었다. 그들에게 학교는 금지된 구역이었다. 막내는 매일 아침 집을 나설 때마다 따라 나오려는 옥이에게 으름장을 놓곤 했다. 절대 학교에 오면 안 된다고. 학교 다녀와서 맛있는 과자를 사 주겠다고 어르기도 했다. 옥이에게 점심을 챙겨 먹이고 나온 지 얼마나 되었다고 저 난리들인지 막내는 쥐구멍이라도 찾고 싶은 심정이었다. 막내에게 옥이는 부끄럽고 창피한 존재였다. 막내는 운동장으로 달려 나갔다.

"언니 온다. 언니는?" 코재는 막내를 보고 해맑게 웃으며 말을 건넸다. 할 줄 아는 말이라고는 그게 다 일만큼 코재는 막내만 보면 그 말만 되풀이했다. 코재는 서양 사람 코를 닮았다고 붙여진 별명이었다. 코재는 혼자 동네를 떠돌아다니다가 큰언니가 집에 오는 날에는 헐레벌떡 뛰어와 전령처럼 알려주곤 했었다. 큰언니는 옥이처럼 장애가 있는 코재에게도 자신이 사 온 맛있는 것들을 나눠주곤 했다. 그래서인지 코재는 "언니 온다.", "언니는?" 그 말만 되풀이했다. 자신이 할 수 있는 최대한의 호의였는지도 모를 일이었다.

머리끝까지 화가 난 막내는 양손에 옥이와 코재의 팔을 잡아 붙들고 운동장 밖으로 끌고 나갔다. "학교 오지 말라 했지!" 좀처럼 화를 내지 않는 막내가 언성을 높이자, 둘은 고개를 돌려 먼 데를 보며 막내의 눈을 피했다. 말을 못 하고 인지능력이 떨어질 뿐 잘못한 것은 아는 눈치였다. 막내는 운동장 밖 멀리 큰길까지 두 사람을 돌려보내고 어서 집으로 가라고 재촉했다. 가는 척하다 뒤돌아보면 둘은 다시 학교 쪽으로 슬금슬금 걸어오고 있었다. 막내는 작은 돌을 주워 던지며 멀리 내쫓았다. "집으로 가! 어서!" 선이가 집을 떠난 후 이런 소동은 더 잦아졌다. 계모와 집에 있는 것이 말 못 하는 옥이에게도 감옥이었을까? 막내는 집으로 가라고 돌팔매질하면서도 옥이가 집으로 돌아갈 것이라고는 믿지 않았다. 내쫓아야 했지만, 마음이 좋지 않아 속으로는 울었다. 막내는 남들 보는 앞에서는 이들을 멀리하는 척했지만, 단둘이 있을 때는 다정하게 말을 걸고 손을 잡거나 팔짱을 끼고 다녔다.

옥이는 동네 정자나무 아래 우두커니 앉아 막내를 기다리는 게 일이었다. 저 멀리 학교에서 돌아오는 막내를 보자마자 큰길로 뛰어나왔다. 입을 벌려 크게 웃으며 가끔 괴상한 소리를 지르기도 했다. 기분이 좋을 때 내는 소리였다. 막내는 수업이 끝나면 학교 문고에 남아 책을 더 읽고 싶었지만, 그럴 수가 없었다. 읽던 책 페이지 모서리 끝을 접어 제자리에 꽂아두고 집으로 향했다. 옥이는 늘 큰언니가 사다 준 잡지를 품에 안고 막내를 기다렸다. 잡지는 옥이에게 큰언니의 분신 같은 것이었다. 누구에게도 뺏기지 않으려고 필사적으로 지켜내는 단 하나. 코재도 그것을 알고 잡지를 뺏겠다고 쫓고 쫓기는 촌극을 벌인 것인지도 몰랐다.

자신들을 돌봐주던 선이가 곁에 없자, 막내와 옥이는 그 빈자리를 스스로 채워가며 하루하루를 살아내야 했다. 잠들기 전 막내는 일기장에 '종이 인형 옷을 그리고 오려서 옥이와 함께 재미있게 놀았다.'라고 적었다. 선생님이 막내의 일기를 반 친구들에게 자주 읽어주는 바람에 '엄마와 선이 언니가 없어 외롭고 힘들어서 울었다.'라는 말은 차마 적을 수가 없었다. 막내가 몰래 훌쩍이는 밤이면 옥이는 얼굴을 찡그리고 어쩔 줄 몰라 했다. 막내는 옥이의 눈동자에 어린 물기를, 슬픔을, 두려움을 읽을 수 있었다. 그런 밤에는 그림책을 펼쳐놓고 옥이에게도 읽어주었다. 막내는 『플란다스의 개』를 읽으며 병든 할아버지를 위해 어린 나이에 우유배달을 하는 넬로와 파트라슈가 불쌍해 엉엉 울었다. 자신보다 더 힘든 친구를 동정했다. 막내는 혼자서도 열심히 살아가는 넬로를 보며 용기를 냈고, 가난하지만 그림을 사랑하는 그를 응원했다. 루벤스의 그림 앞에서 얼어 죽은 넬로와 파트라슈, 그 그림을 한 번만이라도 보는 게 소원이었던 넬로는 어떤 마음이었을지 막내는 자기 일처럼 안타까웠다. 막내는 넬로가 외로움을 그림으로 달랬듯, 시간 날 때마다 그림을 그리곤 했다. 그런 밤에는 옥이에게도 색연필을 쥐여주고 아끼는 스케치북에서 도화지를 한 장 뜯어 내주었다. 옥이는 하얀 도화지에 빨갛게 선이 그려지자 '어어' 하고 소리내며 눈을 반짝였다. 막내를 보고 활짝 웃으며 신기하다고 고맙다고 말하는 듯했다. 둘은 그렇게 울다가 웃다가 깊은 밤이면 꼭 붙들고 잠이 들었다.

8
열여덟 살 엄마

막내가 중학교 입학을 앞둔 겨울방학에 아버지는 새 사업을 벌였다. 겨우내 인기척도 드물게 조용하던 마을선착장은 아버지가 벌인 판으로 웅성거렸다. 아버지는 수산업협동조합에서 동네 앞바다의 굴 채취 판권을 사들이고 선착장 한 모퉁이에 큰 비닐하우스를 지었다. 일꾼을 모아 굴을 채취하고 채취한 굴을 비닐하우스 안에 돌탑처럼 무더기로 쌓았다. 동네 아주머니들이 옹기종기 모여 앉아 야금야금 굴 탑을 허물어뜨리며 굴을 깠다. 엄동설한에 현찰을 손에 쥘 수 있는 벌이가 생기자, 동네 아주머니들은 앞다퉈 아버지에게 청탁을 일삼았다. "아재요, 한자리는 꼭 내줘야 한데이. 내 손 빠른 거 알지예?"라고. 선창가에서 멀지 않은 사람이나 먼 윗동네 아주머니까지도 한마디 언질로 스스로 구두계약을 확정 짓는 식이었다.

그해 굴 수확은 풍년이었다. 밤새 깐 굴들은 새벽 어시장 경매장으로 내보내졌다. 아버지는 벌어들인 돈을 엄지손가락에 침을 퉤퉤 발라가며 보란 듯 세었다. 그러고는 하얀 봉투를 입으로 훅 불어서 아주머니들이 쪼그리고 앉아 굴을 간 삯을 셈하여 넣었다. 장부를 확인하고 삯을 계산하는 일은 예비 맏사위가 맡았다. 아버지가 돈을 세어 담을 봉투에 받을 사람 이름을 적어 건네는 일도 그의 몫이었다.

그날은 결산하는 날이었다. 콩나물시루처럼 동네 아주머니들이 방 안에 빼곡히 모여 앉아 자신의 이름 불리기를 목 빼고 기다렸다. 아버지는 하얀 봉투를 들어 보이며 "자, 이거는 복실 아지매 겁니더. 제법 두껍네예." 하며 아주머니들에게 일한 대가를 나눠주었다. 그런 아버지의 얼굴에 싱글벙글 웃음꽃이 만개했다. 목소리는 노래하듯 리듬을 탔고 짐짓 거드름을 피우는 시늉을 하기도 했다. "하이고, 내 봉투가 제일 두꺼운 갑네예. 아재요, 고맙습니더." 봉투를 받아 든 아주머니들은 흡사 산타에게 크리스마스 선물을 받은 아이들처럼 즐거워했다. 아버지는 아주머니들이 계산한 금액보다 섭섭하지 않게 삯을 쳐주어 후한 인심을 얻었다.

겨우내 아버지는 큰돈을 벌어들였다. 큰딸과 혼담이 오가는 예비 사위가 자기 일처럼 팔 걷고 도와준 덕분이었다. 아버지는 예비 사위가 든든하면서도 한편으로는 못내 아쉽기도 했다. 하나뿐인 아들이 사위처럼 그랬으면 얼마나 큰 힘이 될까? 집에 코빼기도 비치지 않는 아들 생각에 속이 쓰라렸다. 큰언니는 시내에서 직장을 다니느라 얼씬도 안 했지만, 예비 신랑은 군대에서 제대한 후라 아예 처가가 될 집에 붙어 살았다. 아버지는 그런 그를 맏사위라 부르며 가족처럼 대했다. 이런 아들이 있으면 참 든든하겠다고 생각할 때마다 명치끝이 저렸다.

한판 축제를 끝내고 사람들이 퇴장하자 아버지는 예비 사위와 술상을 마주하고 앉았다. "자네도 한잔하게나. 일이 고된데 박 군이 이리 힘써주니 억수로 고맙구먼." 하고 인사말을 건넸다. 아버지는 진심으로 사위 될 사람이 마음에 들었다. 맏사윗감은 심성이 착하고 성실했다. 안 그래도 작은 눈이 웃으면 아예 보이지 않았고 매끈한 입술 끝엔 엷은 보조개가 패었다. 이

집 큰딸을 쫓아다니다가 결혼에 대한 확답을 받기 위해 몸소 성실함을 증명해 냈다. 아버지는 이미 그를 맏사위로 인정하고도 남았다. 그날 밤 새엄마는 없는 솜씨를 부려 고기를 삶아 거나하게 술상을 차려냈다. 예비 사위는 귀가 빨갛게 달아오른 채 고개를 한쪽으로 돌려 잔을 비웠다. 아버지는 그 모습을 흐뭇하게 바라보다가 술잔을 내려놓기도 전에 다시 채우기를 거듭했다.

새엄마는 누가 시키지도 않았는데 수육이 식었다며 솥에서 따뜻한 수육을 한 접시 가져다 놓았다. 솥에서 꺼내 막 썰어놓은 고기에서 구수한 냄새가 올라왔다. 밤이 깊을 때까지 술자리는 계속되었고 웃음소리는 끊이지 않았다. 겨우내 힘들게 고생했던 사람들에게 그 밤은 입에 착 달라붙는 소주처럼 짜릿하고 달짝지근한 보상을 충분히 내려주었다.

다음 날 아침, 아버지는 목이 말라 이른 새벽에 잠에서 깼다. 옆자리가 비어 있길래 부인이 아침밥을 지으러 부엌에 나갔나 보다고 생각했다.

─ 여보! 냉수 한 잔만 떠다 주게.
─ …….
─ 밖에 뭐 하노? 안 들리나? 물 한 잔만 주라이!

소리를 질렀지만, 아무 대답이 없었다. 인기척이 없자 아버지는 구시렁대며 일어나 문을 열고 마루로 나갔다. 우물 옆 물동이에서 물을 한 바가지 떠다 꿀꺽꿀꺽 들이켰다. 술기운에 멍한 머리가 찬물을 빨아들이며 정신이 좀 들었다. 돌아보니 부엌문은 나무 걸이를 걸어놓은 그대로 닫혀 있었다. '이 사람이 오데 갔노? 통시에 갔나?' 아버지는 바깥마당으로 나가 뒷간 앞에서 헛기침했다. "그 안에 있나?" 하고 부인을 불렀지만, 대답이 없었다. '아니, 이 사람이 이 새벽에 어딜 갔노?' 아버지는 별생각 없이 오줌을 누다 뒤통수를 한 대 맞은 사람처럼 황급히 방으로 향했다. 방문을 열어젖히고 들어가 장롱문을 벌컥 열었다. 아뿔싸! 금고 문이 열려 있었다. 어제 결산하고 넣어둔 돈다발과 새 부인이 들고 왔던 큰 가방이 없었다. 옷걸이 몇 개가 비어 있었고 빈 옷걸이 사이 사이에 반쯤 걸쳐진 옷가지들이 걸려 있었다.

— 아니? 이 여편네가! 박군! 박군! 빨리 일어나봐라이!

아버지는 옆방에 자는 예비 사위를 소리 내 불렀다.

— 무슨 일입니꺼?
— 이 여편네가 돈을 가지고 도망을 갔는 갑다.

새엄마가 돈을 챙겨 줄행랑을 쳤다는 소문을 듣고 동네 아주머니들도 하나둘 몰려들었다. 그들은 자신들의 일처럼 혀를 차며 발 벗고 새엄마의 행적을 찾아 나섰다. 삼삼오오 산길을 따라 흩어져 찾았지만, 허탕을 쳤다. 새엄마의 계획된 범죄였는지 마을과 인근 산을 샅샅이 뒤졌는데도 흔적을 찾을 수 없었다. 며칠 뒤, 새엄마는 다른 마을 오일장에서 큰어머니와 동네 아주머니들에게 발각돼 끌려왔다.

아버지는 붙들려온 새엄마를 보자 눈에서 불꽃이 튀었다. 얼마나 애를 끓였는지 입술이 허옇게 타들어 가 있었다. 새엄마의 가방에는 쓰다 남은 돈과 식칼이 들어 있었다. 아버지는 식칼을 꺼내 보이며 "이 년이 내를 죽이러고 칼을 가지고 다니냐!"라며 입술을 질근질근 씹으며 새엄마의 머리채를 질질 끌고 가 쓰지 않는 가운데 방 안에 가두어버렸다. 문고리를 단단히 채우고 아무도 물 한 모금도 주지 말라며 엄포를 놓았다. 방 안에서는 잘못했다고 제발 살려달라고, 그다음 날에는 물 좀 달라고 악을 쓰는 소리가 들렸다.

새엄마가 갇힌 지 이틀째, 밤이 깊었다. 아버지는 술에 취해 코를 골고 잠이 들었다. 아버지가 잠든 안방 문 앞에 한참 귀를 대고 앉았던 막내는 아버지의 코 고는 소리가 더 깊어지자 살그머니 몸을 일으켜 새엄마가 갇힌 방문을 땄다. 어둠 속에 갇혀 있던 새엄마는 막내를 보자 반가워 눈물을 글썽거렸다. 새엄마는 한쪽 입술이 터져 검붉은 피딱지가 앉았고 눈 주위가 시퍼랬다. 막내는 돈을 훔친 건 잘못했지만 갇혀서 물도 한 모금 못 먹게 된 새엄마가 안쓰럽기도 했다. 이러다 잘못되면 어쩌나 싶어 불안했다.

― 아버지 일어나기 전에 가이소. 먼 곳으로 가요.
― 고맙다아. 막내야. 내가 잘못했데이. 참말로 잘못했데이.
― 아부지한테 걸리면 그땐 나도 모릅미더. 아부지 깨기 전에 빨리 도망가요.

막내는 새엄마가 훔쳐다 쓰고 남은 돈은 아버지가 몽땅 회수했다는 사실을 알고, 자신이 가진 돈을 다 털어 새엄마에게 내놓았다.

― 가진 게 이거밖에 없습미더.
― 고맙데이. 내가 막내 니는 평생 안 잊을 끼구마.

새엄마는 눈물지으며 막내의 손을 꼭 거머쥐었다. 막내가 아픈 날이면 새엄마는 벌벌 떨었었다. 자신이 무엇을 잘못해서 그런가 하고. 아버지에게 타박을 듣는 게 두려워서였기도 했다. 막내는 새엄마가 자기에게는 기분을 맞추려고 애썼다는 사실을 알았다. 새엄마는 뒷밭 언덕을 기어오르며 막내에게 들어가라고 손짓했다. 막내는 새엄마를 그리 좋아하지는 않았지만, 그런 이별이 달갑지도 않아 눈물이 났다. 무엇 때문인지 서럽기도 했다. 달빛이 새엄마가 가는 길을 비춰 무사히 어디론가 숨어들기를 빌었다. 아침에 눈을 뜬 아버지는 누가 새엄마를 풀어줬냐며 언성을 높였지만 더 이상 추궁하지는 않았다. 새엄마를 경찰에 넘길지 고심했던 아버지는 두 번 다시 눈에 띄면 가만두지 않겠다며 새엄마의 옷가지를 싹 다 거둬 불태워버렸다.

집안 소식을 전해 들은 선이가 부산에서 한달음에 달려왔다. 까만 바탕에 하얀 깃이 달린 교복을 입고 두 갈래로 머리를 묶은 선이를 보자 막내와 옥이는 뛰어가 와락 안겼다. 선이는 눈물짓는 동생들을 두 팔로 안아 들였다. 분란이 일은 그간의 고충이 어떠했을지 짐작하고도 남았다. 아버지는 선이의 눈을 바로 보지 못하고 먼 산을 보며 담배만 뻐끔거렸다. 담배 연기가 아버지의 콧구멍과 입을 통해 동시에 뿜어져 나왔다. 아버지는 담배 연기를 내뿜으며 넌지시 말했다.

— 인자 두 번 다시는 집안에 여편네를 안 들일 끼다.
— 참말이지예. 아부지. 그러면 내가 집에 들어와 살랍니더.
— 핵교는 우짜고?
— 학교는 나중에 봐서 다시 가면 되지예. 막내가 곧 중학교 간다 아입니

선이 언니

꺼. 내가 밥해주고 도시락도 싸주고 그러랍니더.

선이는 중학교 진학을 앞둔 막내를 위해 자신의 학업을 접기로 마음먹었다. 새엄마가 없어진 게 오히려 다행이라는 생각도 들었다. 자신이 중학교 다닐 때를 생각하니 막내에게는 그런 고생을 시키고 싶지 않았다. 굶고 새벽 차를 타고 다니며 추위에 떨었던 공포가 떠올랐다.

엄마가 죽고 난 뒤 선이는 아침밥은 사치였고 배고픔과 추위와 싸워야 했다. 추운 겨울, 홑겹이나 마찬가지인 동복을 입고 시린 발을 동동 구르며 냉기로 가득 찬 교실에서 날이 밝아오기를 기다렸다. 늦잠이라도 잔 날에는 말리지 못한 머리에 얼음을 매달고 심장이 터지도록 뛰어 버스에 겨우 몸을 실었다. 버스 안에서 동네 아주머니들은 머리에 쓴 수건을 벗어 얼은 머리카락을 닦아주기도 했다. 교복 소매를 미처 다 끼지 못하고 버스를 타는 날도 있었다. 어찌 됐든 일단 첫차를 타야만 했다. 첫차를 놓치면 꼼짝없이 한 시간을 걸어 학교에 가야 했다. 수업이 파하면 반대로 막차 시간을 또 떨면서 기다렸다. 춥고 배고프고 서러운 날들의 연속이었다. 떠올리기조차도 싫은 악몽이었다. 선이는 그 생지옥 같은 고생을 막내에게는 시키고 싶지 않았다.

선이는 기숙사로 돌아가 짐을 싸고 자퇴서를 제출했다.

― 선생님, 저 학교를 못 다니게 되었습니더.
― 무슨 일로 학교를 그만둔다는 거야?
― 동생들이 아직 어려서 돌봐야 합니더. 엄마가 없어서예.

- 그 참! 정 그렇다면 후일을 생각해서 우선 휴학계를 내자. 언제든 다시 공부할 수 있게.

선생님의 만류에도 한 치의 흔들림이 없이 선이의 결심은 단단했다. 막내가 공부하려면 몇 년이 걸릴지 모르는 일이었다. 선이는 미련을 두기 싫어 자퇴를 선택했다. 큰 가방 하나에 짐을 꾸려 기숙사를 나왔다. 고향 집으로 가는 버스 안에서 선이는 이 길이 자신의 길임을 의심하지 않았다. 고등학교 2학년, 선이는 고작 열여덟 살이었다. 학교를 그만둔 슬픔보다 이제 동생들과 함께 살 수 있다고 생각하니 오히려 마음이 더 놓였다. 선이는 생애 마지막일지도 모르는 교복을 입고 교문을 나왔다. 어쩔 수 없이 뒤돌아보게 되는 선이의 눈에 그렁그렁 눈물이 차올랐다. 그렇게 선이는 열여덟 살 엄마의 길로 접어들었다.

9
처녀 선생님

그해 겨울, 선이가 집안 살림을 맡고 막내는 중학교에 입학했다. 선이는 날마다 새벽밥을 차려 막내에게 먹이고 도시락을 싸서 들려주었다. 그 덕에 막내는 따뜻한 밥을 먹고 도시락을 싸 들고 학교에 다닐 수 있었다. 막내가 중학교 입학할 때 선이와 아버지는 유난스러웠다. 학교에서 정해준 곳에서 사 입는 교복을 양장점에서 맞춰 입혔다. 교복만 입으면 추워서 벌벌 떨어야 하니 코트도 맞춰야 한다는 선이의 말에 아버지는 막내에게 모직 코트도 한 벌 맞춰주었다. 선이는 자신이 누리지 못한 것을 막내에게는 다 해주고 싶었다. 맞춤 코트를 입은 여학생은 교내에서 몇 되지 않았다. 막내는 국민학교 졸업식에서 최고 좋은 교육감상이며 성적우수상 외에도 상이라는 상마다 이름을 올렸다. 그야말로 빛나는 졸업식이었다. 졸업식 말미에 "앞에서 끌어주고 뒤에서 밀며" 송별가가 울리자, 졸업생과 재학생들은 오열하기 시작했다. 꽃다발을 안고 찾아온 미정이라는 후배는 막내의 팔을 붙들고 엉엉 울었다. 그 시골 골짜기에 꽃다발을 든 졸업생은 막내뿐이었다. 아마도 도시에 사는 언니나 오빠가 받아 온 꽃다발을 매만져서 들고 왔을 후배의 마음을 막내는 오래도록 잊지 못했다.

막내는 중학교 입학식에서 성적 우수자 특별장학금을 수여하기도 했다. 막내가 받은 상들은 아버지의 벼슬이었다. 아버지는 입이 귀에 걸려 다녔다. 손수 마른 나무를 다듬어 틀을 짜고 사포로 문질러 윤기를 내 작은 상자를 만들었다. 신줏단지 모시듯 상자 안에 막내의 상장을 따로 모아 보관했다. 아버지는 상자를 장롱 안에 깊숙이 들여놓고 한 번씩 매만지며 흐뭇해했다. 그것으로 끝이 아니었다. 그 후로도 막내가 다니는 학교 운동회며 행사에 금일봉을 내고, 내빈석 단골이 되었다. 학교 내 합주단 단장을 맡아 기악부 맨 앞에 서서 지휘봉을 돌리며 행진하는 막내를 보며 아버지는 연신 입을 다물지 못했다. "저 맨 앞에 여자애가 내 딸이오! 우리 막내딸! 허허."

아버지의 기대와 선이의 뒷바라지에도 불구하고 막내는 날로 성적이 떨어졌다. 호되게 사춘기를 앓았다. 막내는 전교 학생회며 학급 임원에다 보건실 담당도 맡아 몸이 두 개라도 모자랄 판이었다. 막내가 앉은 교실 창밖에는 늘 찾아오는 후배가 있었다. 뇌성마비 장애가 있는 일 학년 남자아이였다. 막내는 복도를 지나다 무릎에 피를 흘리고 앉아 있는 그 아이를 보건실로 데려가 소독하고 밴드를 붙여 주었다. 그게 인연의 시작이었다. 묵이라는 이 남자아이는 시도 때도 없이 교실로 찾아와 수업을 방해했고 막내가 어딜 가도 졸졸 따라다녔다. 말 못하는 장애가 있는 연이라는 여학생과 경쟁적으로 막내 팔을 서로 꿰차려 싸움질을 해가며. 막내는 두 아이에게 교실에 찾아오지 말라고 사정하고 피해 다닐 지경이었다. 그러자 묵이는 화단으로 난 교실 창밖에서 목을 내밀고 막내를 찾기도 했다. 어디서 꺾어왔는지 늘 꽃을 주고 갔다. 막내가 교실 문을 나서는 순간 두 아이는 함께 뛰어왔다. 막내는 차마 내치지도 못하고 피해 다니기도 그렇고 성적마저 떨어지자 난감하고 힘이 들었다. 그 아이들을 보면서 학교조차도 못 다니는 옥이 생각에 가슴이 아팠다. 막내는 이들의 불투명한 앞날이 자신의 앞날과 맞물려 점차 우울감에 빠져들었다.

친구들이 학교를 파하고 집으로 돌아간 뒤, 막내는 단짝 친구 영숙이와 어두운 교실에 앉아 막차를 기다리는 일이 허다했다. 둘은 학교 임원이라 늦게까지 학교에 남아 회의하거나 학급 일을 도왔다. 막내와 영숙이는 세상의 짐을 다 짊어진 듯 신세를 한탄하기도 하고 고민거리를 나누었다. 그날도 두 사람은 막차를 기다리며 교실에 앉아 있었다. 3학년 2학기가 시작되어 한창 고교진학신청서를 써야 할 때였다.

- 영숙아, 니 고등학교 어디로 갈 끼고?
- 우리 아부지가 여상 가서 은행에 취직하라 하더라. 수아 니는 어쩔 낀데?
- 내도 그래야지. 선이 언니가 저리 고생하는데 빨리 돈 벌어서 도와야제. 우리는 왜 이리 가난하게 태어났을꼬?
- 그러게 말이다. 그러면 우리 같이 여상 가자아. 같은 학교 되면 좋겠다, 그자?

막내는 영숙이와 상업고등학교에 진학하기로 손가락 걸며 약속했다. 동네 어른들은 딸자식이 공무원 아니면 은행에 취업하는 것이 출세하는 길이라고 입에 침이 마르도록 열변을 토했다. 그 세상밖에 없는 것처럼, 당연히 그래야만 하는 것처럼.

다음 날 막내는 마음을 다잡고 상업고등학교 진학신청서를 제출했다. 담임 선생님은 그 자리에서 신청서를 찢었다. 선생님이 인문계를 가야 한다고 몇 번이나 말했지만, 막내는 고집을 부렸다.

― 수아야! 너는 안된다. 너는 여상 갈 적성이 아니다. 집에서 의논해 봤나?
― 저는 여상 갈 낍니더.

 몇 번을 타일러도 막내가 고집을 꺾지 않자, 담임 선생님이 집으로 찾아왔다. 토요일 오전 수업을 파하고 곧장 막내를 따라 들이닥쳤다. 담임 선생님이 찾아왔다는 말에 아버지는 눈이 동그래져 자리에서 벌떡 일어났다.

― 선상님이 여기까지 우짠 일입니꺼?
― 아버님, 수아는 여상 보내면 안 됩니다. 수아는 인문계를 가야 합니다. 상업학교는 적성에 안 맞습니다.

선생님은 다짜고짜 할 말을 쏟아냈다.

― 집안 형편도 안 좋은데 여상 가서 빨리 취직해야지, 누가 대학 공부를 시키겠습니꺼?
― 장학금을 받는 방법도 있고 입학만 하면 얼마든지 길은 있습니다. 수아는 대학을 보내야 제 길을 찾을 겁니다.

 선생님은 끈질기게 아버지를 설득했다. 인문계 진학을 위해 학교 근처에 하숙시켜야 한다고 한술 더 떴다. 막내가 버스를 기다리며 집까지 오가는 통학 시간을 아끼면 공부할 시간을 벌 수 있다는 말이었다. 학교에서 공부에 매진하면 단기간에 성적을 올릴 수 있다는 담임의 말은 일리가 있었다. 선생님은 다짐받을 때까지 돌아가지 않겠다며 마루에 걸터앉아 아버지와 신경전을 벌였다. 아버지도 물러서지 않았다. 옆에서 지켜보고 있던 선이는 막내를 나무랐다.

– 막내 니는 왜 물어보지도 않고 마음대로 여상을 간다고 했노?

막내는 꿀 먹은 벙어리가 되어 아무 말도 하지 않았다. 자신 때문에 가족이 고통받는 건 싫었다. 선이는 아버지의 눈길을 무시한 채 당차게 말했다.

– 선생님, 지가 다 책임지고 막내 공부시킬 거라예. 하숙집을 어디다 알아봐야 합니꺼?
– 그게 정말입니까? 하숙집은 학교 가까운 데 같은 반 친구 집에 미리 언질을 줘놓긴 했습니다.
– 선생님께서 이리 신경 써주시는데 내일이라도 당장 보따리 싸서 보내 겠습니다.

선이는 자신이 책임지고 막내를 공부시키겠다며 선생님과 약속했다. 아버지는 헛기침을 해댈 뿐 고개를 돌리고 별 말이 없었다. 고생하는 선이에게 미안해서 차마 먼저 입을 떼지 못하고 있었을 뿐, 막내를 대학에 보내고 싶은 마음이 굴뚝 같았다. 선생님은 선이의 두 손을 부여잡고 한동안 말을 잇지 못했다.

선생님은 막내가 다니는 면 소재지 중학교로 지난해 부임 받은 처녀 선생님이었다. 국어를 담당했다. 조그마한 몸에 그 올정은 하늘을 찌르고도 남았다. 선생님의 카랑카랑한 목소리, 똑 부러지는 설명, 굵직하고 반듯반듯한 판서는 집중을 안 하기가 오히려 더 어려울 만큼 흡입력이 있었다. 막내는 신세계를 만난 듯 수업 시간이 재미있었다. 선생님이 막내를 눈여겨보게 된 것은 국어 성적 때문이었다. 겨우 반타작했던 성적은 선생님이 맡은 이후 만점을 받기 시작했다. 선생님은 채점한 시험지를 들고 와 성적을 발표했다.

- 김수아가 누구니? 손 들어봐.
- 접니더.
- 전 학급을 통틀어 혼자 백 점을 받았어. 다 같이 손뼉 한번 쳐주자.

반 아이들은 함성을 지르며 부러운 눈초리로 막내를 쳐다봤다. 막내는 그 이후에도 국어 과목만큼은 한두 개 이상 틀리는 일이 없었다. 전 과목 중에 국어 성적이 제일 좋았다. 선생님의 똑 부러진 설명이 스펀지를 빨아들이듯 쏙쏙 귀에 들어왔다. 수업 시간에 두 눈을 반짝이며 선생님의 입에서 나오는 말은 하나도 놓치지 않으려고 귀를 바짝 세웠다. 수업에 열중하는 막내가 교단에 선 선생님 눈에 띄었다. 초롱초롱 빛이 뿜어져 나오는 눈빛이, 고개를 곤추세우고 하나도 놓치지 않겠다는 다부짐이.

막내는 중학교 3학년이 되자, 국어 선생님이 담임을 맡게 해달라고 빌었다. 새로 배정받은 교실 앞문을 열고 들어서는 새 담임은 바로 국어 선생님이었다. 막내는 저도 모르게 환호성을 지르며 손뼉을 쳤다. 막내뿐 아니라 학생들 거의 모두가 그 대열에 합세했다.

담임을 맡게 되자 선생님은 학력고사 준비 외 막내에게는 따로 독후감을 쓰게 했다. 시험공부에 매진해야 함에도 책을 선정해서 독후감 쓰는 일을 지속했다. 선생님은 일기나 독후감을 검사한 후에는 자신의 의견을 달아 꼼꼼히 첨삭해 주었다. 막내에게 글을 쓰는 능력을 키워주기 위해서였다. 그런 선생님을 만난 것이 막내에게는 가슴 밑바닥부터 차올라 자부심으로 쌓였다. 막내는 선생님을 통해 자신에게도 남들과 다른 특별함이 있다고 여기게 되었다. 막내는 선생님을 『키다리 아저씨』라는 책에서 본 키다리 아저씨라 여겼다. 힘들 때마다 주인공 주디처럼 선생님에게 편지를 쓰며 마음에 주문을 걸었다. 어딘가 나를 지켜보고 있는 내 편이 있다고 위로하며. 그 내 편이 먼 하늘나라에 있는 엄마에서 어느새 선생님으로 바뀌어 갔다. 막내는 학급 학생들을 다 돌봐야 하는 선생님께 끝내 보내지 못한 편지를 혼자만의 비밀로 간직했다.

도시에서 부임받아 온 선생님은 학생들의 처지가 딱하다며 몸소 자료를 만들어 하나라도 더 이끌어 주려 무던히도 애를 썼다. 처음 맡은 제자들이라 자신이 가진 온갖 것을 다 주고 싶어 했다. 막내뿐 아니라, 성적은 좋은데 가정 형편이 어려운 친구들에게 사비를 들여 몰래 참고서며 문제지를 사주기도 했다. 주말에는 학생들을 도시에 있는 집으로 데려가 시내 구경을 시켜주며 새로운 문화를 경험하게 하는 것으로 일이 더해졌다. 선생님의 어머님은 딸의 첫 제자들에게 잠자리며 따뜻한 밥을 해대느라 고생이었다.

콧날이 시큰해지는 추운 겨울날이었다. 선생님은 가포 바닷가 유원지에 막내를 데리고 갔다. 그날은 선생님과 단 둘이 떠나는, 막내에게는 첫 여행인 셈이었다. 바닷가 백사장에는 젊은 남녀가 엽서에서 금방 튀어나온 듯한 모습으로 걷고 있었다. 멀리 있는 바다를 배경으로 긴 코트 자락을 휘날리며. 한 점 그림 같은 풍경이었다. 막내는 눈 앞에 펼쳐진 풍경이 텔레비전 화면에나 나오는 비현실적인 장면 같았다. 기분이 묘했다. 막내가 사는 삶의 현장인 떠들썩한 부둣가와는 느낌이 달랐다. 막내는 문득 서글픈 것 같기도 하고 어린 새가 날개를 파닥거리며 날갯짓하는 것처럼 새로운 힘이 피어나는 것 같기도 했다. 선생님과 막내는 바닷가에 늘어선 키 큰 나무 아래 서서 바다를 내려다보았다. 저 멀리까지 펼쳐진 바다에 윤슬이 내려앉아 춤을 췄다. 고요하고 아름다웠다. 막내는 나뭇가지에 매달린 갈색 나뭇잎 사이로 반짝이는 햇살에 눈이 부셨다.

— 수아야, 넌 나중에 글을 써라. 넌 세심한 눈을 가졌어. 관찰력이 뛰어나. 그걸 글로 표현하는 재능도 있고.
— 그러려면 어찌해야 하는지 저는 잘 모르겠습니더.
— 눈앞에 보이는 세상이 다가 아니야. 새로운 것을 접하고 보이지 않는 것을 보려고 애써야 해. 저 멀리 수평선 너머에는 어떤 세상이 있을지 한번 상상해 봐. 그리고 떠오르는 생각을 글로 표현하는 연습을 지속하면 돼.

선생님은 새로운 세계를 꿈꿀 수 있도록 막내를 이끌어 주었다. 저 수평선 너머로 가면 더 큰 도시가 펼쳐진다고 했다. 열심히 공부해서 더 넓은 세상으로 나아가 보고 느낀 것을 글로 써보라고 힘주어 말했다.

바닷바람이 두 귀를 빨갛게 물들였다. 선생님은 막내를 이끌고 바다가 훤히 내려다보이는 빵집으로 데려갔다. 문을 열고 들어서자 고소하고 달콤한 내음이 코끝에 봄바람처럼 와 닿았다. 막내는 창가에 햇살이 드리운 따뜻하고 평화로운 빵집이 동화 속 풍경 같다고 느꼈다. 처음 맞이한 낯선 세계에 들뜨기도 수줍기도 했다. 선생님이 사 준 빵이 막내의 마음처럼 부풀어 있었다. 막내는 폭신한 카스텔라와 따뜻한 우유를 아껴 먹었다. 언 강을 녹이는 봄의 기운처럼 가슴이 몽글몽글 아지랑이가 피어나는 기분이었다. '다음에 커서 나도 제과점 주인이 되어야지.' 그날의 좋은 기억은 한동안 막내를 제과점 주인을 꿈꾸게 했다. 막내는 뒷산 숲에서 도토리를 갉아 먹는 다람쥐를 만났을 때처럼 신기하기도 설레기도 한 그 감정을 오랫동안 잊지 못했다.

막내는 그날, 학생들 앞에서는 늘 엄격한 선생님의 남자 친구와도 인사했다. 선생님의 데이트 장면을 비밀로 간직한 채, 학교에서 선생님과 눈이 마주칠 때면 막내는 그 장면이 생각나 눈을 내리깔고 혼자 슬며시 웃었다. 학생을 가르치는 선생님으로만 대했던 고정관념이 무너져 내리고 있었다. 선생님도 남자 친구를 만나는 여자이고, 엄마 앞에서는 걱정스러운 딸이기도 하다는 사실을 알게 되었다. 존경하는 대상으로만 바라보던 선생님과 좀 더 내밀하고도 언니 같은 친숙함이 쌓여갔다.

졸업하던 날, 반 친구들은 선생님을 끌어안고 울었다. 특히 산업계 고등학교에 진학하는 친구들이 더 그랬다. 선생님은 '참! 힘써 행하라!'라고 손 글씨를 써서 코팅한 카드를 제자들에게 선물했다. 육십 명이 넘는 제자들에게 일일이 그것을 나눠주고 안으며 작별 인사를 했다. 교실 안은 여기저기서 훌쩍이는 소리, 선생님을 끌어안고 목 놓아 우는 친구들로 울음바다가 되었다. 막내는 울다 실신할 지경인 친구를 선생님에게서 떼어내어 자리로 돌아와 앉혔다. 그러고는 두 손으로 얼굴을 가리고 앉아 있을 뿐, 어떤 말도 하지 못했다. 차마 작별 인사를, 마지막이라 인정하는 어떤 것도 할 수 없어 선생님과 눈을 마주하지 않았다.

막내는 졸업한 후에도 늘 그 카드를 책갈피에 간직하며 선생님을 떠올렸다. 여고 생활이 힘이 들 때는 학교에서 버스를 타고 선생님 집이 있는 그 골목을 찾아가 배회하기도 했다. 선생님은 다른 곳으로 부임받아 없었지만 그렇게 위로가 되는 골목길 그 집이었다. 막내는 자신을 채운 영혼의 8할은 선생님 덕분이라 여겼다. 여고 진학 후에도 선생님은 학교로 찾아와 첫 성적에 실망한 막내를 위로하고 '첫 시험이 그 정도면 잘한 거야.'라고 편지를 보내 다독여주었다. 막내는 선생님의 곧은 필체의 긴 편지를 읽으며 눈앞에 선생님이 있는 듯 꺽꺽 소리 내 울었다. 힘들었던 마음을 알아주고 용기를 북돋아 주는 선생님이 고마웠다. 어른이 되면 선생님처럼 남을 돕고 아끼는 그런 사람이 되어야겠다고, 선생님 은혜를 잊지 않고 보답하리라고 마음을 다졌다.

10
2대 독자

아버지가 전화를 받은 건 점심시간이 다가올 즈음이었다.

― 김영규 씨 보호되십니까?
― 예에. 지가 아빕니더.
― 오늘 당장 충무경찰서로 오셔야겠습니다.

아버지는 몇 해 동안 소식이 없던 아들이 경찰서 구치소에 갇혀 있다는 연락을 받고 혼이 빠진 듯 옷을 챙겨 입었다. 토요일이었다. 아버지는 급히 전화해 택시를 마을까지 불러들였다. 입이 바싹바싹 타들어 갔다. 아들에게 무슨 변이라도 생겼을까 봐 안절부절못했다. 아버지는 택시를 타고 막내가 다니는 읍내 중학교로 향했다. 수업이 파하면 막내를 함께 데리고 갈 요량이었다. 학교 운동장 안으로 택시 한 대가 뿌연 먼지를 일으키며 들어서자, 학생들의 함성이 창밖으로 터져 나왔다. 택시를 타고 학교까지 찾아온 아버지를 보자, 막내는 놀라 허둥댔다. "아부지! 무슨 일이라예?" 하고 묻는 막내의 말에 "가면 알게 된다아. 니 오빠한테 가는 길이다."라고 짧게 대답했다. 아버지는 택시 앞좌석에 앉아 창밖으로 튕겨 나갈 듯 고개를 빼고 연신 두리번거렸다. 심장에서 북소리가 들리는 듯했다.

경찰서에 도착하자 곧장 면회를 신청했다. 잠시 후 쇠창살이 드리운 좁은 창으로 아들이 얼굴을 내밀었다. 얼마 만에 보는 아들인가? 아버지는 허리를 반쯤 꺾어 겨우 고개만 삐죽이 내민 아들을 보자 한동안 말을 잇지 못했다. 주름으로 일그러진 두 눈이 젖어들었다.

– 몸은 어디 다친 데 없나?
– 예에, 괜찮습니더. 뭐 하러 왔습니꺼?
– 들어보니 쌍방 잘못인 것 같더니만. 너무 걱정마라이. 젊어서는 주먹질도 하고 다 그란다. 합의금 내면 금방 나올 수 있다고 하니 구해봐야제.

오빠는 고개를 푹 숙이고 머리를 끄적거릴 뿐 아버지 눈을 바로 보지 못했다. 몇 해 만에 만난 두 부자의 말은 더 이어지지 않았다. 아버지는 보고 싶었다는 말도, 따뜻한 위로도 하지 못했다. 그 말은 입 밖으로 나오지 못하고 입안에서만 맴돌았다. 아버지는 슬쩍 막내를 떠밀어 아들 앞에 내보였다. 택시를 타고 오는 길에 이미 단단히 연습시켰던 말을 하라고 막내에게 눈짓을 보냈다. 막내는 해맑게 웃으며 오빠를 불렀다. 아홉 살 차이가 났지만, 막내에게는 무던히도 다정한 오빠였다. 막내가 어릴 적에는 늘 목마에 태워 다녔고 뭐든 막내 편을 들어 주었다. "오빠! 여기서 뭐 하노? 어서 집으로 온나!"라고 소리치는 막내를 보자 순간 오빠는 눈이 동그래져 화들짝 놀랐다.

– 니가 여길 왜 왔노?

– 아부지가 오빠 데리러 간다고 해서 따라서 왔다. 같이 집에 가자아!
– 아부지랑 먼저 가 있으면 오빠가 금방 갈 꾸마. 공부 열심히 하고 있제? 오빠가 돈 벌어서 니 대학은 꼭 보내 줄 끼다!
– 참말이제? 약속했다이. 집에 가서 선이 언니한테도 알려줘야지! 아부지랑 언니가 맨날 오빠만 기다린다아. 빨리 집으로 온나. 약속!

막내는 오빠에게 새끼손가락을 내밀었다. 창살 사이로 막내의 손을 잡던 오빠는 어깨를 들썩거리며 끝내 눈물을 훔쳤다. 큰 키의 오빠가, 안 본 사이 어른이 되어버린 오빠가 쇠창살이 달린 좁은 창 안에 갇혀 우는 모습이 막내를 혼란스럽게 했다. 오빠가 왜 저 안에 갇혀 있는 건지 의아했다. 교도관에게 팔을 붙들린 채 끌려가는 오빠는 목을 빼고 뒤돌아보았다. 오빠의 눈빛은 이웃집 소가 팔려 갈 때 보았던 그 눈빛이었다. 막내는 끌려가는 오빠의 뒷모습을 보며 울음을 터뜨렸다. "우리 오빠 보내 주이소! 우리 집에 같이 가게 내보내 주이소!" 오빠 모습은 보이지 않는데 꺽꺽 서러운 울음만이 벽 너머로 들려왔다. 아버지와 막내는 한동안 멍하니 오빠가 사라진 그곳을 지켜보고 서 있었다.

돌아오는 길에 아버지는 심경이 복잡했다. 바깥으로 떠도는 아들을 보며 젊은 날의 자신을 떠올렸다. 제발 아비 팔자를 닮지 않기를 그렇게 바라고 바랐건만, 아들은 똑같은 전철을 밟고 있었다. 아들이 가여웠다. 엄마를 잃고 마음 붙이지 못하고 떠도는 아들의 신세가 어린 나이에 부모를 잃고 객지를 떠돌아야 했던 자신과 너무도 닮아 있었기에. 그 설움을 알기에 아버지는 아들의 살길을 열어주고 싶었다. 아들에게는 뿌리를 내릴 수 있는 터전이 필요했다. 낯선 객지를 더 이상 떠돌지 않게, 힘 있는 사람들이 휘두르는 횡포에 삶을 포기하지 않게.

 엄마가 죽고 난 뒤 퇴직금마저 날린 아버지는 마을 부역에 나가 앞장서서 일했다. 젊고 힘이 센 아버지는 마을에 큰 일꾼이었다. 마을 길을 넓히자고 제안하고 몸소 큰 돌을 뽑아내는 힘든 작업을 나서서 해냈다. 그러다 굴러온 바위에 다리를 다쳐 오랫동안 누워지내는 고생을 하기도 했지만, 그 덕에 마을은 큰 길이 생겨나고 버스 운행 시간도 늘어났다. 그러자 차츰 도시에서 낚시꾼들이 찾아오는 일이 잦았다. 동네 일손이 부족한 집들은 아버지의 손을 빌었다.

— 시호! 오늘은 집에 있능가?
— 아재가 우짠 일이십니꺼?
— 우리 집 마구간 담이 무너져 손 좀 봐야겄는데 자네한테 부탁 좀 할라꼬 아침 묵고 바로 내려왔다 아이가?
— 아이고, 오늘은 아랫마을 조 씨네 양어장 거물 손보기로 했습니더. 먼 걸음 했는데 김 씨 아재 집은 내일 하입시더.

 고향에 농사지을 땅이 없는 아버지는 마을 사람들의 일을 내 일처럼 도왔다. 손재주가 좋아 마을의 농기구나 배를 고치는 일도 아버지 몫이었다. 어느덧 아버지는 마을에 없으면 안 될 사람으로 자신의 역할을 해냈다.

 아들에게 구치소 면회를 다녀온 후, 아버지는 궁리 끝에 선착장에 작은 가게를 하나 세워야겠다고 마음먹었다.

─ 선이야! 선창가에 담배 가게를 하나 하면 어떻겠노? 도시에 보면 손만 내밀고 토큰 파는 작은 가게 같은 거 말이다. 고기 잡아서 네 식구 입에 풀칠하기는 힘들기도 하고, 니 오빠가 나오면 뭐 해묵고 살 게 있어야 안 되겠나?
─ 그러면 좋지예. 내년에 막내 고등학교 가면 돈도 많이 들 낀데 내가 가게도 보고 할께예.

아버지는 농사나 바닷일만으로는 생활이 어렵다는 사실을 깨달았다. 고된 노동만큼 벌이가 되는 건 아니었다. 아버지는 인근 도시에 낚시꾼들을 불러 모으고 마을을 알릴 방법을 모색했다. 마을 이장은 아버지의 계획에 적극 찬성했다.

선착장 마을 공용창고 앞 작은 터에 아버지의 사업이 시작되었다. 토큰을 파는 가게를 본뜬 좁은 가게에서 담배와 과자, 껌 등을 팔았다. 주로 외지인들이 사용하는 간이 창구였다. 아버지는 낚시군을 불러 모으기 위해 도시에 있는 지인들을 초대해 갓 잡은 생선회를 대접하고, 큰 동력선에 태워 바다 위를 한 바퀴 돌며 구경을 시켰다. 끝없이 펼쳐진 푸른 바다, 철썩이는 하얀 물결, 바다를 병풍처럼 둘러싼 푸른 산과 산 아래 알록달록 들어찬 집들이 그림같이 아름다웠다. 눈 앞에 펼쳐진 광경에 도시 사람들은 입을 다물지 못하고 연신 탄성을 지르며 즐거워했다. 아버지는 부산이나 마산 주변 큰 도시에 사는 지인들을 주말마다 초대해 마을 알리기에 앞장섰다. 그 덕에 물이 깨끗하고 경관이 좋은 작은 마을은 인근 도시에 입소문이 나기 시작했다. 불과 몇 달도 채 되지 않아 낚시꾼들이 모여들었다. 아버지의 작은 가게는 북새통을 이루었고, 미처 낚시꾼을 받을 준비가 되지 않은 마을에는 낚시꾼에게 내어줄 배가 모자랐다. 아버지는 선착장을 종횡무진 하며 뛰어다녔다. 낚시꾼에게 자신이 소유한 배를 다 내어준 뒤, 마을 사람들의 배를 대여해주는 일을 도맡아 했다. 수요보다 공급이 모자라는 판국에 아버지의 사업계획은 더 원대해졌다. 외부에서 찾아오는 손님들이 대기하고 쉴 수 있는 공간이 필요했다. 낚시꾼들에게 대여해줄 배도 턱없이 모자랐다. 마을 사람들은 농사일을 나가면서 가게에 있는 아버지에게 자신들의 배를 부탁했고, 마을선착장은 아버지의 주 무대가 되었다.

마을 사람들은 갑자기 찾아온 변화에 덩달아 신이 났다. 시골에서 귀한 현금을 만질 수 있는 돈벌이가 되는 일이었기에. 그렇게 선착장에도 제대로 된 가게가 필요하다는 인식이 자리 잡았다. 아버지는 바다 앞 일부를 메워 작은 가게를 짓기 위한 작업에 들어갔다. 허가에 필요한 절차는 마을 이장이 적극적으로 나서 도왔다. 바다와 육지가 맞닿은 고랑을 메워 그 위에 건물을 세우는 형태였다.

허가를 받아 건물 뼈대가 세워지고 외벽이 반쯤 올라간 시점이었다. 그날도 선이는 집에서 점심밥을 지어 고무대야를 이고 선착장으로 갔다. 점심밥을 먹고 아버지와 일꾼들이 쉬고 있을 때였다. 낯선 남자 두 명이 공사장을 둘러보며 가까이 다가왔다.

— 이 건물 주인이 누구십니까?
— 지가 주인입니다만, 와그랍니꺼?
— 이 건물이 불법 건축이라고 신고가 들어와서 감찰 왔습니다. 작업을 중지하고 기한 내 허물어야 합니다.
— 그게 무슨 말이라예? 면사무소에 신고하고 허가를 받았습니더. 동네

이장한테 물어보이소.
- 불법 점거한 땅이라고 신고가 들어온 이상 어쩔 수가 없습니다. 철거해야 합니다!
- 도대체 누가 그런 신고를 했다캅니꺼? 이 동네 사람이라예?
- 그건 확인해 줄 수가 없습니다. 오늘부터 건물을 올리거나 허락 없이 손을 대면 법적 조치를 받게 됩니다. 빨리 철거하세요.

군청에서 나왔다는 사람들은 동네 사람들이 보는 앞에서 쌓아놓은 벽돌을 무너뜨렸다. 기한 내 철거하지 않으면 강제 집행한다는 말을 남기고 떠났다. 넋이 나간 사람처럼 멍하니 무너진 벽을 바라고 섰던 아버지의 입이 씰룩거렸다. 눈에서는 살기가 번뜩였다. 아버지는 망치를 집어 들고 휘두르며 목이 터지라 마을을 향해 고함을 질렀다. "도대체 누가 이리 가슴에 못 박을 짓을 한다카노? 나한테 무슨 억하심정이 있다꼬! 나와 봐라이! 할 말 있으면 나와서 해 봐라! 숨어서 뒤통수 치지 말고!" 아버지의 목에는 심줄이 불거져 나왔고 얼굴은 시뻘겋게 달아올랐다. 고래고래 소리치던 아버지는 땅바닥에 풀썩 주저앉았다. "내도 좀 살아보자 하는데 그게 그리 아니꼽나."라며 아버지는 혼잣말을 내뱉으며 흐느꼈다. 선이는 그런 아버지의 모습을 지켜보며 뒤돌아서 눈물을 훔쳤다. 가슴 밑바닥에서 분노가 일었다. '우리 아버지가 뭘 잘못했다고 훼방을 놓나! 동네 사람 다 우리 아버지를 부려 먹다시피 하면서!' 아버지의 한 가닥 남은 희당을 그대로 꺾을 수는 없었다. 선이는 그 길로 이웃 어른을 찾아 나섰다. 아랫마을 집마다 찾아다니며 울며 하소연했다. 제일 먼저 뛰어간 곳은 마을창고와 가까운 김 씨 아저씨 집이었다. 촌수가 먼 친척이기도 했다.

- 아재예, 우리 아부지 좀 살려 주이소. 저 가게라도 할 수 있게 도와주이소.
- 선이야, 와? 무슨 일이고?
- 누가 신고를 했다고 군청에서 사람들이 찾아와서 가게를 부수고 갔어예.
- 아이고, 숭해라! 누가 그런 짓을 했다 카노?

소식을 들은 사람들이 선창가로 모여들었다. 아버지는 한쪽 무릎을 꿇고 앉아 무너진 벽돌을 다시 쌓아 올리고 있었다. 꽉 다문 입은 결연해 보였다. 공무원들이 쳐놓고 간 줄을 끊어 확 던져버리고 보란 듯 벽돌을 쌓고 있었다. 멈추지 않겠다는 신호였다. 더 이상 건들지 말라는 경고의 몸짓이었다. 선이의 하소연에 모여든 사람들이 그 광경을 지켜보며 끌끌 혀를 찼다. "저리라도 살라고 몸부림치는데 고마 좀 놔두지! 누가 얄궂게 심보를 부렸샀노? 가게가 하나 들어서면 동네에도 이득이 되면 됐지, 저 사람이 어디 손해를 입히겠능가?" 하고 윗동네 김 씨 어른이 주위를 돌아보며 소리를 높였다. 처음에 아버지가 고향으로 돌아왔을 때 등 돌리고 싸늘했던 마을 사람들이 지금은 이구동성으로 아버지의 편을 들어주었다. 아버지는 눈물로 하소연했다.

- 지가 열심히 마을을 일으켜 볼 낍니더. 절대 혼자 잘 묵고 잘 살라고 안 할 낍니더. 여기 선창가 일은 도맡아서 돈이 되게 하겠습니더. 좀 도와주이소. 지도 내 고향에 뿌리내리고 살 거로 협조 좀 해 주이소. 그 은혜 평생 안 잊겠습니더.

이장이 마을 사람들에게 사정을 알리고 발 벗고 나서 동의를 받아냈다.

온갖 마을 행사를 도맡아 했던 아버지에게 사람들은 살길을 터주자고 입을 모았다. 그 사건이 있고 난 후부터 마을 사람들은 일손을 돕거나 막걸리를 사 들고 와서 넌지시 마음을 보탰다. "여어 한잔 마시고 하게. 자네가 고향에 들어오고 나니 동네가 활기가 넘치네이." 윗마을에 사는 김 씨 어른이었다. 아버지는 일손을 멈추고 막걸리 한잔을 벌꺽벌꺽 받아마셨다. 촌수가 낮은 아버지는 자신보다 나이가 더 적은 사람에게도 꼭 존칭을 붙였다.

- 자네 손재주가 좋아 우리 외양간이 훤해졌구먼. 마을 여기저기 자네 손이 안 간 데가 없으니 다들 고맙다고 하더니만.
- 별말씀을요. 당연히 그리해야지예. 다 없이 사는데, 뭐라도 돕고 살아야 안 되겠습니꺼.
- 그렇고말고. 여기 가게가 들어서면 선창가 사람들은 멀리까지 안 가도 되고 편하겠구먼. 잘했네이.

마을 사람들은 고향에 돌아와 살자고 애쓰는 아버지를 인정했다. 고향에 스며들기 위해, 고향에 뿌리를 내리기 위해 무던히도 애썼던 아버지의 마음이 받아들여지는 순간이었다. 아버지는 아들이 살아갈 터전을 닦기 위해 자신에게 던지는 돌은 얼마든지 맞으리라 각오를 다졌다.

11
너에게는 꽃길만

막내는 아침부터 부랴부랴 택시를 탔다. 고향 집에서 새벽에 출발한 마을버스가 한 시간 후면 마산 시외버스터미널 정류장에 도착할 예정이었다. 그 차편에 선이 언니가 체육복을 보내기로 약속했었다. 그곳은 학교에서 그나마 제일 가까운 정류장이었다. 막내는 마을버스보다 늦을까 봐 가슴을 졸였다. 체육복은 오후에 있을 체육 수행 평가 시험점수를 잘 받기 위해 꼭 필요했다. 막내가 깜깜한 새벽부터 부산을 떨며 열을 올리는 건, 여고 1학년 첫 학기였기 때문이었다. 첫 시험점수에 반영될 수행 평가라 잘 해보리라는 의욕을 다질 시기였다.

막내는 시골에서 중학교를 마치고 도회지의 사립 여고로 진학했다. 집을 떠난다고 생각하니 마음이 무거웠다. 막내는 중학교 3년 동안 학교 마을금고에 저축한 돈으로 아버지가 그렇게 갖고 싶어 하던 지포 라이터와 선이 언니에게 예쁜 꽃무늬 손수건을 선물했다. "모아 뒀다 니나 쓰지, 뭐 이리 비싼 걸 샀냐."라며 아버지는 은색 라이터를 손안에 쥐고 신기한 듯 만지작거렸다. 기름 닳는다고 정작 쓰지를 못했다. 열심히 공부해서, 언니 고생 안 시키겠다는 막내의 편지를 읽던 선이는 선물 받은 새 손수건에 눈물 닦을 엄두를 내지 못했다. 그건 막내의 정표로 화장대 서랍에 고이 간직했다.

　도시의 여학교는 신문물의 집합소였다. 야외 잔디마당을 둘러싼 노천강당은 인근 대학 캠퍼스에 버금갔고, 사각 테이블이 줄지은 구내식당은 넓고 쾌적했다. 쑥갓 한 가닥 없은 뜨거운 우동은 또 얼마나 맛있던지. 매점에서 파는 소보루빵과 자판기 커피믹스는 우동과 함께 어느새 막내의 주식이 되어버렸다.

　막내가 입학한 그해는 교복 자율화와 두발 자유화가 시행된 첫해였다. 교복 자율화는 낯선 도시에서 난생처음 자취생활을 시작한 막내를 더 초라하게 만들었다. 옷과 가방은 물론 신발까지 새로 장만해 한껏 차려입고 꾸몄지만, 유명 스포츠 브랜드로 깔 맞춤한 도시 아이들에 비하면 빈티가 줄줄 흘렀다. 교내에는 같은 브랜드 로고를 자기들의 상징처럼 맞춰 입고 대여섯 명씩 떼 지어 몰려다니는 무리가 여럿 있었다. 그들과 마주칠 때면 막내뿐 아니라 대부분 학생이 옆으로 비켜서서 길을 내줬다. 게다가 영어 발음이 유창하기 그지없는 젊은 여자 선생님의 수업 시간은 지뢰밭이었다. 막내는 혀 굴리는 선생님의 발음을 알아듣지 못해 환장할 노릇이었다. 뜨덤뜨덤 읽기도 어려운데 좔좔 쏟아내는 꼬부랑말을 도대체 알아들을 재간이 없었다. 선생님이 내주는 영어 숙제를 알아듣지 못할 때가 다반사였고, 그렇다고 새침데기 도시 아이들에게 자존심 구기며 물어볼 엄두도 내지 못했다. 그야말로 냉가슴 앓는 날들의 연속이었다. 새 학기에 적응을 못해 우왕좌왕 몸도 마음도 흔들리는 갈대 같았다. 여상으로 간 영숙이가 막내 학교로 찾아와 둘은 어두운 옥상에 올라가 서럽게 울기도 했다. 같이 여상을 가기로 하고 인문계를 진학하게 된 막내는 영숙이에게 죄책감을 느꼈다. 집 떠나와 새로운 환경에 적응해야 하는 고충은 막내나 영숙이나 별반 다르지 않았다.

그 와중에 체육 담당 여선생님은 생전 처음 들어보는 팬터마임 역할극으로 시험 성적을 대신하겠다고 선포했다. 팀별 연습 기한은 일주일, 바야흐로 그 시험 날 아침이었다. 그런데 어제 시골집에서 챙겨와야 할 체육복을 빠뜨리고 온 것을 자취방에 도착해서야 알게 되었다. 어두운 밤, 막내는 다급한 마음에 공중전화기를 찾아 뛰었다. 선이 언니에게 부탁할 요량으로.

- 언니! 내가 내일 수행 평가에 입어야 하는 체육복을 못 챙겨왔데이. 큰 형부가 입던 그 빨간 체육복 있제? 내일 오후에 시험을 봐야 하는데….
- 알았다아. 걱정마라이. 내일 새벽 차로 보내 주꺼마.

막내는 선이 언니 목소리를 듣자 그제야 마음이 놓였다.
자취를 시작한 막내는 주말이 오기만을 손꼽아 기다렸다. 토요일 수업이 끝나자마자 매주 시골집으로 내달렸다. 시골집에는 늘 그리운 아버지와 선이 언니가 있었다. 막내가 도시로 진학하자 아버지는 구멍가게를 차려 막내 뒷바라지를 했다. 선이 언니는 주말마다 막내가 들고 온 빨래하랴, 막내가 일주일 동안 먹을 반찬이며 먹거리를 준비하며 가게를 보느라 눈코 뜰 새 없이 바빴다. 막내는 이것저것 언니가 챙겨주는 것을 싸 오느라 역할극에 입을 빨간 체육복을 빠뜨리고 말았다.
다급하게 걸려 온 막내 전화를 받고 선이는 서둘러 가게를 나섰다. 가게에서 집까지는 반 시간은 족히 걸렸다. 선이는 매일 아침저녁 걸어서 가게와 집을 오갔다. 게다 천방지축인 옥이를 팔짱에 끼고 잡아끌다시피 걸어야 하니 그날따라 마음이 급했다. 코끝에 닿는 날 선 밤바람에도 아랑곳없이 앞만 보고 걸었다. 선이는 급한 마음만큼 체육복을 찾지 못할까 봐 조바심이 났다. 큰 형부가 어쩌다 집에 들를 때 꺼내 입고 어디다 벗어뒀는지 기억에도 없는 빨간 체육복을 찾아내야 하니 말이다.

교복 자율화가 되면서 막내는 학교에서 생활복을 입었다. 푸른색 상의에 흰색 바지 한 벌인 생활복은 체육복이기도 했다. 생활복을 역할극에서조차 입기엔 뭔가 재미가 없어 보였다. 체육 과목에서라도 높은 점수를 받고 싶은 막내는 좋은 아이디어를 짜내느라 머리를 굴렸다. 막내팀에게 부여된 역할극은 복싱대회였다. 주제에 맞는 구성과 역할 배정은 팀의 자유로 회의를 거쳐 짜야 했다. 막내는 청팀, 홍팀 중 홍팀 감독을 맡았다. 골똘히 생각한 끝에 강한 인상을 주고자 빨간 체육복을 입어야겠다고 마음먹었다. 이 과목에서 한점이라도 더 받아야 부족한 과목 점수를 메울 수 있기에 잘해내고 싶었다.

버스를 놓치면 큰일이었다. 막내는 생활비도 빠듯한데 택시를 타고 나가 버스를 기다렸다. 발이 시려 동동거릴 무렵 멀리 가을버스가 보였다. 막내는 마치 가족을 만난 듯 그리 반가울 수가 없었다. 버스가 정류장에 멈췄다. 중간 좌석쯤에 창문을 열고 두리번거리는 익숙한 얼굴이 보였다. 아랫마을 금산댁 아주머니였다. "야이야, 이거 받거레이. 니 언니가 전해 주라 카더라."라고 외치며 멈춰 선 버스 창 너머로 반쯤 몸을 내민 아주머니는 큰 덩치를 일으켜 세우고 누런 보따리를 창밖으로 던졌다. 무슨 첩보작전이 따로 없었다. 막내는 차창 밖으로 날아오는 보따리를 두 팔 벌려 품 안에 안았다. 보따리를 품에 안자, 허리를 반으로 굽혀 절로 고개를 숙였다. 막내는 큰소리로 꾸벅 인사했다. "아지매, 고맙습니더."라고.

버스는 잠시 내릴 사람을 토해내고 다음 정류장으로 향해 내달렸다. 막내는 그 자리에 서서 버스 꽁무니를 눈길로 쫓았다. 시커먼 연기를 내뿜으며 멀어져가는 버스를 바라보다 야릇한 슬픔이 밀려왔다. 코끝이 시큰해지며 목울대가 묵직해졌다. 마치 고향이 멀어져가는 느낌이었다.

막내는 지각할까 봐 종종대며 자취방으로 돌아왔다. 방에 들어서자마자 선이 언니가 보낸 보따리를 풀었다. 빨간 체육복이 첫날밤을 맞은 신부처럼 얌전히 개켜져 있었다. 반듯하게 개켜진 웃옷을 보조 가방에 넣으려고 든 순간, 하얀 봉투가 옷 속에 살포시 놓여 있었다. 반듯반듯 개킨 웃옷과 바지 사이에 조심스레 끼워둔 봉투에는 선이 언니의 낯익은 글씨로 쓴 편지와 퍼런 지폐 여러 장이 들어 있었다.

저녁에 급히 빨아 수건으로 짜서 말렸는데도 덜 말랐다.
햇볕 드는 교실 의자에 펼쳐놓으면 금방 마를 것이야.
없는 반찬이지만 밥 잘 챙겨 먹고
맛있는 것도 좀 사 먹고 해라.

막내는 젖은 옷 속에서 축축하게 물먹은 편지를 조심스레 책상 위에 펼쳐 말렸다. 속눈썹 한 올 한 올마다 차오른 눈물은 볼을 타고 혀끝으로 스며들었다. 급하게 부탁한 것인데 그걸 또 빨아서 보낸 것이다. 가게 일을 마치고 한밤중에 서둘러 손빨래했을 선이 언니, 마른 수건에 싸서 물기를 밟아 짜내었을 그 모습이 눈에 선했다.

엄마가 죽고 오빠가 집을 나가 버린 뒤, 선이는 아버지의 기대를 한 몸에 짊어진 막내를 좋은 대학에 보내야 한다는 사명감마저 느꼈다. 벌써 몇 년째 그렇게 고생하는 언니를 위해서라도 막내는 좋은 대학을 가야 한다고, 그날 시험은 꼭 만점을 받겠다고 다짐했다.

선이의 정성을 먹고 본 시험이라 그 결과도 좋았다. 특히, 선생님은 빨간 체육복을 갖춰 입고 목에 수건까지 둘러 실감 나게 연출한 막내를 콕 집어 추켜세워 주었다. 의상 준비 가산점과 함께. 선이 언니와 막내의 콤비 플레이가 제대로 먹힌 날이었다. 막내는 수업이 끝나자 서둘러 교내 공중전화 부스를 찾아 뛰었다.

- 언니야! 오늘 내 선생님께 엄청 칭찬받았다아.
- 아이고 니가 잘했나보네이. 어릴 때부터 니는 연극도 참 잘했다아.
- 다 그 빨간 체육복 덕인 거라. 선생님이 의상 점수를 더 준다고 했다아.
- 잘했다, 잘했다아.

선이는 신이 난 막내 목소리에 잘했다고 맞장구쳤다. 전화선을 타고 뚝뚝 동전 떨어지는 소리가 들렸다. 선이는 그만 들어가라며 막내가 눈앞에 있기라도 한 듯 손사래를 쳤다. 외지에 혼자 떨어져 지내는 막내가 장하기도 안쓰럽기도 했다. 어쨌거나 아버지의 자랑거리인 저 아인 꽃길만 걷게 해달라고 빌었다. 오빠도, 언니들도, 자신도 아무도 해낼 수 없고 해내지 못한 대학의 꿈, 못 배워 한이 서린 아버지의 꿈은 오직 막내 어깨에 달렸다. 선이는 막내의 들뜬 목소리를 듣자 덩달아 기운이 났다. 막내를 더 잘 챙겨주고 싶은 마음이 솟았다.

하루 종일 가게를 보며 아버지와 옥이와 세끼 밥을 챙겨 먹는 일은 녹록지 않았다. 무거운 소주 상자나 음료수 상자를 들어다 냉장고에 채워 넣고 과자와 담배를 보기 좋게 진열하는 일은 내내 손이 가야 했다. 선착장을 오가며 소주나 막걸리를 찾아 목을 축이고 가는 동네 어른들의 술상을 보는 일도 선이 몫이었다. 선이는 힘들 때마다 먼 하늘 어딘가에서 지켜보고 있을 엄마를 떠올렸다.

'엄마! 보고 있어예? 가게가 잘 되게 도와주이소. 돈 많이 벌어 막내가 원하는 거 다 해주고 싶습니더.'

선이는 부족한 용돈으로 아껴 쓰느라 제대로 챙겨 먹지 못하는 막내가 늘 안쓰러웠다. 엄마가 살아생전 자식들에게 배불리 먹이지 못하고 입히지 못해 얼마나 괴로웠을지, 그런 엄마에게 떼를 쓰며 앙탈을 부렸던 자신이 미안했다. 선이는 눈물이 날 때마다 막내가 중학교를 졸업하며 선물한 꽃무늬 손수건을 매만졌다. 막내의 마음처럼 고운 손수건. 선이는 밤하늘을 올려다보았다. 어둠을 뚫고 노란 별들이 쏟아져 내렸다.

12
'기다려.'라는 아픈 말

기다리라는 말속에는 돌아오겠다는 함의가 담겨 있다. 집을 나설 때마다 매달리는 반려견에게 하게 되는 말처럼. 막내는 언제부턴가 누군가를 기다리게 하는 것보다 차라리 기다리는 편이 더 마음 편하다고 생각했다. 기다리라 해놓고 마지막이 되어버린 아픔이 가슴에 박혀 있기 때문인지도.

여름날이었다. 드디어 첫 여름 방학이 다가왔다. 주말이면 시골집으로 가는 게 유일한 낙이었던 막내는 방학인데도 시내 자취방에서 뭉그적거렸다. '19'라는 숫자가 뇌리를 맴돌며 가슴을 짓눌렀다. 난생처음 받아 든 십구 등이라는 성적표를 인정하기 힘들었다. 충격이 컸다. 지금껏 한 자리 숫자를 벗어나 본 적 없는 성적을, 그것도 앞자리를 차지했던 성적표를 받다가 십구 등이라는 숫자를 아버지와 선이 언니에게 내보일 엄두가 나지 않았다. 시골집으로 가는 날을 차일피일 미루었다. 그러다 엄마 제삿날, 선이의 생일이기도 한 날이 다가와 너덜너덜해진 마음으로 마을버스에 올랐다.
그날따라 가게 앞 버스정류장에는 아무도 나와 있지 않았다. 평소 막내가 가는 날이면 마중 나와 있던 아버지와 선이 언니의 모습이 보이지 않았다. 한편으로는 다행스럽기도 한편으로는 불안하기도 했다. 막내는 도둑고양이처럼 슬며시 열려 있는 가게 안으로 발을 들였다. 가게 안에는 아무도 없었다. 가게 안에 있는 방문 가까이 다가갔을 때, 매대 안쪽 구석 바닥에 웅크리고 앉은 선이가 그제야 고개를 들었다. 선이는 막내를 보자마자 난데없이 꺽꺽 울음을 토해냈다. 막내는 봇물 터지듯 쏟아내는 선이의 우는 모습에 눈이 동그래져 가방을 내던지고 선이 앞에 쭈그리고 앉았다. "언니야! 와 그라노? 무슨 일이 있었나?" 선이는 넋을 잃은 표정으로 고개를 절레절레 흔들었다. 울다 지친 아이처럼 철퍼덕 주저앉은 발끝에는 슬리퍼마저 벗겨진 상태였다.

— 옥이가 가버렸다이! 저 먼 데로 옥이를 보내버렸다이!
— 옥이를 와? 어디로 보냈다꼬?
— 부산이라 하더라. 내도 잘 모른다이. 평생 아무 데도 안 가본 옥이가 그런 곳에서 어찌 살겠냐? 옥아! 옥아! 옥이가 불쌍해서 내는 못 살겠다이.

선이는 속에 있는 내장을 다 토해내듯 바닥을 쳐대며 울었다. 쉰 목소리는 갈라져 숨을 쉬기도 버거워 보였다. 선이는 고개를 뒤로 젖히고 주먹으로 가슴을 치며 꺽꺽 울었다. 숨이 끊어질 듯 울음소리도 잠겨 들었다. 막내가 올 때마다 방 안에서 헤벌쭉 웃어주던 옥이가 정말 보이지 않았다. 막내는 한쪽 벽에 기대서서 엉엉 울었다. 선이는 가슴을 처대며 목 놓아 소리쳤고 막내도 덩달아 숨넘어가듯 울어 젖혔다. 엄마를 잃은 슬픔과는 다른 아픔이었다. 칼에 베이듯 날 선 통증이 가슴을 파고들었다.

옥이는 선이보다 두 살 어리고 막내보다 두 살 많았다. 세 살 때까지는 말도 잘하고 똑똑했다고 했다. 하얀 피부에 손은 섬섬옥수 같았고 얼굴도 자매 중 제일 예뻤다. 옥이가 밤마다 울어대는 바람에 엄마는 울지 않는 약을 먹였다고 한다. 그런데 어느 날부터 말을 잃었고, 그 나이에 지능이 멈춰버렸다. 가끔 불현듯 경기가 들기도 했다. "옥이가 경기 드는 갑다. 빨리 기름통 가져온나!" 하고 엄마는 옥이의 머리를 받들어 안고 다급하게 소리를 질렀다. 그럴 때면 누구랄 것도 없이 잽싸게 휘발유가 담긴 작은 통을 엄마에게 가져갔다. 옥이의 경기는 왜 그런 것인지 누구도 알지 못했다. 갑자기 눈을 허옇게 뜨고 고개가 돌아가거나 입이 귀 뒤로 뒤틀리는 증상이었다. 제때 발견하지 못하면 자칫 목숨이 위태로웠다. 신기하게도 코 밑에 휘발유를 살짝 발라주면 언제 그랬냐는 듯 제 모습으로 돌아오곤 했다. 말 못 하는 옥이는 늘 침을 흘리고 허허 웃고만 다녔다. 남의 집 소를 피하려다 다리 밑으로 떨어진 적도 있었다. 옥이는 울기만 할 뿐 어디가 아프다 말을 못 하니 부러진 뼈가 그대로 굳어버려 왼쪽 손목이 호미처럼 굽었다.

엄마가 죽고 혼자된 아버지는 옥이 돌보기를 힘겨워했다. "저것은 내가 데려가야지, 너거들까지 짐이 되게는 안 할 끼다."라고 아버지는 그 말을 입에 달고 살았다. 옥이가 나이 먹어갈수록 걱정이 태산이었다. 아버지는 장애인 보호시설에 옥이를 보내고자 했지만, 큰딸과 셋째 딸 선이의 반대로 그러지 못했다. 선이는 자기가 책임지고 보살필 것이라며 힘든 생활에도 옥이를 놓지 않았다. 가게를 보는 동안에 옥이는 방에 갇혀 있어야 했다. 반쯤 벌어진 입에 연신 침을 흘리고 한 손이 굽은 모습은 누가 보더라도 눈살을 찌푸리게 했다. 가끔 옥이가 방문을 열어젖히고 "어으어으!" 하고 소리 내 웃을라치면 가게 손님들이 놀라 뒷걸음질을 쳤다.

몇 달 전 가겟방에서 아버지와 옥이와 둘러앉아 저녁밥을 먹고 있을 때였다. 옥이가 바지 안쪽에 손을 넣어 긁어댔다. 선이는 옥이에게 눈짓을 보내며 가만 있으라고 손을 툭툭 쳤다. 옥이는 아랑곳없이 바지 속에서 흰 천을 빼내어 밥상에 집어 던지고는 '으으' 하며 웃어 재꼈다. "뭐꼬? 이게!" 밥 먹다 놀라 두 눈을 부릅뜬 아버지는 들고 있던 숟가락을 상에 내리쳤다. 하얀 천에 붉은 선혈이 선명하게 묻어 있었다. 선이는 들키지 말아야 할 것을 들켜버린 사람처럼 얼른 천 기저귀를 낚아채 둘둘 말아 움켜쥐었다. 허둥대던 선이는 옥이를 끌어내다시피 방문을 열고 나갔다. 아버지는 뒤돌아앉아 담배 연기를 연신 내뿜고 있었다.

옥이가 생리를 시작했다는 사실을 아는 사람은 선이뿐이었다. 아무리 말 못하는 바보라지만 시간은 옥이를 피해 가지 않았다. 또래보다는 다소 늦었지만 옥이도 여자구실을 할 수 있다는 사실을 아무도 반기지 않았다. 선이는 동네에 떠도는 흉흉한 소문 때문에 더 조심스러웠다. 옥이와 동갑인 코재가 임신했다는 충격이 가시지 않은 때였다. 누군가에게 겁탈당했다는데 그가 누군지는 밝혀지지 않았다. 옆집 총각이 그랬다는 둥, 타지에서 온 장사꾼이 그랬다는 둥 온갖 소문이 일파만파 번져나가며 온 동네를 발칵 뒤집어 놓았다. 몇 마디 말 외는 의사 표현을 못 하는 코재는 결국 어디론가 보내졌다고만 했지, 소식을 알 수 없었다.

옥이가 초경이 시작한 지 얼마 되지 않아 선이는 언니들이 썼던 천 기저귀를 속옷 안에 채워주었다. 옥이는 여태 해본 적 없던 그 이물감이 싫고 가려웠는지 빼다 내던지고는 통쾌하다는 듯 소리 내 웃었다. 그날 이후 아버지는 굳은 표정에 말이 없었다. 큰 사달이 난 모양이라는 낌새를 쥐구멍으로 드나드는 쥐들도 알아차릴 정도로 집안 분위기는 짙은 안개 낀 날처럼 축축하게 내려앉았다. 아버지는 고심 끝에 옥이를 시설에 보내기로 마음먹었다. 부산 시청 공무원인 동네 친척에게 부탁하여 옥이를 받아줄 수 있는 장애인시설을 찾아다녔다. 시설에서 몇 번이나 퇴짜를 맞았지만 포기하지 않았다. 아버지는 단호했다. 선이가 울고불고 매달려도 소용없었다. 선이가 옥이를 보내려고 하지 않자, 아버지는 큰어머니에게 부탁해 옥이를 버스에 태우고 갔다.

옥이가 떠나는 날 새벽, 선이는 여느 날과 마찬가지로 집에서 옥이와 잠들어 있었다. 아버지의 고함에 놀라 벌떡 일어나보니 외출복 차림의 아버지가 문을 열고 들어왔다. "오늘 옥이를 보낸다고 했는데 여태 자고 있노? 얼른 옷 입혀라. 버스 시간 다 됐다이!" 하고 아버지가 소리치자, 선이는 '이게 무슨 봉변인가?' 어리둥절하여 발을 동동 굴렀다. 아버지는 인상을 쓰며 언성을 높였다.

– 뭐 하고 있나? 시간 없다 해도!
– 아부지, 옥이를 자꾸 어디로 데려간다고 합니꺼? 내랑 같이 살게 그냥 놔두이소. 내가 시집 안 가고 평생 돌볼께예.

선이는 옥이를 부산으로 데려가는 날인 줄도 모르고 잠들어 있었다. 설마 옥이를 보내기야 하겠냐고 믿었던 선이는 날벼락을 맞은 사람처럼 정신을 못 차리고 허둥댔다. 아버지는 손에 물을 묻혀 대충 옥이 얼굴을 문질러 씻기고 머리에도 물을 칠했다. 선이는 아버지가 화난 얼굴로 재촉하자 엉엉 울며 옥이의 옷을 찾아 입혔다. 8월이라 팬티 한 장 걸친 몸에 얇은 원피스를 뒤집어씌웠다. 옥이는 마땅한 신발도 하나 없이 신던 슬리퍼를 신고 큰어머니 손에 이끌려갔다. 옥이는 집 밖을 나서자, 큰어머니 손을 뿌리치려고 엉덩이를 뒤로 빼고 필사적으로 버티기 시작했다. 마을 회관 앞 정류장에 기다리고 있던 버스가 빵빵 경적을 울렸다. 다급해진 아버지는 선이에게 소리쳤다. "니가 와야 옥이가 따라 탈 거 아이가! 어서 옥이 데리고 차에 타라!" 선이는 아버지의 불꽃 튀는 눈빛과 금방이라도 폭발할 것 같은 목소리에 눌려 허둥지둥 옥이의 팔짱을 끼고 버스에 올랐다. 그 순간, 누군가 선이의 뒷덜미를 낚아채 버스 아래로 밀어냈다. "기사 양반 빨리 출발하이소!" 큰어머니가 다급한 소리로 외쳤다. 버스는 서둘러 출발했다. 땅바닥으로 굴러떨어진 선이는 떠나는 버스를 향해 울부짖었다. "옥아! 옥아아!"

부산에 도착한 아버지와 큰어머니는 부산 시청 앞 식당에 옥이를 데리고 들어갔다. 평소 후루룩 면발을 빨아먹기 좋아하는 옥이를 위해 국수와 김밥을 시켰다. "옥아! 많이 묵어라!" 큰어머니는 옥이 앞으로 국수 그릇을 내밀었다. 옥이는 아침도 못 먹고 배가 고파도 한창 고플 시간인데도 무슨 영문인지 한 입도 먹으려 하지 않았다. 큰어머니는 숟가락에 국수 몇 가닥을 올려 떠먹였지만, 입을 앙다문 옥이는 고개를 돌리며 먹지 않겠다는 의사를 강하게 표현했다. 아버지는 옥이를 달래가며 억지로라도 국물 몇 숟가락을 먹였다. 한 술이라도 먹여 보내려는 아버지와 먹지 않겠다고 고개 젓는 옥이의 실랑이는 한동안 지속되었다. 옥이의 고집을 이기지 못하고 식당을 나와 아버지는 시청 문밖에서 걸음을 멈췄다. 큰어머니는 나무가 울창하게 드리운 벤치로 옥이를 데려갔다. 옥이는 휘둥그레 불안한 눈빛으로 사방을 둘러보았다. 굽은 왼팔에 너덜너덜한 잡지를 꼭 끌어안고서.

– 옥아! 여기 앉아 있으면 큰언니가 나중에 데리러 올 끼다아.
– ⋯.

— 여기서 기다리고 있거레이. 큰언니 올 때까지.

큰어머니는 옥이를 혼자 앉혀두고 돌아서 나오는 두 다리에 힘이 빠져 걷기도 힘들었다. 옥이가 앉아 있는 벤치에서 출입문 입구까지가 천 리 길 같았다. 누군가 뒷덜미를 낚아챌 것 같아 진땀이 났다. 큰어머니는 출입문 입구에 이르자 벽을 짚고 뒤돌아보았다. 옥이는 꼼짝도 하지 않고 뚫어져라 큰어머니를 응시하고 있었다. 그 눈빛이 말하고 있었다. '왜 날 혼자 두고 가요? 나, 무서워요. 큰언니가 온다고요? 여기 가만 앉아 기다리면 진짜로 큰언니가 올 거지요?' 생전 들어본 적 없는 옥이 목소리가 쟁쟁하게 귓가를 때렸다. 큰어머니는 이 길밖에 없다고 마음을 부여잡았지만, 천근 만근 십자가를 짊어진 듯 몸이 무거웠다. 그 일을 겪고 난 후, 큰어머니는 옥이의 형용할 수 없는 그 눈빛이 가슴에 박혀 한동안 자다가도 벌떡 일어나 식은땀을 흘리곤 했다. "내는 평생 그런 눈빛은 처음 봤다이. 소가 끌려갈 때 우는 것은 택도 없다야." 하고 몇십 년이 지나도 옥이 눈빛이 아직도 생생하다고 했다. 그 업보를 어찌 받을지, 큰어머니는 수십 년 지나 생을 마감하는 날에도 옥이의 그 눈빛을 잊을 수가 없다며 힘들어했다.

아버지는 옥이를 보내고 자리에 몸져누웠다. 식음을 전폐하고서. 선이는 제 슬픔을 억누르며 아버지의 죽을 쑤고 가게 일을 해냈다. 막내가 도착한 그날은 옥이가 떠난 지 일주일이 채 지나지 않은 날이었다. 아버지와 선이는 반쯤 얼이 빠진 모습이었다. 움푹 팬 눈에 눈물을 그렁그렁 매달고서. 아버지는 차마 막내딸의 눈을 바로 보지 못했다. 자리에 누워 일어나지 못하는 아버지를 막내가 눈물을 삼키고서 시중을 들었다. 식구들은 서로 보는 앞에서는 울지 않으려 여간 애쓰는 게 아니었다. 각자 자기만의 울음 터로 숨어들어 가슴을 옥죄며 울었다. 어둠이 깔린 선착장에는 성난 파도가 하얀 포말을 내뿜으며 밤새 철썩거렸다.

며칠 뒤 큰언니가 달려와 입에 거품을 물고 아버지에게 달려들었다. 부산에 사는 큰언니는 젖먹이를 둘러업고 부산 시청을 몇 번이나 다녀오고 며칠을 옥이를 찾아 헤매 다녔다고 했다. 옥이의 행방을 아는 이는 아무도 없었다. 누구에게 알릴 방도도 알릴 필요도 없이 옥이는 그렇게 존재 자체가 사라졌다. 큰언니는 이런 사달을 만든 아버지에게 바락바락 소리를 지르며 두 번 다시 이 집안에 발을 딛지 않겠다며 문을 박차고 떠났다.

옥이는 어디로 간 것일까? 기다려도 오지 않는 가족을 찾아 문을 나선 것일까? 아버지는 그곳에 혼자 있는 옥이를 발견한 시청 담당자들이 옥이를 시설에 보내 돌볼 것이라 믿었었다. 선이는 누구를 탓해야 할지, 무엇을 원망해야 할지 숨이 막혔다. 기다리라고 한 말을 믿고 벤치에 앉아 가족을 기다리고 있었을 옥이의 모습이 떠올라 저도 모르게 몸서리를 쳤다. 고개를 세차게 흔들어댔다. 아무리 떨쳐 내려 해도 그 장면은 쉬지 않고 돌아가는 영사기의 필름처럼 재생되었다. 심장이 멎는 통증이 그런 것일까? 생사를 알 수 없는 옥이는 가족의 가슴에 비수가 되어 꽂혔다.

몸부림치며 울부짖던 날들은 고단한 삶 속에 서서히 무뎌져 가는 듯했다. 문득문득 차오르는 눈물이 기억할 뿐이었다. 몹시도 처절하게, 몹시도 비통하게, '기다려.'라는 말은 선이의 가슴을 찢어 놓았다. 선이는 옥이가 사라진 뒤, 죽는 날까지 기다림을 끝낼 수 없다는 사실을 깨달았다. 이럴 줄 알았으면 좋아하는 과자라도 많이 먹일걸. 돈 아끼느라 가게에 늘린 과자 한 봉지도 벌벌 떨었던 자신을, 방에 혼자 가둬놓고 밥도 제대로 챙겨 먹이지 못한 자신을 탓했다. 선이는 창살 없는 감옥에 자신을 가두었다. 그 죗값은 평생 벗어날 수 없는 무기수의 형벌, 그것임을.

13
선이 언니

추수가 끝난 들판은 허허롭고 만추의 기운이 싸했다. 새벽을 여는 여명이 문지방을 넘어 방 안으로 스며들었다. 눈을 뜬 선이는 이불을 뒤집어쓴 채 아침부터 걱정이 태산이었다. 어제 밤늦게까지 큰어머니랑 이웃 아주머니들과 함께 콩나물 한 시루를 다듬고, 대파 몇 다발과 마늘 몇 통을 빻아 재료들을 준비해 두긴 했다. 그런데도 무거운 마음은 가시지 않았다. 벌써 몇 해째 치르는 마을 행사를 앞두고 있어서였다.

농사를 끝낸 마을은 매상 준비가 한창이었다. 농부들이 땀 흘려 지은 1년 농사, 벼를 정부 수매하는 날이었다. 횡렬과 종렬에 맞춰 짚을 엮어 짠 누런 가마니에는 나락이 구멍을 뚫고 나올 기세로 가득 들어차 있었다. 동네 사람들은 저마다 가마니를 경운기에, 손수레에 싣고 김 영감의 가게 앞 검사장으로 들어섰다. 면 소재지에서 검사원들이 도착해야 등급 판정을 받을 수 있어서 눈치껏 줄을 세워놓고 담소를 나눴다. 해마다 있는 추수 매상 날에는 동네잔치가 벌어졌다. 좋은 등급을 받건 낮은 등급을 받건 모두 고생한 건 마찬가지니, 동네 어른들은 모여 앉아 뜨끈한 고기 국밥을 나눠 먹었다. 농사짓느라 애끓었던 육신을 주거니 받거니 막걸리 한잔에 그 고달픔을 달래고, 몸속 깊이 찌든 피로를 뜨끈한 고깃국물로 풀어내는 날이었다.

　가게 맞은편에 마을 공동 저장고가 있었다. 수매로 거둬들인 벼들은 창고에 저장했다. 손재주가 좋다고 소문난 아버지가 주로 마을 행사를 준비했다. 아버지는 윗동네 돼지를 키우는 김 씨에게 브탁하여 튼실한 암퇘지 한 마리를 잡았다. 마을 회관에서 잔칫날 쓰는 가재도구들을 빌어다 가게 평상에 옮겨다 놓는 일도 아버지의 몫이었다. 아버지는 큰 그림만 그렸지 실상 셋째 딸 선이가 이 큰일을 도맡아 했다.
　갓 스무 살을 넘긴 선이는 마을 사람들이 먹어야 할 밥을 짓고 국을 끓였다. 큰어머니가 팔을 걷어붙이고 도왔지만 하나에서 열까지 선이의 손이 닿지 않는 데가 없었다. 선이는 바삐 일하다가도 손님이 오면 가게로 뛰어가 물건도 팔아야 했다. 부엌에서 반찬을 준비하느라 정신없이 바쁠 때 귀에 익은 목소리가 들려왔다. "계십니꺼? 오늘 주문한 술과 음료수를 가져왔습니다." 하고. 선이는 일하던 손을 멈추고 가게로 뛰어나갔다. 물건을 싣고 온 사람은 평소에 오던 박 씨 아저씨가 아니었다. 키 큰 총각이 가게 안을 빼꼼히 들여다보며 서 있었다. 총각은 선이를 보자 대뜸 아는 체를 했다. "선이야! 오랜만이다." 선이는 순간 멈칫했다. 물건을 가져온 총각은 중학교 때 같은 반 친구였다. 선이를 쫓아다녔던, 한때 선이도 좋아했던 그 남자애였다. 순간 선이는 눈을 어디에다 둬야 할지 두리번거렸다. 민망스러웠다. 슬리퍼를 신고 땀이 범벅인 자신의 꼴이 창피스러워 어쩔 줄을 몰랐다.

　― 엄마야, 이게 누고? 니가 어쩐 일로 왔노? 박 씨 아저씨는 어쩌고?
　― 선이야! 억수로 반갑데이. 니는 하나도 안 변했네. 니가 가게 한다는

말을 듣고 매상 철이라 바쁜 아저씨 대신 내가 왔다아.
- 니는 대학가더니 더 멋져 보인다야.
- 내는 옛날 그대로다. 니 소식이 궁금했다아. 그나저나 물건은 어디다 놓으면 되노?

그 친구는 주위를 휘둘러보고는 가게에 쓸 만큼 상자를 내려주고 나머지는 들어다 창고에 쌓아주었다. 선이는 무거운 상자를 들어 옮기는 친구를 한사코 만류하면서도 고마워서 어쩔 줄 몰랐다. 선이는 부엌에 국이 끓는지도 잊어버린 채 친구에게 음료와 빵을 내놓으며 함께 이야기를 나누었다. 대학생이 된 친구를 보니 반갑기도 하고, 마음 한구석이 쓸쓸하기도 했다. 선이는 친구가 돌아가자, 마음이 어수선했다. 고등학교를 그만두면서 대학 진학은 꿈도 꾸지 않았는데 불쑥 자신이 한없이 초라했다. 축 처진 기분도 잠시 선이는 서둘러 음식을 장만하느라 생각할 겨를도 없이 몸을 움직였다.

오전 내내 등급을 받느라 북적이던 마을 광장에는 검수 차량이 빠져나가자, 멍석을 깔고 마을 회관에서 빌려 온 상들을 펼쳐 놓았다. 매상 나온 동네 사람들 차지였다. 상마다 삼삼오오 둘러앉아 김이 펄펄 차오르는 돼지국밥 한 그릇씩을 할당받았다. 한 해 수확을 끝낸 기쁨에 찬 덕담과 웃음소리가 바다 멀리 퍼져 나갔다. 한자리 잡고 앉은 사람들은 막걸리를 들이켜느라 해지는 줄 몰랐다.

- 요 봐라, 선이야! 막걸리 한 병 더 가져 온나!
- 예이예, 금방 갖다 드릴게예.

― 어이, 갑장! 우리 상엔 돼지국밥 세 그릇 하고 소주 한 병 더 주라이.
― 젠장 맞을 꺼! 한꺼번에 들이닥치니 코를 베 가도 모르겠네. 허허.

부엌에서 밑반찬을 담던 선이는 여기저기 부르는 소리에 뛰어다녔다. 부름에 응당한 것들을 내놓아야 하는 몸이 열두 개라도 모자랄 판이었다. 돼지국밥을 쟁반에 퍼 나르느라 선이의 발은 팔월의 아스팔트같이 뜨거웠다. 이리 뛰고 저리 뛰어다니랴 가슴 골짜기를 타고 땀이 줄줄 흘러 쉰내가 날 지경이었다. 사람 좋아하고 술 좋아하는 아버지는 이 판을 거절 못 하고, 한 푼이라도 더 벌어야 하니 좋은 기회라 여겼다. 아버지는 어느새 자기 할 일은 끝났다는 듯, 갑장들 틈에 끼어 앉아 주객이 전도되어 술판에 빠져 들었다.

저무는 해가 아쉬운 듯, 하나둘 사람들이 자리를 떴다. 비틀거리며 걷는 모습이 패잔병을 떠올렸다. 깜깜해진 선착장엔 홀로 어둠을 밝히고 선 등대가 선이를 지켜볼 뿐이었다. 모두가 돌아간 뒤 선이는 어둠 속에서 혼자 손이 바빴다. 탈곡기에 볏단을 갖다 대기만 하면 차례대로 벼가 떨어져 나가는 것처럼, 선이의 손이 닿기만 하면 그 자리는 깔끔하게 정리가 되었다. 선이는 제 몸이 부서져 나가는 것도 잊은 채 기계처럼 척척 알아서 움직였다. 마음이 급했다. 곧 있으면 막차를 타고 막내가 올 것이기 때문. 선이는 고기 냄새도 못 맡는 막내에게 돼지국밥을 줄 수는 없었다. 막내 입에 맞는 저녁상을 준비하느라 손끝이 보이지 않았다.

그날 밤 선이는 밤새 앓았다. 옆에 누워 자던 막내가 앓는 소리에 벌떡 일어나 선이의 이마를 짚어보았다. 불덩이였다. 막내는 수건에 물을 적셔 선이의 얼굴과 손을 닦이고 이마에 물수건을 얹어 놓았다. 아픈 선이 곁에서 쪼그리고 앉아 자는 둥 마는 둥 물수건이 열을 빨아들이면 다시 물에 적셔 이마에 올려놓기를 반복했다.

날이 밝아 아버지가 동네 보건소에서 약을 지어왔다. 숯가마에서 찜질하듯 땀에 젖은 선이는 물에 말은 밥알을 겨우 몇 술 뜨는 둥 마는 둥 약을 삼켰다. 막내는 느닷없이 아버지에게 악을 써댔다.

- 아부지! 해마다 왜 저리 힘든 걸 언니를 시킵니꺼? 언니가 아파 밤새 끙끙 앓았다고요. 두 번 다시 이런 일 하지 마이소! 언니 고생 좀 그만 시키라꼬예!

막내는 급기야 울음을 터뜨리며 아버지에게 대들었다. 뻔한 이치를 모르는 것도 아닌데 자신이 그 원흉임이 싫었다. 무엇보다 선이가 고생하는 것이 보기 안타깝고 미안해서 아버지에게 화풀이하는 꼴이 되었다. 선이는 아버지에게 소리치는 막내를 나무라며 이제 자신은 괜찮다며 부스스 몸을 털고 일어났다.

선이가 살림을 맡은 지 벌써 몇 해가 흘렀다. 선이의 가혹하리만치 고통스러운 삶이 막내의 안위를 책임지고 있었다. 일요일이라 도시에서 몰려든 낚시꾼들로 선창가는 붐볐다. 선이는 언제 아팠냐는 듯 반갑게 손님을 맞이하고 가게 물건을 팔았다. 왼쪽 발을 질질 끌다시피 걸음걸이가 예사롭지 않았다. 아버지는 그런 딸이 걱정스러웠다. 어젯밤 고열에 시달렸다는데 아무래도 신경이 쓰였다. 오후 손님들이 빠져나가자, 아버지는 맥을 잘 짚고 침을 잘 놓는 동네 아저씨를 집으로 불렀다. 선이의 발을 유심히 살피고 맥을 짚어본 아저씨는 말했다.

— 발바닥이 벌겋게 달아올랐네요. 염증이 심해서 열이 펄펄 끓는 겁니더.
— 우째야 쓰겄나?
— 그냥은 안 빠지니 절개를 해서 짜내야 합니더. 고름을 짜 내지 않으면 살이 곪아 썩어들어갈 수도 있습니더.

아버지는 쪼그리고 앉아 발바닥을 긁어대던 선이가 성에 안 차는지 시멘트 바닥에 문질러대던 모습이 떠올랐다. 선이의 발은 벌겋게 독이 올라 퉁퉁 부어 있었다. 아버지는 큰집 큰어머니에게 전화를 걸어 도움을 청했다.

선이는 생살을 찢는 고통을 당해야 했다. 방바닥에 누운 선이를 아버지와 큰어머니가 양쪽 다리를 붙들고 막내가 선이의 가슴 위로 몸을 엎어 움직이지 못하게 눌렀다. 그 옆에는 끓는 물에 소독한 칼과 소독약, 의료용 바늘과 실, 가위, 붕대를 담은 통이 놓여 있었다. 아저씨는 딱딱한 발뒤꿈치 안쪽을 절개해서 고름을 짜낼 것이라 했다. 은색 칼날이 지나간 자리에 검붉은 피에 엉켜 누런 액체가 쏟아져 나왔다. 입에 수건을 물고 고통을 참아내는 선이는 몸을 뒤틀었지만, 이를 악물고 아픔을 받아들였다. 신음을 토해내는 선이의 가슴팍으로 고개 숙인 막내의 눈물이 스며들었다.

선이는 기진맥진해 자리에서 일어나지 못했다. 그런 선이를 위해 이웃 아주머니가 녹두죽을 쑤어왔다. 금산댁이었다. "선이야! 좀 어떻노? 이게 몸에 독소를 빼내는데 효과가 좋단다. 남기지 말고 다 먹어라이." 하고 금산댁은 선이를 안쓰럽게 바라보며 가만히 머리를 쓰다듬었다. "어린 것이 참 애쓴다이. 이런 딸 하나 있으면 소원이 없겠따!" 선이를 딸처럼 예뻐하던 아주머니는 안타까운지 방문을 나가면서도 녹두죽을 꼭 챙겨 먹으라고 당부했다. 인근 동네에까지 효녀로 소문난 셋째 딸 선이는 친척뿐만 아니라, 온 동네 사람이 칭송을 아끼지 않았다. 제 언니 고생시킨다고 막내에게는 눈총을 보냈지만, 선이에게는 살뜰히 대했다.

자취방으로 돌아가야 하는 막내는 발을 절뚝거리는 언니 걱정에 걸음이 떨어지지 않았다. 당분간 움직이지 말라고 했는데 선이는 가만히 쉴 수가 없는 노릇이었다. 막내는 한 끼라도 편하게 먹으라고 밥솥에 밥을 한가득 해 놓고 버스에 올랐다. 해줄 수 있는 게 그것밖에 없었다. 그런 동생을 보내며 선이는 평소보다 용돈을 넉넉히 챙겨주었다. 일주일을 어떻게 버텨낼지 밑반찬을 싸 보내지 못하는 마음이 마치 목에 걸린 가시처럼 편치 않았다. 떠나는 버스 창 너머로 고개 숙인 막내가 보였다. 손을 흔들어 보이며 딴청을 부리는 모습이 울고 있음이 뻔했다.
옥이가 떠난 뒤, 선이는 몇 번이고 집을 나가려 보따리를 쌌지만, 막내가 걸려 도로 눌러앉았다. 생사를 모르는 옥이를 잃어버린 것처럼 막내 가슴에 대못을 박는 짓이라 그럴 수가 없었다. 오늘처럼 힘든 날에는, 지난봄 도시에서 대학에 다니다가 고향 집으로 와 몸에 돌을 매달고 바다에 빠져 죽은 그 친구처럼 그냥 죽어버릴까 열두 번도 더 생각했다. 엄마가 물에 빠져 죽은 뒤, 바다에서 나는 음식조차 입에도 대지 못하는 막내가 또 얼마나 고통스러워할지를 생각하면 차마 죽을 수도 없었다. 버스가 마을 어귀를 돌아 사라지자, 선이는 두 눈에 흐르는 눈물을 어쩌지 못했다. 사위에 깔린 어둠처럼 서러움이 차올랐다.

14
노란 별이 쏟아져 내려

옥이가 떠난 그 여름날을 어찌 보냈는지, 엄마의 제사를 지내기는 했는지, 그깟 '19'라는 등수가 무슨 대수라고 엄살이었는지, 그 어떤 일도 옥이를 떠나보낸 슬픔을 대신할 순 없었다. 하루하루를 살아내기도 벅차 시뻘겋던 생채기는 어느덧 거무스름한 딱지로 덮여가는 듯했다. 막내는 자신의 슬픔보다 옥이를 지키지 못한 것이 자기 탓이라 여기는 선이 언니가 걱정이었다. 선이는 툭 터져 나오는 서러움에 가슴을 치는 날이 잦았다.

옥이를 보낸 후 막내는 선이를 기쁘게 해주고 싶었다. 다가오는 선이의 생일을 몰래 차려주려고 영숙이에게 도움을 청했다. 영숙이는 엄마에게 미역국을 끓이고 시금치나물 무치는 법을 받아적어 막내와 머리를 맞대고 좁은 부엌에서 음식을 만들었다. 영숙이는 엄마에게 부탁해 부추전을 부쳐왔다. 주말이라 낚시꾼을 상대하느라 선이는 바빴다. 손님들이 빠져나가기를 기다렸다가 막내와 영숙이는 선이를 가겟방으로 불러들였다. 선이는 갑작스레 벌어진 풍경에 놀라 눈을 크게 뜨고 "엄마야, 이게 다 뭐꼬?" 하면서 막내가 이끄는 자리에 앉았다. 차려 놓은 생일상 앞에 선이가 앉자, 초코파이에 성냥개비를 꽂아 불을 붙였다. 막내와 영숙이가 "선이 언니 생일을 축

하합니다." 하고 노래를 부르고 선이는 "후우" 불어 불을 껐다. 얼마 만에 받는 생일상인지 기억조차 없었다. 엄마가 죽은 날이 생일이다 보니 선이의 생일은 없는 날이 되었다. 누군가 차려준 밥상을 받는 게 생소한 선이는 따뜻한 국물보다 더 뜨거운 눈물이 났다. 선이는 평생 그날의 미역국보다 맛있는 음식은 없었다고 그 기억을 잊지 못했다.

그날 아침도 막내는 빈속에 주섬주섬 옷가지를 걸쳐 입고 자취방을 나섰다. 새벽까지 학교에서 밤을 새우고 잠시 자취방에 들렀던 참이었다. 부엌으로 난 출입문을 열고 나와 대문 앞까지 그 짧은 마당을 걸어 나오는데 몸이 천근만근 돌덩이를 얹어놓은 듯 무거웠다. 좁은 마당을 나와 한 손으로 대문 문짝을 잡고 잠시 호흡을 가다듬었다. 대문 아래로 쭉 뻗은 내리막길을 내려다보다 고개를 든 순간, 눈앞에 노란 별들이 쏟아져 내렸다. 얼기설기 엮인 전깃줄 사이를 비집고 나온 햇살이 눈을 찔렀다. 길바닥은 밑으로 꺼졌다가 위로 솟아 보이다가 흐려졌고 눈이 시려 앞을 볼 수가 없었다. 눈을 질끈 감고 정신을 가다듬었다. 자취방에서 학교로 이어진 높은 담벼락을 손으로 더듬으며 한걸음 옮기고 쉬기를 반복했다. 쌕쌕거리며 거친 숨을 몰아쉬었다. 한 방울의 물기도 남아 있지 않은 듯 목은 갈라지고 갈증이 났다. 막내는 10분이면 갈 거리를 반 시간은 지나서야 교실에 도착했다. 천천히 느리게 걸었음에도 숨이 가빠 가슴이 터질 것 같았다. "흐으윽 흐으윽." 거친 숨을 몰아쉬며 겨우 교실 문 앞에 들어서던 막내가 그대로 풀썩 쓰러지고 말았다.

– 으악! 수아야! 정신 차려!
– 누가 빨리 담임 선생님을 불러 와!

친구들이 몰려들어 막내를 안아 붙들고 누군가는 교무실로 내달렸다. 막내는 그 후의 일은 생각나지 않았다. 깨어나 보니 양호실 침대 위였다. 이런 일이 한두 번이 아니었다. 점심시간이 지났는지 복도에서 달콤한 반찬 냄새와 쉰 김치 냄새가 뒤섞여 코를 찔렀다. 내가 밥을 언제 먹었더라? 음식 냄새를 맡으니 그 냄새를 기억하는 본능이 꿈틀댔다. 밥을 먹은 지가 언제였는지 뱃속이 요동치기 시작했다. 생각해 보니 어젯밤 학교에서 밤샘하느라 커피포트에 몰래 끓여 먹은 라면이 마지막 식사였다. 교실에 돌아가 자리에 앉은 막내에게 담임 선생님은 신신당부했다.

- 수아야! 제발 선생님 말 좀 들어. 내가 너 인정한다. 넌 정말 정신력이 대단한 학생이야! 그러니 고향 집에 가서 부모님과 큰 병원을 가봐. 다 나으면 학교 나오도록 해. 몸이 이리 약해서는 큰일 나!

막내는 다음 수업 시간 책을 펼쳐놓으며 꿈쩍도 하지 않은 채 선생님 눈을 응시했다.

- 결석하면 안 됩니더! 개근상은 받아야 합니더. 그 점수라도 따야 하는데 결석하면 안 된다 아입니꺼?

막내는 책상에 버티고 앉아 고집을 부렸다. 아파서 못 나오는 것은 결석이 아니라며 선생님이 재차 책임지고 처리해 주겠다고 약속했다. 선생님은 막내와 제일 친한 반 친구 현아에게 시골집까지 막내를 데려다주라고 부탁했다.
그 무렵 막내는 성적을 만회해 보겠다고 학교에서 밤샘하기 일쑤였다.

교실 몇 학급을 지정해 밤새 야간자율학습을 할 수 있도록 편의를 제공해 준 것은 입시를 코앞에 둔 3학년을 위한 조치였다. 국립대학이 등록금이 싸다는 들은 말은 있기에, 막내는 최대한 돈이 적게 드는 좋은 대학에 진학하는 것이 목표였다. 옥이 마저 떠난 뒤, 고생하는 아버지와 선이 언니가 바라는 건 그거 하나였다. 막내는 그들이 바라는 대로 자신은 그리되어야 한다고 다짐했고 행동으로 옮겼다. 막내는 선생님의 간곡한 부탁에 하는 수 없이 가방을 꾸려 현아의 부축을 받으며 교실을 나왔다. 반 친구들은 교실 앞까지 나와 막내를 걱정스러운 눈길로 배웅했다. 평소에 그다지 친하지 않던 친구들마저 그날은 다정하게 손을 흔들며 인사했다. 꼭 나아서 돌아오라는 말과 함께.

버스가 선창가 가게 앞에 도착했다. 아버지와 선이는 담임 선생님의 연락을 받고 미리 마중 나와 있었다. 아버지와 선이의 눈동자가 버스를 따라 움직였다. 친구의 부축을 받으며 막내가 버스에서 내리자, 아버지와 선이가 뛰어와 막내를 붙들었다. 그들을 보자마자 막내는 그 자리에서 또다시 정신을 잃고 말았다. "아이고! 이게 무슨 일이고?"라고 아버지와 선이는 놀라서 동시에 소리를 질렀다. 아버지가 막내를 안아 들어 방에다 눕혔다. 어쩔 줄 몰라 허둥대는 선이는 그 와중에도 막내를 데리고 온 친구의 팔을 쓸어내리며 고맙다는 말을 열두 번도 더했다. 선이는 친구를 보며 입꼬리를 올려 웃는 듯했지만, 먹구름이 낀 듯 눈동자는 이리저리 흔들렸다.

그날 밤 막내는 밤새 앓았다. 눈에 초점이 점점 흐려졌다. 아버지의 재촉에 다음 날 점심 무렵 의사가 도착했다. 의사는 막내의 맥을 짚고 청진기를 가슴에 대고 크게 호흡을 해보라고도 했다. 막내는 깊이 들이마시고 뱉는 호흡조차도 힘겨워했다. "다시 한번 크게."라고 의사는 몇 번이고 말했지만, 막내의 기력으로 봐서는 더 이상 기대할 수 없었다. 의사는 심각한 표정으로 소견을 밝혔다. 확신에 찬 목소리에 아무도 의심할 여지가 없는.

― 장티푸스입니다. 따로 격리 조치를 해야 합니다. 환자가 사용하는 물건들은 끓는 물에 소독하고 흰죽 외에는 아무것도 먹이면 안 됩니다. 생식을 먹였다간 균이 들어가면 큰일납니다.

왕진 나온 의사의 처방을 듣느라 방 안에 모여 앉아 있던 사람들의 눈이 마주쳤다. 막내가 쓰러졌다는 소식을 듣고 시내에서 큰언니와 둘째 언니도 한달음에 달려와 함께 귀를 쫑긋하고 있었다. "장티푸스라꼬? 그게 뭔 병이고?"라고 큰어머니는 처음 듣는 병명이라 뭔지를 몰라 아버지에게 물었다.

― 내도 모른다요. 아픈 애한테 흰죽만 먹으라 하던 우째 힘을 쓰겠노. 전염된다고 혼자 가둬두라고 하네. 참나! 살다 살다가 별 병명을 다 듣겠네이.

처음 들어보는 병명에 모두 고개를 갸우뚱거렸다. 선이는 의사가 심각한 어조로 주의를 주었기에 덜컥 겁이 났다. 엉클어진 막내의 머리카락을 쓸어 올리자, 한 움큼이 빠져나왔다. 막내는 머리를 들면 현기증이 일어 앞이 노랬다 까맣게 변하곤 했다. 눈을 감고 한참을 멍하니 서 있어야 제대로 앞을 볼 수 있었다. 이 병에 대한 아무런 상식이 없던 아버지와 선이는 의사의 말이 하늘의 진리인 양 귀담아들었다. 의사가 내려준 처방대로 받아들이고 따랐다. 몇 번 더 왕진을 다녀갔던 의사는 열이 떨어지자 더 이상 진료는 필요 없다고 했다. 그러고는 한 달은 먹어야 한다며 알약을 한 뭉치 내려놓고 갔다. 막내는 낮에는 아무도 없는 빈집에 격리되어 시체처럼 누워 있었다.

선이는 선착장에서 가게를 보다가 끼니때마다 집으로 달려가 막내에게 죽을 먹였다. 며칠째 흰죽만 먹어야 했던 막내는 고개를 돌리며 먹기를 거부했다. "흰죽 싫다, 안 묵을 끼다아!"라고 입을 앙다물고 버티는 막내를 붙들고 씨름하느라 선이는 녹초가 되었다. 죽을 몇 술 억지로 먹이고 약을 삼키면 막내는 그마저도 다 토해내고 말았다. 날이 갈수록 막내의 얼굴은 하얗다 못해 시퍼런 기운마저 돌았다. 우수수 떨어지는 낙엽처럼 머리카락은 뒤엉켜 방바닥에 쌓였다. 버스 몇 정거장 거리를 하루 몇 번을 오가며 선이는 죽을 쑤어 날랐다. 그런데도 막내는 차도가 없었다. 오히려 날이 갈수록 더 야위어갔다. 막내는 흰죽과 약으로 버티던 날들에 울며 악을 쓰며 저항하기 시작했다. 산송장에 가까운 몰골로 방문 밖 마루에도 기어나가는 신세가 되었다. 동네에는 막내가 다 죽어간다고 소문이 파다했다.

혼자 누워 있던 막내는 기어 나와 마당으로 내려가기를 시도했다. 첫날은 앞마당 그다음 날은 바깥마당, 텃밭 앞까지 담을 짚고 겨우 걸을 수 있었다. 자작나무 가지처럼 하얗게 말라비틀어진 다리를 끌고 한참이 걸려서야 텃밭에 들어섰다. 텃밭에는 파란 하늘을 이고 길쭉길쭉 돋아난 마늘종이 들어차 있었다. 싱그러웠다. 온 밭 가득 햇살을 받아 반짝이는 초록 잎이 살랑살랑 춤을 추었다. 막내는 그 풍경이 새삼 감격스러웠다. 살고 싶었다. 간절히.

막내는 살짝 데쳐 볶은 마늘종을 좋아하는 선이 언니를 떠올리며 마늘종을 뽑으려고 두 손을 뻗었다. 마늘종을 뽑아 올리겠다고 힘을 주던 찰나 마늘 대가 끊어지며 털썩 엉덩방아를 찧고 말았다. 밭에 주저앉은 막내는 두 손으로 땅을 짚고 일어나려 안간힘을 썼다. 고개를 들자 강한 햇살에 눈을 뜰 수가 없었다. 앞이 시커멓게 보였다. 후들거리는 다리는 중심을 잃고 일어설 수조차 없어 끙끙거렸다. 누군가 올 때까지 꼼짝없이 기다려야만 했다. 막내는 "큰어무이! 큰어무이!" 하고 도와달라고 목청껏 소리쳤지만, 아무런 소식이 없었다. 아무도 안 오면, 이러다 죽으면 어떡하지. 죽음의 공포를 느낄수록 막내는 더 간절히 살고 싶었다. 선이 언니를 못 보고 죽게 될까 봐 덜컥 겁이 났다.

선이가 가게에 있는 시간에는 앞집에 사는 큰어머니가 간간이 들러 막내를 돌봐주었다. 막내는 지푸라기라도 잡고 싶은 심정으로 큰어머니를 불러댔다. 울다 지치고 한낮의 뙤약볕에 무방비로 익어갈 즈음, 선이가 밥을 이고 마당 안으로 들어왔다. 선이는 이고 온 고무대야를 마루에 내려놓다가 방문이 열려 있는 것을 보고 깜짝 놀랐다. 이부자리는 텅 비어 있고 막내는 사라지고 없었다. 선이는 부엌 안을, 우물가를, 아래채를 차례로 두리번거리며 뛰어다녔다. "막내야! 막내야! 걷지도 못하는 게 어딜 갔노?"라고 소리치며 선이는 땀에 흠뻑 젖었다. 동동거리며 집 안 구석구석 찾아봐도 막내가 보이지 않자, 저도 모르게 울먹였다. "나, 여기 있다아! 여기 있다고오!" 막내는 힘껏 소리친다고 쳤지만, 선이에게는 들리지 않는 모양이었다. 선이가 황급히 큰집으로 달려가는 모습이 보였다. 선이는 넋이 나간 사람처럼 큰어머니를 불러와 함께 이리 뛰고 저리 뛰어다녔다. 선이는 뒷밭 언덕으로 올라가서야 빼곡하게 들어선 마늘밭에 무언가 움직이는 것을 발견했다. 키 큰 마늘 대에 가려 퍼질러 앉아 있는 건 막내였다. 선이는 얼마나 놀랐던지 격앙된 목소리로 "죽으려고 작정했냐!"라며 쏘아붙였다. 막내는 그런 선이의 말이 '너마저 잃으면 내가 어찌 사나?'로 들렸다. "마늘종

뽑아 주려고 그랬다아."라며 막내는 선이를 보자 모기만 한 소리를 내며 입꼬리를 올렸다. 햇볕이 쏟아진 막내의 얼굴은 하얗다 못해 푸르스름했다. 혼자 얼마 동안 쪼그리고 앉아 있었는지 엉덩이가 축축해진 막내를 선이가 업고 나왔다. 큰어머니는 막내가 오죽 답답했으면 그랬겠냐 싶어 안쓰러웠다. "아즉 다리에 힘도 없는데 그라다 큰일 친다. 내를 부르지, 그랬노?"라며 큰어머니도 놀랐는지 막내를 업은 선이를 붙들어주며 가슴을 쓸어내렸다. 선이는 자기보다 훨씬 키가 크고 통통했던 막내가 아이처럼 가벼워 흠칫 놀랐다. 벌써 몇 주째 삶과 죽음의 터널을 오가는 막내를, 이 동생마저 잃을 수는 없다고, 제발 살려달라고 빌었다. 땀으로 얼룩진 선이의 등이 소리 없이 들썩였다.

15
너의 자리는 어디에

    작렬하던 여름이 한풀 꺾이고 높은 하늘에 흰 구름이 걸려 청명했다. 새 학기를 맞아 건강이 회복된 막내는 도심 외곽에 있는 둘째 언니 집에 짐을 풀기로 했다. 갓 돌 지난 아들을 둔 둘째 언니네는 세 식구가 살기도 비좁아 보였다. 큰 방 하나에 딸린 다락방이 막내 차지였다. 여름내 병마와 싸웠던 막내를 혼자 도시로 내보낼 수 없다는 아버지와 선이가 내린 결정이었다. 막내를 더부살이로 보내는 날, 선이는 막내와 함께 짐보따리를 들고 둘째 언니 집을 방문했다. 생전 처음 가보는 언니 집이었다. 아버지는 그날 새벽에 잡은 살아 퍼덕이는 생선 한 꾸러미를 선이의 손에 들려 보냈다.
    선이는 아버지가 귀한 도다리를 낚았다고 갖다주라더라며 내미는 손이 무안했다. 언니의 사는 형편을 보니 막내를 맡기기에는 턱없이 좁았고 가세도 기울어 보였다. 선이는 따로 준비해 온 봉투를 언니에게 쥐여주었다. 둘째 언니는 한사코 마다하며 손사래를 쳤다. 선이는 언니 형편을 알면서도 부탁할 수밖에 없어 미안한 마음과 그래도 언니 집이라 막내가 보살핌을 받을 수 있어 든든한 마음이 교차했다.

둘째 언니는 새벽에 일어나 김밥을 말아 팔기도 하고, 낮에는 주인집 할아버지와 할머니의 집안일을 거들어주며 손을 놀리지 않았다. 은행을 다니던 남편이 직장을 그만두고 새 일을 찾느라 생활비를 보태야 하는 형편이었다. 얹혀사는 신세지만 막내는 둘째 언니가 해주는 모락모락 김이 나는 아침밥을 먹을 수 있어 좋았다. 달걀프라이를 다소곳이 올려놓은 도시락을 싸 들고 교문을 두 발로 걸어 들어갈 수 있었다.

막내는 다시 교문을 밟았을 때, 뜬금없이 눈시울이 붉어졌다. 입학할 때도 느끼지 못했던 벅찬 감정이었다. 아침의 그 싱그런 햇살은 자신만을 위해 쏟아지는 듯했고, 살랑이는 교정의 푸른 잎들은 반기듯 춤을 췄다. 다시 학교에 올 수 있다는 게 감격스러웠다. 여태껏 살면서 당연히 주어지는 거라 여겼던 것들이 당연하지 않음을 그때 깨달았다. 교실 안 자리를 찾아 앉는 순간, 속으로 환호성을 질렀다. 막내는 꽃망울 터지듯 입가에 미소를 지으며 가만히 책상을 두 손으로 쓸어보았다. '여기가 내 자리야!' 얼마 만에 돌아온 교실인지 친구들도 막내를 반겨주었다. 막내는 다시 대학 진학이라는 종착역을 목표로 달리는 열차에 올랐다.

매서운 바람이 파고드는 겨울이 시작되는 즈음, 대학 입학 원서를 접수하는 날이었다. 막내는 친한 친구들과 같은 대학 같은 학과를 지원했다. 친구들과 캠퍼스에 들어서자, 중학교 동창들의 모습이 여기저기 눈에 띄었다. 순간 막내는 숨고 싶었다. 중학교 친구들을 피해 지원한 학과 교실에 들어섰다. 막내는 순간 소스라치게 놀랐다. 기껏 피해 왔는데 그 교실에도 중학교 친구들이 삼삼오오 머리를 맞대고 이야기를 나누고 있었다. 막내는 들키기 싫은 마음에 얼굴이 붉어지고 심장이 두근거렸다. 지은 죄도 없이 숨어 정황을 살폈다. 도회지로 나와 사립여고를 다닌 자존심이 뭐라고 지

방 대학을 지원한 사실을 그 친구들에게 들키고 싶지 않았다. 그들과 같은 학과를 지원해야 한다니 자존심이 허락하지 않았다. 막내는 급기야 학과를 옮길 수 있는지 담당자를 찾아 문의했다.

- 지금 현장에서 학과 변경을 할 수 있습니꺼?
- 가능은 합니다만, 그 성적이면 지금 지원한 과에서 장학금을 받을 수 있는데 왜 옮기려고요?

막내는 식품영양학과에서 가정학과로 변경하고 말았다. 더 낮은 과로 옮겼으니, 장학금은 당연히 받을 것이라 확신하며. 친구들은 장학생 한 명 나왔다며 미리 축하하며 기뻐했다. 막내는 원하던 학교는 아니었지만, 장학금을 받을 수 있다는 생각에 자신을 위로했다.

기다리던 합격자 발표날이었다. 막내는 기대에 찬 아버지와 선이의 배웅을 받으며 친구들과 캠퍼스를 찾았다. 대자보에 붙은 합격자 명단을 확인했다. 함께 간 친구들은 모두 합격자 명단에 있었다. 막내는 본인의 이름 석 자를 찾느라 한참 동안 들여다보고 다시 반복해 훑어보았다. 친구들도 함께 막내의 이름을 찾느라 점점 벽 가까이 붙었다. "왜 수아 니 이름이 안 보이노? 분명히 장학금 받을 성적이라 했는데." 눈을 씻고 봐도 막내 이름이 안 보였다. 막내는 눈앞이 깜깜해졌다. 뭐가 잘못된 모양이었다. 막내는 심장이 벌렁거렸다. '도대체 어찌 내 이름이 없단 말이고?' 막내는 행정실을 향해 뛰었다. 친구들도 덩달아 뛰었다. "합격자 명단에 제 이름이 없어예? 분명히 장학금 받을 점수라 했는데…."라고 막무가내 들어선 막내의 말에 행정실에서도 그런 일은 처음인 모양이었다. 관련 서류를 찾아 검토

하는 시간이 막내에게는 지옥 같았다. 뭔가 단서를 찾아낸 직원은 학과를 옮겨 접수할 때, 이미 모집 정원이 마감된 후에 지원한 상태여서 불합격 처리되었다고. 그나마 성적이 좋아 예비 합격자 일 순위이니 웬만하면 합격 통보가 갈 거라고 말했다. 막내는 귀를 의심했다. 이럴 수는 없었다. 가슴이 철렁 내려앉고 눈물이 왈칵 쏟아졌다. 학과를 옮겨도 된다고 해서 옮겼는데 무슨 이런 경우가 어디 있냐고, 남 앞에 싫은 소리 한마디 못 했던 막내는 큰 소리로 항의했다. 친구들도 옆에서 편들며 나섰다. 막내는 무너져 내리는 가슴을 붙들고 엉엉 울음을 토해냈다. 행정실 담당자는 예년에 비해 두 배로 몰려든 지원자를 예측하지 못한 결과로 애석하지만, 절차상 어쩔 도리가 없다고 했다.

막내는 모든 것이 멈춰 선 것 같았다. 아버지와 선이 언니의 얼굴이 떠올라 죽고 싶은 심정이었다. 막내는 캠퍼스를 나오며 펑펑 울었다. 너무나 억울했다. 막내보다 성적이 더 낮은 친구들과 반에서 꼴찌도 붙은 학과에 떨어지다니 믿을 수가 없었다. 학과를 옮길 때 이미 어긋나버린 그 감정이, 그 순간의 선택이 더 큰 수치심이 되어 돌아왔다. 집으로 돌아가 아버지와 선이 언니 얼굴을 어떻게 볼지 그대로 시간이 멈췄으면 싶었다. 막차를 타고 컴컴한 밤에 돌아온 막내는 축 처진 어깨에 세상 온갖 어둠을 짊어진 기분이었다. "와 이리 늦게 왔노? 장학생이 됐다 하더나?"라고 아버지는 목을 빼고 물었다. 고개를 숙이고 말이 없는 막내를 보자 하루 종일 들떠 있던 아버지는 안색이 확 바뀌었다. "와? 떨어져 버렸나?" 아버지의 말에 막내는 울음을 터뜨리며 억울함을 호소했다. 이미 장학생이 될 거라 기대했던 아버지와 선이는 한 대 얻어맞은 사람처럼 일순간 멍한 표정이었다. "병신처럼 울기는 뭣 하러 우노? 돈 안 들고 잘돼버렸네." 말은 그렇게 뱉고 있었지만, 아버지의 눈빛은 일그러졌다. 애꿎은 담배를 물고 연신 연기를 뿜어댔다. 선이는 좀 더 기다려보자고 막내를 달랬다. 한 가닥 남은 빛이 제발 막내에게 와 닿기를 바라고 또 바랐다.

예비 합격자 발표날까지 기다리는 날들에 가족 모두가 전화기에 신경을 곤두세웠다. 막내는 전화기가 있는 방에서 꼼짝도 하지 않았다. 잠깐 나간 사이 합격 전화를 놓칠까 봐 조마조마했다. '왜 연락이 안 오지?' 일주일을 기다려도 소식이 없었다. 예비 합격자 1순위면 분명 합격한다고 했는데 조바심이 났다. 목이 빠지게 기다리던 막내는 아버지와 선이가 없는 시간에 지원대학에 전화를 걸었다. 자초지종을 설명하고 합격 여부를 문의했다. 불합격 처리되었다는 말이 수화기 너머로 전해졌다. 냉랭한 찬바람과 함께.

무슨 운명의 장난인지 그해는 지원자 전원이 등록했다는 매정한 답이 돌아왔다. 막내는 두 손으로 입을 막았다. 무슨 이런 경우가? 자신에게 왜 이런 가혹한 벌을 내리는 건지, 이 사실을 아버지와 선이 언니에게 어떻게 알려야 하나? 막내는 처형을 기다리는 사형수의 심정이 이럴까 싶을 정도로 괴로웠다.

마지막까지 기다리던 예비자 합격마저도 물거품이 되자 아버지는 거친 언사를 쏟아냈다. 이글거리는 눈빛은 화가 치밀어 금방이라도 터져 나올 것같이 희번덕거렸다.

─ 제기랄! 뭐 한다고 학과는 바꿔서 이 사달을 맹글었노! 아이고 이 바보 같은 기, 돈을 대 준다고 해도 우째 대학을 못 가노! 누가 내를 공부시켜 준다고 하면 내는 서울대를 갔을 끼다!

막내는 고개를 푹 숙이고 아버지가 쏘아대는 화살을 온몸으로 맞았다. 덩달아 멍해진 선이는 아버지 장단을 맞추기도 막내의 편을 들 수도 없어 난감했다. 아버지의 한 가닥 남은 기대가 꺾이는 소리를 선이도 뼈저리게 느꼈다. 막내의 꼬꾸라진 절망감을 모르는 것도 아니었다. 선이는 두 사람 모두의 심정이 되어 어찌할 줄을 몰랐다. 그러다 죽을죄를 지은 죄인처럼 궁지에 몰린 막내를 보니 그대로 뒀다간 어디론가 꺼져버릴 것만 같아 바람막이하고 나섰다. "막내가 뭐 일부러 그랬을까예. 지도 잘 해보려고 그랬 겠지예. 애한테 고만 좀 하이소." 하고서. 평소 막내에게 좀처럼 화를 내지 않던 아버지의 성난 표정이 어떤 의미인지, 선이는 누구보다 잘 이해할 수 있었다. 이 상황이 서럽기도 하고 안타깝기도 했다. 여태 무엇 때문에 온갖 고생하며 달려왔는지 일순간 허망했다.

그렇게 운명은 막내를 불합격자로 낙인찍었다. 같은 공간에 있지만 아버지와 막내는 서로 눈을 마주치지 않고 말을 섞지 않았다. 무거운 공기가 온 집안에 들어차 침묵의 날들이 지속되었다. 막내는 숨 쉬는 것조차도 눈치가 보였다. 실낱같은 희망마저 빼앗긴 듯한 아버지의 암울한 낯빛이 막내의 숨통을 조여왔다. 수시로 쏟아내는 아버지의 깊은 한숨이 막내를 질타했다. 선이는 막내를 위해 바람막이를 자처했지만, 주저앉은 공기를 띄우기에는 역부족이었다. 지난 봄 막내가 아파 죽을 고비를 넘길 때는 제발 살아만 달라고 기도했던 간절함은 온데간데없이, 무너져버린 기대에 허무함이 밀려왔다. 막내는 때가 되면 밥상머리에 마주 앉아 입에 꾸역꾸역 밥을 넣어야 하는 자신이 혐오스러웠다. 가시방석인 집을 벗어나야만 살 수 있을 것 같았다. 이도 저도 아닌 막내가 설 자리는 아무 데도 없었다.

16
시집가는 날

회색 콘크리트 벽이 웅장한 예식장 입구에는 하얗게 입김을 뿜어대는 사람들로 붐볐다. 새벽 차를 타고 신부 화장을 하러 시내로 나온 선이는 큰언니와 함께 신부대기실에 들어섰다. 생전 처음 입어본 웨딩드레스는 가슴을 조이고 치렁치렁 발에 밟히는 치맛자락이 여간 불편한 게 아니었다. 얼굴을 덮은 두꺼운 화장도 빨리 긁어내고 싶었다. 신부대기실에서 다소곳이 앉아 찾아오는 사람들과 인사를 나눠야 하는 동안, 선이는 동물원에 갇혀 구경꾼들에게 둘러싸인 동물들이 이런 기분일까, 답답하고 묘한 기분이 들었다.

거울 속에서 하얀 면사포를 쓰고 앉은 선이와 연분홍 치마에 크림색 저고리를 차려입고 들어서는 막내의 눈이 마주쳤다. "우와! 우리 언니는 어디로 가고 웬 천사가 앉아 있노!"라고 말하던 막내는 속으로 저 사람이 선이 언니가 맞는지 두 눈을 의심했다. 여태 제대로 꾸민 모습을 한 번도 해본 적 없는 선이는 그림책에서나 본 선녀같이 아름다웠다. 하얗게 분칠한 얼굴에 곱게 말아 올린 긴 속눈썹, 깊은 눈동자는 무슨 말을 건네듯 그윽해 보였다. 갓 피어난 동백꽃처럼 붉은 입술, 복숭아처럼 발그레한 볼이 하얀 면사포에 가려 다소곳한 신부를 더 빛나게 했다. 세상에 우리 언니만큼 예쁜 신부는 처음 본다며 막내는 눈에 새기기라도 하듯 선이 얼굴에 코를 박고 빤히 들여다보았다. 선이는 "눈이 왜 이리 간지럽노."라며 막내를 보자 붙인 속눈썹 탓을 하며 고개를 돌려 눈물을 감췄다. 그렁그렁 차오르는 눈물을 어찌해야 할지 난감한 건 막내도 마찬가지였다. 막내는 고개를 돌려 꽃장식이 예쁘다며 딴청을 부렸다. 좋은 날에 울지 안으려 안간힘을 쓰고 있다는 것을 서로 알고 있었고 눈물을 보이고 싶지 않았다.

아버지의 말 한마디에 부산으로 떠난 막내는 대기업에 다니는 형부 소개로 같은 회사에 입사했다. 큰언니는 주말마다 막내를 집으로 불러 따뜻한 밥을 해먹이고, 막내에게 빨래를 모아오라고 해서 손빨래를 하고 말려 차곡차곡 개켜 건네주었다. 막내는 회사에서 제공하는 기숙사에서 생활하며 걸어 5분도 채 걸리지 않는 사무실로 출근했다. 사무실은 생산공장 안에 있었다. 생산 현장은 늘 뿌연 먼지가 날리고 이제 열대여섯 남짓한 여자애들이 드르륵드르륵 재봉틀을 돌리며 하루 종일 고개를 처박고 있었다. 막내는 유리창 너머로 그 광경을 바라보며 잘못한 것 하나 없는데도 자리에 앉아 있기가 불편했다. 막내는 샘플 원단을 검사하는 일을 했다. 색깔은 같은지, 올이 나간 것은 없는지. 그 자리마저도 큰 형부의 청탁이 아니면 어림없는 자리라고 사람들은 수군거렸다. 막내는 자신보다 어린 여자애들을 보며 산업계 고등학교에 다녔던 선이 언니를 떠올렸다. 낮에 일하고 밤에 학교를 가야 하는 여자애들은 일을 끝내자, 서둘러 교복으로 갈아입고 구내식당으로 달려가 몇 술 뜨다가 통학버스를 놓칠세라 시계를 보며 또 뛰었다. 매일 반복되는 일상에 전쟁을 치렀다. 대부분 힘들게 번 돈으로 학비를 내고 나머지는 고향 집에 보낸다고 했다. 그 어린 나이임에도 저보다 더 어린 남동생을 공부시켜야 하는 의무를 짊어진 누나들이었다. 그 길이 당연하다 받아들이는 아이들. 막내는 그 애들이 가여워서, 그런 생활에 치어 지냈을 선이 언니가 생각나서 복받쳐 오르는 슬픔에 혼자 눈물짓기도 했다. 지금껏 대학에 떨어져 힘들어서 벗어 던지고픈 죄책감 따위, 무슨 엄살을 그리도 부리고 살았는지 그들 앞에 자신이 한없이 부끄러웠다. 막내는 어린 친구들에게 부끄럽지 않게 야간대학에 지원했고 알뜰하게 쓰고 돈을 모았다. 모은 돈으로 대학 졸업 후의 다음 세상을 준비했다.

선이의 신랑 될 사람은 시내에서 가구점을 운영한다고 했다. 외국에 나가 번 돈으로 자수성가한 성실한 사람이라고. 사람 좋기로 소문난 아버지는 친척에게 소개받자마자 선이의 의향은 묻지도 않은 채 결혼을 밀어붙였다. 선이가 시집가서 호강하며 살 수 있는 집안이라는 것이 아버지가 서두른 이유였다. 별다른 혼수를 준비하지 않아도 된다는 것도 두 귀를 솔깃하게 했다. 선이와 나이 차이가 많다는 것이 흠이라면 흠이었지만 크게 문제 삼지 않았다.

홀아버지를 모시고 있던 선이에게 혼사를 맺고자 탐내는 중매쟁이들이 줄을 섰다. 아버지는 웬만한 신랑감은 어림 반 푼어치도 없다며 아예 퇴짜를 놓곤 했다. 선이 또래 동네 친구들이 하나둘 시집을 가고 선이 혼자 한 해 두 해 나이를 더해가고 있을 때라 아버지는 결단을 내려야 했다. 그때까지도 시내에서 아르바이트를 전전하며 삼수를 준비하고 있던 막내를 따로 불러들였다. 아버지는 막내를 앉혀 놓고 자문 자문 낮은 음성으로 말을 꺼냈다.

 – 니가 대학 공부를 마쳐야 선이가 시집가겠다 하는데 언제까지 그러고 있을 끼고? 니가 계속 공부하겠다 하면 선이가 시집도 못 가고 저 나

이 먹도록 집에서 썩히면 쓰겄냐.
- 그러면 시집 보내면 되지예.
- 이번 혼처는 놓치기 아까운 자리니라. 니가 공부 그만한다 해라. 그래 야 선이가 시집을 간다고 할 거구마.
- 뭔 말인지 알았어예.

첫 해 고배를 마신 막내는 선이의 손에 이끌려 시내에서 재수를 준비했다. 자취방을 얻어 준 것도 선이었다. 선이는 아버지 몰래 용돈을 마련해주고 자취방에 반찬을 해다 날랐다. 그해 대입 시험 날에는 새벽밥을 해주겠다고 막내 자취방에서 함께 잠을 자다가 두 사람은 연탄가스를 마시는 불상사를 당했다. 시험장에 발도 들여놓지 못한 운명이라니! 막내는 선이 언니를 더 이상 희생시킬 면목이 없었다. 언니가 행복해진다면 자신은 어떻게 되어도 상관없다고 생각했다. 막내는 체력장을 다시 봐야 하는데 기한이 지나 더 이상 시험을 볼 수 없다는 핑계를 대고 멀리 부산으로 떠났다. 막내가 떠나고 이듬해 선이는 시집을 가게 되었다. 두 사람의 운명은 아버지의 제언에 따라 결정되었다. 각자의 판단으로 선택한 길이 아니었다.

예식장에는 동네 아주머니와 아저씨들, 멀리서 온 친척들과 선이 언니가 해주는 밥을 얻어먹었던 막내 친구들까지 모여들어 신랑 신부의 앞날을 축복했다. 선이 언니에게도 찬란한 봄날이 오나 보다며 막내는 눈 앞에 펼쳐진 벅찬 광경에 울컥울컥 눈물이 솟았다. 아버지의 손을 잡고 고개 떨군 신부가 입장했다. 싱글벙글 연신 입을 다물지 못하는 새신랑은 얼굴이 빨갛게 상기되어 있었다. 선이는 지금껏 함께였던 아버지의 손에서 평생을 함께할 새신랑의 손으로 인도되어 버진로드를 향해갔다. 혼자 떠나는 게 미안해서 입술을 앙다물어도 들썩이는 어깨를 감출 수는 없었다. 떠밀리듯 순식간에 이루어진 결정에 몇 번 본 것이 전부인 남자의 손을 잡고 결혼행진곡에 발맞춰 걷고 있었다. 마음으로 온전히 받아들이지 못한 사람과 평생을 약속하는 이 길이 컴컴한 터널 속으로 걸어 들어가듯 불안했다. 선이는 쏟아지는 눈물을 입안으로 삼켰다. 선이의 마음을 알 리 없는 막내는 손바닥에 불이 나도록 손뼉 치며 세상의 모든 축복을 그곳에다 끌어모았다. '엄마, 선이 언니 시집간대요. 부디 행복하게 살게 해주세요.' 기쁨인지 슬픔인지 모를 뜨거운 눈물이 그제야 쏟아져 내렸다.

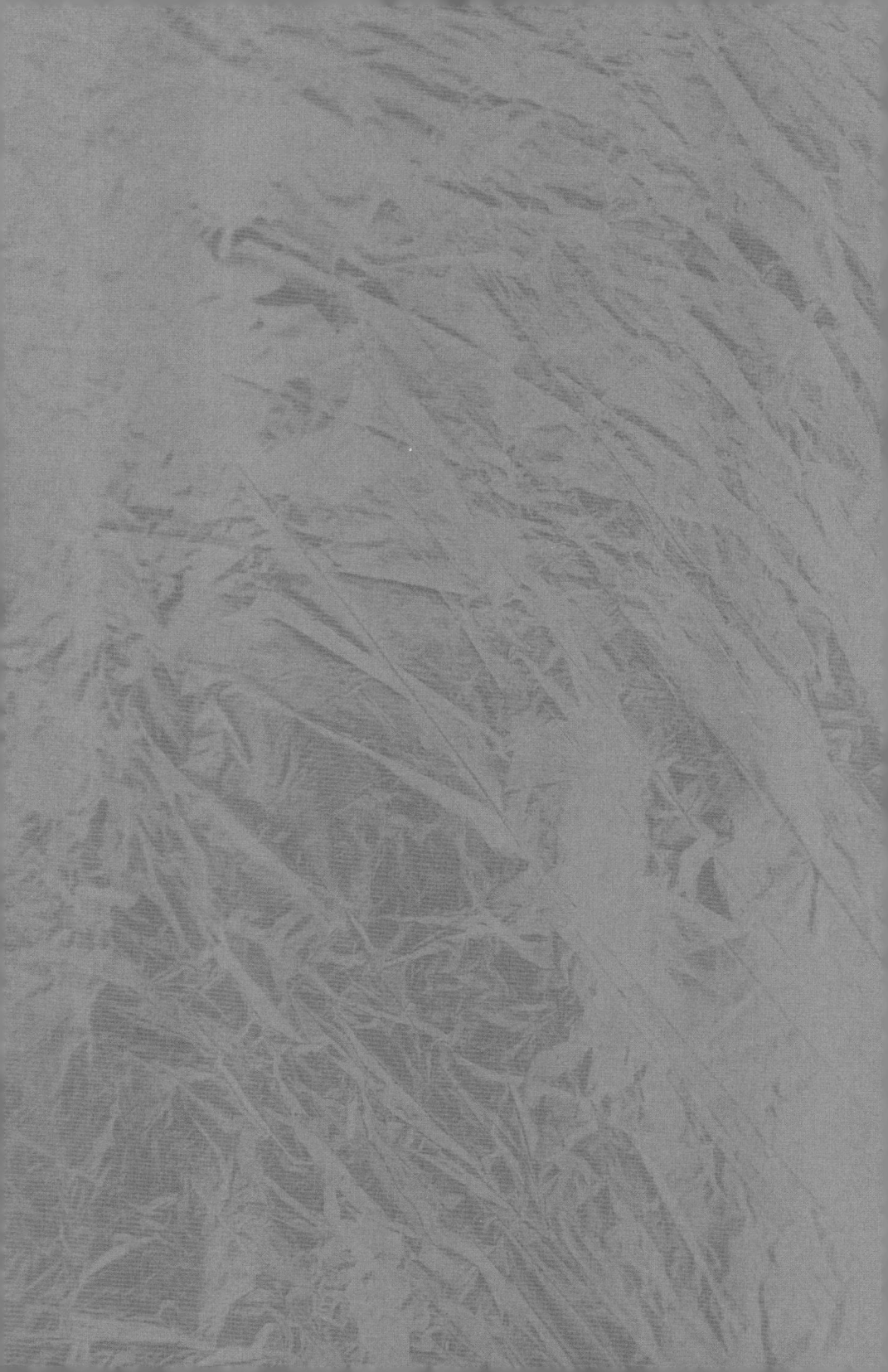

2부

선이는 쌀밥을 짓에 베풀고 싶면 옥이도 어디선가 누군가의 보살핌을 받으리라 믿었다. 어느 날 흰쌀밥집 문을 열고 '언니, 배고파'하고 부곡 나이가 이윽 찾만 것만 같았다.

흰 쌀 꽃 나무집,
쌀밥 퍼주는 부인

1
붉은 노을이 물들 때면

 선이는 큰 도로변으로 나와 목을 빼고 택시를 기다렸다. 등에 둘러업은 아이는 포대기 끈으로 옥죄어 손가락 하나 집어넣을 틈도 없었다. 서둘러 친정으로 가야 하는 선이의 마음을 알 리 없는 아이는 이리저리 내빼다 꼼짝없이 엄마 등에 갇힌 신세가 되었다. 한 손에 짐 보따리를 움켜쥔 선이의 손등이 벌게졌다. 선이의 신경은 오로지 노란 택시를 쫓느라 손 따위는 안중에도 없었다. 마침, 저 멀리 택시 한 대가 달려오고 있었다. 선이는 반가움에 한 손을 번쩍 들어 택시를 잡았다. 선이는 미끄러지듯 멈춰 선 택시에 바짝 다가서 한껏 몸을 수그려 큰 소리로 외쳤다.

 ― 기사님, 저 고개 넘어 마산리 선창가로 가려는데예.
 ― 거긴 시외라 메타로 못 갑니더. 대절비를 따로 내야 하는데 우짤랍니꺼?
 ― 예, 그리하겠습니더.

 선이는 잽싸게 짐을 밀어 넣고 택시 뒷좌석에 앉았다. 앞좌석 등받이를 두 손으로 꼭 잡고 몸을 앞으로 바짝 당겨 앉은 모습이 늘 그래왔던 사람처럼 익숙해 보였다. 선이는 달리는 택시가 덜컹거릴 때마다 고개를 돌려 아이에게 괜찮다는 무언의 눈길을 보냈다. 시내를 벗어나자, 아이는 잠이 들었다. 택시로 한 시간을 달려 도착한 친정에 남은 사람이라야 선창가 가게를 홀로 지키는 아버지가 전부였다. 선이는 시집온 지 두 해가 되어가지만, 일주일에 한 번은 아버지를 찾아갔다.

선이는 결혼한 뒤 구산 시내 작은 아파트에서 신혼살림을 시작했었다. 신행을 마치고 정신없이 보내던 어느 날인가부터 이상한 증세가 시작되었다. 낮과 밤의 경계가 허물어져 뒤섞일 때, 산등성이 너머로 퇴장을 준비하는 노을빛을 바라보다, 울적하고 혼란스러운 그런 느낌과 닮았지만 뭐라고 형용할 수 없는 기분에 사로잡혔다. 평소 익숙한 물건을 잃어버렸을 때 씁쓸하면서 못내 아쉽고 허전한, 뭔가 개운치 않은 그런 묵직한 감정이었다. 슬픔인 것도 같았다. 해가 저물어갈 때면 이유 없이 불안하고 안절부절못했다. 정체를 알 수 없는 잿빛을 닮은 그 기운은 하수구 찌꺼기처럼 선이의 몸속 어딘가에 들러붙어 있었다.

그러던 어느 날, 문득 선이는 어둠이 잠식해 오는 바다, 벼랑 끝에 붉은 한점이 떨어져 나가는 형상을 보았다. 기억 속에 잠들어 있던 한 장면이 용수철처럼 튀어 올랐다. 온몸에 힘이 빠져나가고 가슴은 먹먹했다. 아련한 듯 어김없이 찾아오는 그 슬픔의 시간은 저녁밥을 준비하고 남편을 기다리는 그즈음이었다. 붉은 노을이 물든 창밖을 바라보고 섰던 선이는 저도 모르게 황급히 전화기를 찾아 집어 들었다. 수화기 저편의 목소리를 기다리며 손가락을 깨물고 있는 선이. 선이는 집을 나서던 엄마 뒤로 붉게 달아오른 노을을, 그 길로 영영 돌아오지 않은 엄마와 함께 뇌리에 박힌 붉은 노을을 떠올렸다. 엄마가 빠져 죽은 노을 진 바다, 그곳에 홀로 남은 아버지를. "여보시오?" 하고 아버지의 목소리가 들렸다. "아부지! 왜 이리 전화를 늦게 받아요." 앙칼진 선이의 목소리가 수화기를 타고 흘렀다. 아버지는 별일 없다며 무심한 듯 전화를 끊었다. 며칠 전 큰어머니에게 전해 듣기로는 아무래도 아버지 건강이 안 좋아 보인다고 했었다.

선이는 어둠 속에 홀로 덩그러니 밥상에 앉은 아버지 모습이 떠오르자, 가슴이 미어터질 것 같아 꺽꺽 소리 내어 울었다. 시집오기 전, 가게 일을 마치고 아버지와 마주 앉아 조촐하게 차려 먹던 저녁상이 생각났다. 아버지와 함께 가게를 일구었던 일들이 주마등처럼 스쳐 갔다. 힘든 생활이었지만 이렇게까지 슬픈 감정은 들지 않았었다. 남의 집 식구가 되어 혼자 남은 아버지를 생각하니 가슴이 먹먹했다. 엄마가 빠져 죽은 바다, 그 부둣가에 홀로 남은 아버지를 어둠이 삼키고 있다는 생각에 불길했다. 가슴을 짓누르는 슬픔의 덩어리는 무엇을 어찌해야 할지 한 번도 경험해 본 적 없는 슬픔이었다. 선이는 넋 나간 사람처럼 설거지통에 행주를 담갔다가 짜서 식탁을 닦다가, 멍하니 서서 눈물을 훔쳤다가 혼자 서성대며 의미 없는 행동을 반복했다.

현관문을 열고 어느새 남편이 들어와 있었다. 태준은 엉엉 아이처럼 울고 있는 선이를 놀란 눈으로 바라보았다. 선이는 울음을 삼키느라 애를 쓰는 바람에 목을 움찔거렸다. 요즘 들어 부쩍 선이는 눈물에 젖어 있었다. 홀로 남은 아버지 생각에 따뜻한 밥을 먹어야 하는 것조차도 죄스러웠다. "내일 장인어른께 다녀온나. 아부지 좋아하는 음식 해다 드리고 얼굴 보고 오면 마음이 좀 놓이겠제."라고 달래며 태준은 심성이 고운 선이를 귀히 여겼다. 평소 하고 싶은 거, 먹고 싶은 거 다 하라며 봉투째 현찰을 쥐여주고도 친정에 다녀오라고 넉넉히 더 챙겨주었다. 그 덕에 선이는 주말마다 아버지를 보러 갈 수 있었다. 일주일 치 밑반찬을 해다가 냉장고에 쟁여 놓고 하룻밤을 꼭 아버지 곁에서 묵었다. 늘 혼자 찬밥으로 끼니를 때워야 하는 아버지가 마음에 걸려서였다. 선이는 김이 폴폴 나는 새 밥을 지어 아버지와 마주 앉았다. 시집가기 전 늘 그랬던 것처럼. 그렇게 시작된 친정걸음은 해가 거듭되어도 끝이 보이지 않았다.

서둘러 택시를 타고 왔는데도 친정에 도착했을 때는 해가 저물고 있었다. 마중 나와 있던 아버지는 얼른 아이를 포대기에서 빼내 안았다.

— 아이고 우리 환희가 고생하는구먼. 포대기에 꼼짝없이 갇혀서. 근데 뭘 그리 바리바리 싸 왔노?
— 오늘이 오빠가 참석하는 엄마 첫 제사라 음식을 좀 해 왔심더. 이따 사촌들도 다 참석한다고 하고.

선이는 서둘러 짐을 풀었다. 미리 준비해 온 반찬을 덜어내어 아버지 저녁을 차려 냈다. 선이는 곱게 찢은 소고기 장조림을 아버지 밥숟가락에 한 점 올려 놓았다. 아버지는 풍치에 걸려 잇몸이 부어올라 애를 먹었다. 독한 약을 먹어야 하니 굶어서는 더 큰 일이었다. 아버지는 선이가 얹어주는 반찬을 받아먹으며 오랜만에 밥 한 그릇을 비웠다. 저녁을 먹자마자 선이는 상을 물리고 제사 음식을 준비했다. 자정에 올리는 제사라 아직 여유는 있었다. 어둠이 짙게 깔린 부엌에서 혼자 종종대고 있던 선이는 때마침 찾아온 큰어머니가 구세주처럼 반가웠다.

— 아이고 선이가 야무지게도 차려왔네. 전이고 나물이고 더할 것도 없겠구먼. 니 아니면 우짤 뻔했노? 시집가서 배가 불러서도 친정집 제사를 도맡아 모시더니 니는 참 복 받을 끼다.

큰어머니는 얼른 오빠가 결혼해야 선이가 짐을 덜어놓을 것이라고 에둘러 말했다. 선이는 몇 해 동안 집을 나가 떠돌이 병에 걸려 겉돌던 오빠가 집에 발을 들여놓고, 제사에 참석한다는 것만으로도 그리 좋았다. 있어야 할 자리에 있는 물건을 확인했을 때처럼 안도감이 밀려왔다. 오빠가 행방불명이었던 몇 해 동안은 아버지와 둘이 제사를 지냈었다. 한 해에 지내야 할 제사는 왜 그리 많은지 설날과 추석 외에도 엄마, 할아버지, 할머니, 삼촌과 숙모 제사까지 한 달 건너 1년 내내 제사를 지내는 꼴이었다. 그럴 때마다 아버지는 땅이 꺼지라 깊은 한숨을 내쉬며 어깨가 축 처져 있었다.

오빠는 아버지가 아프다는 말을 듣고 2대 독자 아들로서 외면할 수가 없었던 것인지 방황을 끝내고 집으로 돌아왔다. 선이를 서둘러 시집보내고 막내를 멀리 떠나보낸 아버지는 하나밖에 없는 아들을 집에 들이려는 일념에 사로잡혀 지냈다. 아버지가 그렇게 바라던 아들이 집에 돌아왔으나 두 부자는 한 지붕을 이고 사는 것에 익숙하지 않았다. 성인이 된 아들은 아직도 아버지와 한 공간에서 숨을 쉬는 것이 불편했다. 깊은 골이 하나로 봉합되기에는 떨어져 산 세월만큼이나 그 간극을 메우기 힘들었다. 한동안 집에서 아버지를 부양하던 오빠는 숨이 막혀 못 살겠다며 다시 일자리를 찾아 나갔다. 그나마 시골집과 가까운 시내에 방을 얻어 아버지를 보러 들린다는 것이 감사할 따름이었다.

어둠이 내려앉아 육지와 바다의 경계를 구분하기 어려운 선착장에 막차가 도착했다. 막차를 타고 오빠와 사촌들이 가게로 모여들었다. 아버지는 한껏 목청을 높여 사촌들을 반겼다. 아들이 처음 제 어미 제사에 참석한 날이라 아버지는 연신 입을 다물지 못했다. 제사상을 차릴 때도 뒤로 한 걸음 물러나 아들에게 주도권을 넘겼다. 선이는 아버지의 눈이 오빠를 따라 움직이며 웃고 있음을 보았다. 사촌들 틈에서 어엿하게 제를 올리는 아들의 모습을 흐뭇하게 지켜보는 아버지, 얼마나 꿈꿔왔던 모습인가? 선이는 그런 아버지를 바라보며 가슴이 뭉클했다. 자신이 그렇게도 그리던 풍경이었다.

늦은 밤 제사상을 물리고 한바탕 시끌벅적 거나하게 술잔이 오갔다. 오랜만에 웃음꽃이 넘쳤다. 아들이 함께하는 제사는 아버지를 그토록 크게 웃게 했다. "아들이 와서 당숙 입이 귀에 걸렸다이. 저리 좋은 갑다야."라며 큰어머니도 덩달아 신이 났는지, 생선전을 한입 물고서 눈꼬리까지 웃으며 거들었다. 아버지는 큰어머니와 사촌들을 위해 따로 준비했다며 손수 잡은 생선회를 내놓았다. 시간이 무르익어 새벽이 밝아올 때 서야 사촌들은 큰어머니를 모시고 큰집으로 돌아갔다. 아버지는 손전등을 찾아 들려 보내며 큰길까지 배웅했다. 선이도 다음 날 아침에 먹으라며 모양새 좋은 전과 음식들을 싸서 건넸다. 사촌들은 한마디씩 덕담을 건넸고 서로의 가슴에 따뜻한 온기가 스며들었다. 아버지는 홀로 떠돌았던 자신의 외로움을 아들에게는 물려주고 싶지 않았다. 그래서 사촌들을 살뜰히 챙기고 정성을 들였다. 2대 독자인 아들과 사촌들이 형제처럼 지내기를 바라는 마음에서였다.

선이는 뒷정리하느라 팔을 걷어붙였다. 아랫목에 잠든 아이 곁에는 아버지의 투박한 손이 시계추처럼 일정한 리듬으로 아이의 가슴을 토닥거리고 있었다. 아버지는 아들과 마주 앉아 남은 술잔을 기울였다.

- 규야! 내가 뭣 때문에 이리 뼈 빠지게 살았겠노? 이 자리를 우째가 지켰는지 니는 모를 끼다. 다 하나뿐인 니 줄라고 안 그랬나. 이제 고마 여기 들어와 살아라.
- 고생은 선이를 다 시키고 무슨 염치로 여기 들어와 살라 합니꺼?
- 니도 이제 나이가 찼는데 언제까지 그리 밖으로 떠돌라 하노? 니 병이 잘 묵고 잘 쉬어야 낫는다고 하던데 어여 결혼해서 자리를 잡아야제. 옆 동네 좋은 처자가 있다더라. 한번 만나나 보거라이. 내가 니 앞길에 짐이 될까 봐 옥이도 내다 버리고 딸들은 다 제 살길 찾아갔다 아이가. 니만 마음 먹으면 된다. 여기 이게 다 니 끼다!

부엌에서 뒷정리하던 선이도 고개를 비쭉 내밀고 한마디 거들었다.

- 오빠! 아버지 말대로 얼른 결혼해라. 나도 좀 집 걱정 좀 안 하고 살 거로. 나도 이제 결혼한 몸이라 시댁 눈치도 보이고 자주 오가기가 힘들다. 아버지 몸도 안 좋은데 혼자 지내다 큰일날까 봐 걱정도 되고. 오빠가 결혼해서 들어와 살면 나도 소원이 없겠구만.
- 선이 니가 고생이 이만저만 아니제. 니 볼 면목이 없다아. 내도 생각 좀 해보꺼마.

선이는 오빠의 그 한마디에 묵은 체증이 가시는 듯했다. 내심 남편을 혼자 두고 친정집에 들락거리는 마음이 편치만은 않았다. 선이는 속으로 며느리가 차린 제사상을 조상들에게 올리며 흡족해하는 아버지의 모습을 그려보았다. 아버지의 간절한 소망이 이루어지기를, 그런 날이 빨리 왔으면.
긴 하루가 어둠 속에 묻히고 또 다른 하루가 열리는 시간이었다. 선이는 걱정을 이고 살았던 친정집에 와 있으니, 이제는 아파트에 혼자 남아 있는 남편 생각에 마음이 편치 않았다. 날이 밝으면 돌아가야 할 집을 생각하며 선이는 잠든 아이 곁에 웅크려 새우잠을 청했다.

2
가장이라는 자리의 무게

    시내 중앙도로에서 오른쪽으로 꺾어 들면 산복도로가 쭉 펼쳐졌다. 산복도로로 접어드는 입구에서부터 좁은 도로를 사이에 두고 양쪽으로 가구점들이 들어차 있었다. 시내에 있는 이 가구 전문거리는 인근 지역에서 누구나 알 만큼 이름값을 했다. 혼수를 준비하는 예비부부들이 으레 거쳐 가는 관문이기도 했다. 산복도로를 기점으로 인근 대학과 남녀 고등학교가 몰려 있는 바람에 학기가 바뀔 때마다 학교 주변에 방을 얻은 자취생들과 부모들로 붐볐다.
    얼음물을 벌컥벌컥 들이켜도 성에 차지 않는 뜨거운 여름날이었다. 한나절 누가 떠밀기라도 하듯 아스팔트 열기가 가게 안으로 몰려들었다. 후텁지근한 바깥 공기와 에어컨과 선풍기가 돌아가는 가게 안 공기는 온탕과 냉탕만큼 온도 차이가 났다. 태준은 들어오는 열기를 식혀보려는지 양동이에 물을 퍼다가 도로 위에 사정없이 뿌려댔다. 아담한 체격이지만 다부진 어깨와 힘줄이 불거진 팔뚝은 제법 일깨나 해본 노련미가 묻어났다. 까무잡잡한 피부에 부드러운 눈매가 보는 사람을 편안하게 하는 인상이었다. "사장님 제가 하겠습니더." 그 광경을 보고 구석 자리에서 쉬고 있던 남자 직원이 뛰어왔다. 태준은 한 손을 들어 보이며 괜찮다고 알렸다. 넘치도록 물을 담은 양동이를 들고 오른쪽 어깨를 땅 쪽으로 기울여 달리듯 물을 퍼 나르기를 반복했다. 순식간에 소나기가 덮치고 간 듯 아스팔트는 차가운 물을 머금고 뜨거운 김을 뱉어냈다. 앞 가게 김 씨는 가게 문 입구에 내놓은 의자에 걸터앉아 꾸벅꾸벅 졸고 있다가 한바탕 끼얹은 물세례에 놀라 헛기침을 해 댔다.

태준은 허리를 굽혀 최대한 몸을 낮춘 자세로 옆 가게나 도로 맞은편까지 골고루 물이 퍼져나가게 흩뿌렸다. 해가 중천에 있는 이 시간에는 개미 새끼 한 마리도 얼씬거리지 않았다. 열기가 수그러들자, 태준은 바지에 튄 물기를 털어내고 가게 안으로 들어와 앉았다. 점심을 먹은 지 얼마 되지 않아서인지 한바탕 졸음이 몰려왔다. 손님이 없는 이 시간을 틈타 주문할 목록과 서류를 정리해 놓는 습관이 있었다. 태준은 자리에 앉자마자 고개를 좌우로 흔들며 두 눈을 질끈 감았다. 쏟아지는 졸음을 쫓아내려고. 서류를 살펴보며 뒤적이고 있는데 입구에서 익숙한 목소리가 들려왔다. "야이야, 내 왔데이." 하고. 돌아보니 노모가 가게 문으로 들어서고 있었다. 한쪽 손을 무릎에 짚고 허리를 반쯤 굽혀 숨을 고르는 모양새가 오르막길을 막 걸어서 온 모양이었다. "어무이, 기별도 없이 어쩐 일이라예. 날이 이리 뜨거운데."라며 태준은 벌떡 일어나 어머니를 맞이했다. 태준은 과묵하지만, 음색이 부드럽고 말투가 느린 편이었다. 어머니의 안색을 살피고 굽은 허리를 바라보는 눈빛이 다정스러웠다.

 — 장에 나왔다 들렀다아. 아가는?
 — 아…. 집사람은 장모님 기일이라 친정에 보냈습니더. 지는 가게 일 때

문에 해마다 못 가보니.

태준은 하필 선이가 친정에 간 날 어머니가 들이닥친 것이 한편으로 신경이 쓰였다. 가게 입구 쪽 한구석에 신문으로 덮어놓은 중국집 배달 그릇도 눈에 거슬렸다. 점심으로 시켜 먹은 그릇을 아직 회수해 가지 않아 주변에 파리가 꼬여 들어 미간을 찌푸리게 했다.

― 니 밥은 어쩌고? 고새 얼굴이 많이 축이 났는 갑다.
― 아니라예. 날이 더워서 그렇지 잘 묵습니더.

평소에는 주로 선이가 싸 온 도시락을 가게에서 뜨었다. 태준은 지은 죄도 없이 좌불안석이었다. 앉은 자리를 어머니께 내어드리고 엉거주춤 간이의자를 끌어다 마주 앉았다. 가라앉은 듯 어색한 공기를 가르며 직원이 손님용 작은 냉장고에서 시원한 음료를 꺼내왔다. "안녕하세요. 많이 덥지예." 직원이 어머니를 아는 체하며 인사를 건넸다. 태준은 음료수를 받아 뚜껑을 따서 어머니 앞에 얌전히 내려놓았다. 음료를 홀짝거릴 뿐 어머니도 태준도 한동안 별말이 없었다. 태준은 어머니랑 단둘이 마주 앉아 이야기를 나누는 일이 참 오랜만이라 생각했다.

태준이 어린 시절부터 어머니는 옹기를 팔기 위해 오일장을 떠돌았다. 딸이 없는 집안이라 삼 형제 중 침착하고 야무진 태준이 어머니의 빈자리를 채워야 했다. 맏형은 시골이 싫다며 일찌감치 도시로 떠났고, 동생은 또래보다 발달이 늦어 왜소하고 말이 어눌했다. 태준은 고향을 벗어나지 못하고 동생을 돌봐야 했다. 게다 맏형이 이혼하며 내던지다시피 맡기고 간 어린 두 조카를 돌봐야 하는 일까지 더해졌다. 조카는 예닐곱 살 먹은 여자 아이 둘이었다. 성인이 되어서도 달라질 게 없었다. 집과 가까운 목공소에 다니며 돈을 벌었다. 태준은 쓰러져가는 초가집에서 부모 없이 지내야 하는 어린 조카들이 늘 가여웠다. 태준은 태어나면서부터 누추한 이곳에서 가난하게 살았다. 그것이 당연하다 여기고 살아왔다. 집을 벗어날 꿈 같은 건 꾸지도 않았다. 마음 한구석에 엄마의 빈자리가 늘 간절했던 태준은 두 아이의 처지가 유독 가슴 아팠다. 자기를 버린 엄마인 줄도 모르고 엄마를 찾아 칭얼대는 조카들을 끌어안고 눈시울 적신 날도 더러 있었다. 그런 날에는 묻어둔 설움이 눈물샘을 타고 스멀스멀 기어 나와 어린 날의 자신도 함께 울고 있었다. 뽀얀 피부에 눈망울이 초롱초롱한 여자아이 둘은 제법 태준을 잘 따랐다. 환경에 적응하기 마련인지 아이들도 별 탈 없이 자라주었다.

태준은 직장에서 돌아오면 두 아이를 차례로 무등을 태우고 집주변 오솔길로 데리고 나갔다. 아이들도 태준과 함께 걷는 그 시간을 좋아했다. "오늘은 학교에서 뭐 배웠어?" 태준은 조카들에게는 어색하지만, 표준말을 쓰려고 애를 썼다. 고운 말을 듣고 예쁘게 자라기를 바라는 마음에서였다.

- 난 학교 싫어! 삼촌이랑 노는 게 제일 좋아!

초등학교 3학년이 된 큰아이가 대뜸 소리쳤다.

- 학교가 왜 싫어?
- 아이들이 엄마, 아빠 없다고 놀려서 가기 싫어!

순간 태준은 멈칫했다. 이런 상황은 전혀 예상하지 못했던 터라 뭐라고 말해야 할지 떠오르지 않았다. 가슴이 먹먹했다. 태준은 그 자리에 멈춰서 두 아이와 키를 맞추고 마주 앉았다. 가만히 아이들의 눈을 들여다보았다. 그 마음을 안다고 괜찮다고 말해주고 싶었다. 금방이라도 눈물을 쏟아낼 듯한 눈방울이, 할 말은 많은데 앙다문 입술이 태준의 가슴을 휘저어 놓았다. 태준은 아이들을 품 안에 안아 토닥여줄 뿐 말이 없었다. 비에 흠뻑 젖은 어린 새를 닮은 이 아이들을 지켜주고 싶었다. 돌아오는 길에는 동네 구멍가게에 들르는 것도 잊지 않았다. 태준은 가게 입구 문에 서서 아이들에게 먹고 싶은 것을 고르라고 했다. 두 발을 폴짝거리며 신이 난 아이들은 알록달록한 쭈쭈바를 하나씩 쥐고 손을 번쩍 들어 보였다. 언제 슬펐느냐는 듯 금세 까르륵거리는 조카들의 웃음소리를 들으며 태준은 힘든 하루가 씻겨나가는 기분이었다.

― 삼촌 눈은 그림책에 나오는 사슴 눈을 닮았어!
― 맞아! 삼촌이 우리 아빠 같아!

태준은 자신도 그런 딸을 갖고 싶다는 생각을 잠시 했다. 그러다 고개를 저었다. 언감생심이었다. 형의 딸이지만 부모라고는 코빼기도 보이지 않는 이 아이들을 위해 자신이 할 수 있는 정성을 다할 생각이었다. 조카들을 남부럽지 않게 잘 키우고 싶었다. 그러나 벌이가 넉넉하지 않은 형편에 커가는 두 아이를 뒷받침하기에는 역부족이었다. 늙은 부모와 일반적인 생활을 할 수 없는 동생에다 두 조카까지 부양해야 하는 태준은 열심히 살아도 나아지지 않는 가난이 싫었다. 앞길이 구만리 같은 조카들을 위해서라도 변화가 필요했다.

태준은 돈을 많이 벌고 싶었다. 전문 기술을 배워 사업을 할 수 있었으면 하고 바랐다. 그리되면 노모가 시장을 떠돌지 않아도 될 것이고 조카들에게 좋은 교육을 받게 할 수 있을 터였다. 그런 생각이 깊어지자 여태껏 소심했던 태준은 돈을 더 많이 벌 수 있는 방법을 찾아보았다. 그리하여 신문 한 면에 실린 해외 파견근로자 모집공고를 보고 덜컥 지원하게 되었다.

이듬해 봄날, 태준은 가난을 벗어나고자 가족과 이별하고 나라를 떠나는 사람들의 대열에 합류했다. 태준의 나이 스물셋, 피 끓는 청춘이었다. 그 대열에는 나이가 든 한 집안의 가장들과 젊은 청춘들이 뒤섞였다. 그들은 자기 한 몸의 안위를 위해서가 아니라, 온 가족의 생계를 책임지고 외화를 벌어들여 국가 경제에 일조한다는 사명을 안은 굳센 사람들이었다. 모두가 가난하고 힘들었던 시절, 부푼 희망을 안고 미지의 세계로 떠나는 비행기에 몸을 실었다. 저마다 가난을 벗어나겠다는 비장한 각오를 가슴에 새겼다. 태준은 일 년 동안 열심히 벌어 집을 사고 실내장식 가게를 차리겠다는 야심 찬 포부를 안고 떠났다.

1980년, 그해는 많은 노동자들이 중동으로 파견되었다. 파견된 근로자들은 고도로 숙련된 인력으로 인정받았고 이를 통해 한국 경제는 급성장하였다. 한국 건설 회사들은 대부분 사우디아라비아에 공사를 맡아 일을 했다. 한국의 근로자들을 매일 국적 비행기로 가득 채워 실어 날랐다. 그들을 태운 대한항공은 카세트용 녹음테이프를 선물로 제공했다. 당시 포크송과 유행가를 부른 가수들의 노래가 실려 있었다. 낯선 외국 땅에서 듣는 그 노래들은 향수를 일으키고 또 달래기도 하며 눈물짓게 하는 마법을 부리 듯했다.

태준은 사우디아라비아에서 군사시설을 건설하는 현장에 토목 일을 하게 되었다. 그곳은 함께 나라를 떠나온 사람들로 가득했다. 새벽인데도 후끈한 사막 나라 열사의 맛을 제대로 느꼈다. 새벽에 일어나 오전 10시까지 일을 하고 너무 더워 일을 못 하는 오후 2~3시에는 막사에서 쉬었다. 이후 거의 7시까지 일을 했다. 막사가 몰려 있는 곳에 마 점도 있어, 휴일이면 간식으로 먹을 것이나 귀국할 때 가지고 갈 전자제품을 구경하기도 했다. 최고의 인기 품목은 소니 워크맨이었다. 한국의 한 달 월급이 18만 원 정도일 때 그곳에서는 다섯 배를 더 벌 수 있었다. 물보다 기름이 넘치는 나라여서 밤에도 대낮같이 불을 밝히고 작업을 진행했다. 차라리 그 시간이 일하기는 더 수월했다. 태준은 수당을 더 벌기 위해 잠을 아껴가며 연장 작업을 하기 일쑤였다. 명절에는 한국인들의 장기 자랑 행사를 개최하여 선물을 나눠주기도 했다. 그날은 온갖 쇼가 다 벌어졌고 사람들은 한바탕 웃고 신나게 놀았다. 그렇게나마 그리운 고향 생각을 달래고 위문 가수들의 공연을 보며 위로를 받았다.

체력이 약한 태준은 뜨거운 사막의 기후와 싸우며 찜통 같은 더위에 탈진하는 날이 한두 번이 아니었다. 쉴 새 없이 쏟아지는 땀은 눈으로 파고들어 눈물이 되었고 입안으로 스며든 짭조름한 쓴맛은 갈증에 허덕이는 목구멍을 더 타들어 가게 했다. 옷에는 땀이 말라붙어 허연 소금기를 달고 다녔다. 고향에서 벌컥벌컥 들이켰던 시원한 미숫가루가 눈앞에 둥둥 떠다녔다. 찜통 같은 더위와 부족한 잠, 그보다 더한 고통은 그리움이었다. 태준은 부모에게 버림받은 어린 조카들을 생각하면 가슴이 미어졌다. 곁에서 돌봐줄 수 없는 현실을 한탄하며 눈물짓는 날이 한두 번이 아니었다. 잠 못 드는 밤이 지속되었다. 태준은 작업 시간에 몰려드는 졸음과 전쟁을 치러야 했다. 그런 틈에도 조카들의 얼굴은 머릿속을 가득 메웠다.

그날도 어김없이 뜨거운 한낮 공사장에서 "아아악!" 하고 외마디 비명을 지르며 태준은 꼬꾸라졌다. 윙윙거리는 전기톱 소리가 태준의 비명을 삼켜 버렸다. 한 손을 움켜쥐고 나뒹구는 태준을 보고서야 사람들이 작업을 멈추고 몰려왔다. 움켜쥔 손에서 수도꼭지를 틀어놓은 듯 붉은 피가 솟구쳤다. "무슨 일입니까?" 안전모를 쓰고 팔뚝에 완장을 두른 감독관이 웅성거리는 인부들 틈을 가르며 황급히 뛰어왔다. 태준이 이를 악물고 쥐고 있는 왼손 엄지손가락 끝이 보이지 않았다. 홍수가 난 듯 주위는 붉은 피로 물들였다.

– 잘려 나간 손가락을 빨리 찾아야 해! 얼른 붙이면 살릴 수 있어!

감독관이 태준을 붙들고 주위를 훑으며 소리쳤다. 일손을 멈춘 사람들이 사지에서 제 피붙이를 찾아내듯 눈에 불을 켜고 샅샅이 주변을 뒤졌다. "여기 찾았습니다!" 다행히 머지않은 나무토막 사이에서 잘려 나간 손가락 끝을 찾아냈다. 아직 퍼덕이는 생명체라 피가 흐르고 있었다. 흐르는 물로 오물을 씻어내고 그대로 두 살점을 붙였다. 태준의 비명이 마른하늘에 메아리쳤다. 낯선 이국땅에서 태준의 엄지손가락은 곧게 펴지지 못하고 비딱하게 굳어 갔다.

태준은 고향으로 돌아갈 날을 손꼽으며 1년을 버텼다. 기한을 채우자, 태준은 뒤도 돌아보지 않고 고향으로 돌아왔다. 가족이 기다리는 곳, 생각만으로도 가슴이 설렜다. 태준은 조카들을 얼싸안고 뜨거운 눈물을 흘렸다. 그간에 흘렸던 피와 땀을 단번에 보상받는 기분이었다. 그러나 집에 돌아왔다는 기쁨과 안도감은 오래가지 않았다. 조카들의 웃음소리에도 가려지지 않는 무거운 기운이 집안에 맴돌았다. 어머니는 별다른 말이 없었다. 이전과는 다른 색깔의 침묵이었다. 사춘기가 빨리 찾아온 두 손녀 뒤치다꺼리에 어머니는 지쳐 보였다. "이제 뭐 해 먹고 살 끼고?"라고 어머니가 물었다. "며칠 더 쉬었다 할 일을 찾아봐야지예." 태준은 그리 말했지만 한동안은 쉬고 싶었다.

한쪽 다리가 불편한 아버지는 힘든 일을 할 수 없어 늘 어머니 혼자 생계를 책임졌다. 이유 모를 두통에 시달리는 동생은 마땅한 일자리를 찾지 못해 집안일을 거들고 있는 처지였다. 태준은 쉬고 싶은 마음과는 달리 한시라도 빨리 일자리를 찾아야겠다고 생각했다. 벌어둔 돈이 얼마나 될지는 모르지만, 이 작은 집에 모여 사는 식구들을 먹여 살리려면 돈 걱정을 안 할 수 없었다.

그러고 보니 여태 모은 돈이 얼마나 되는지 월급통장이 궁금했다. 어머니는 태준이 돌아왔는데도 통장에 든 돈이 얼마나 있는지 한 번도 언급하지 않았다. 태준이 먼저 물어보려고 하였으나 무슨 연유에서인지 쉽게 입이 떨어지지 않았다. 눈치만 보고 있던 태준은 어머니가 장에 나가 집을 비운 틈에 통장을 넣어 두던 서랍을 열어보았다. 열두 달 목숨과 맞바꾼 돈을 아끼고 아껴 어머니께 보냈었다. 얌전히 들어앉은 통장을 보자 입가에 미소가 번졌다. 가슴이 콩닥거렸다. 통장을 넘겨 맨 뒷장에 찍힌 잔액을 확인한 순간 태준은 자기 눈을 의심했다. '그럴 리가 없는데….' 잔액이 거의 바닥나 있었다. 태준은 앞장을 거슬러 다시 확인해 보았다. 자신이 보낸 월급이 다달이 입금된 기록이 적혀 있었다. 어찌 된 영둔인지 알 수 없어 한동안 뚫어져라 통장을 응시했다. 눈앞이 캄캄했다. 하늘이 무너져 내리는 것 같았다. 태준은 황급히 통장을 있던 자리에 다시 넣어두었다. 아무도 본 적 없는 것처럼. 온몸에 힘이 빠져나가 스르르 주저앉았다. 벽에 기대 두 손으로 얼굴을 감싸고 머리를 조아렸다. 고향의 현실은 돌아온 태준을 반기지 않고 있었다. 한동안 멍하니 앉아 있던 태준은 어머니가 통장 이야기를 꺼내지 않는 이유를 알 것 같았다. 아들이 고생해서 번 돈을 바닥내었기 때문이라고 확신했다. 사리 분별이 밝은 어머니 성격에 염치없어 그런 건 아닌가 생각했다. 어머니 앞에서는 실망한 내색조차 할 수 없었다.

태준은 가라앉은 기분과 어두운 낯빛을 들키기 싫어 슬그머니 집을 나섰다. 조카들과 거닐었던 오솔길을 따라 하염없이 걸었다. 탁 트인 들판으로 나가 하늘을 보며 크게 숨을 들이켰다. 무거운 돌을 얹어놓은 듯 가슴이 답답했다. 태준은 마을과 멀어지자 그제야 설움을 토해냈다. 자신의 처지가 불쌍했다. 끔찍했던 1년의 세월이 악몽처럼 떠올랐다. 그렇다고 어머니를 원망할 수도 없었다. 평생을 생활고에 시달리며 한 번도 편한 적 없었던 어머니 신세가 자신보다 더 가여웠다. '그리 큰돈을 어머니 자신을 위해 쓸 사람이 아닌데. 어디에다 쓴 걸까? 큰형이 또 사업을 벌인다고 빼앗아 갔을까?' 기댈 곳이 아무 데도 없다는 사실이 슬프고 두려웠다. 태준은 뿌리를 내리고 우뚝 선 나무에 기대 그대로 시간이 멈췄으면 하고 바랐다. 저녁노을이 태준의 마음을 닮은 붉은 눈물을 흘리며 고개 너머로 사라져갔다. 주위는 어느새 어둠이 잦아들었다. 장에서 돌아와 태준을 기다리고 있을 수심 어린 어머니의 얼굴이 눈앞에 어른거렸다. 태준은 부스스 자리를 털고 집으로 향했다. 이 슬픔이 다시는 기어 나오지 못하도록 가슴 깊이 묻었다.

태준은 끝내 없어진 돈에 대해 함구했다. 어머니에게 한마디도 묻지 않았다. 기와집을 한 채를 사고도 남을 큰 액수임은 분명했지만, 그 돈을 쓸 수밖에 없었을 어머니를 믿었다. 눈앞에 펼쳐진 현실에 태준은 다시 가방을 쌌다. 두 번째 해외 파견 길에 나섰다. 이번에는 계약 기간을 연장하여 2년을 연달아 일할 각오로. 큰돈을 벌어 나오리라 다짐했다. 내 한 몸 바쳐 모두가 온전할 수 있다면 그것이 무슨 대수겠냐고 다부지게 마음을 먹었다. 그렇게 다시 생지옥 같은 남의 나라 태양 아래 몸을 던졌다. 그해 태준이 벌어들인 돈으로 식구들은 평생 벗어나지 못할 것 같았던 초가집을 벗어났다. 태준이 조카들을 위해 마을에 새로 들어선 작은 아파트를 구입한 덕분이었다. 그 덕에 조카들은 남부러운 것 없이 학교에 다닐 수 있었다. 좀 더 나아질까, 기댄 세월이 몇 해가 더 걸렸다.

인생에 있어 가장 푸른 날, 청춘이라는 세월을 태준은 자신을 위해 살아 본 적이 없었다. 하고 싶은 것도 되고 싶은 꿈도 있었지만, 이 악물고 일만 했다. 태준에게 가족들은 청춘을 바쳐도 아깝지 않은 존재였다. 그들을 빛내기 위해 피땀 흘린 세월 동안 태준에게는 퀭한 두 눈과 태양에 그을린 구릿빛 살갗, 뭉툭하게 굽은 엄지손가락이 훈장처럼 남았다. 조카들이 직장인이 된 후에야 태준은 자신의 앞길을 돌보기 시작했다. 꿈꾸었던 것을 하나씩 일구어나갔다. 시내에 가구점을 차리고 돈을 벌 수 있는 기반을 다졌다. 수입이 늘어나 제법 돈이 모이자 결혼할 마음을 먹었다. 주변에서 서둘러주었기에 태준은 선이를 아내로 맞이할 수 있었다. 태준은 선이와 함께하는 신혼생활이 꿈만 같았다. 자기처럼 가족을 부양하며 살아온 선이를 귀히 여기고 아꼈다. 살아온 세월마저 서로 닮아 선이를 바라보는 눈은 늘 애틋했다. 어머니가 행여 선이를 못마땅하게 생각할까 봐 먼저 바람막이를 나서곤 했다.

어머니가 어색한 침묵을 깨며 조심스레 말을 꺼냈다.

― 실은 내 긴히 할 말이 있어 찾아왔데이.
― 예, 어무이, 말해 보이소.
― 아무래도 니 동생 큰 병원으로 가봐야 쓰것다. 머리가 아플 때마다 약을 타다 먹었는디. 이제는 토악질해 대고 뭘 잘 묵지도 못하고….

어머니는 투박하고 거친 손으로 테이블에 먼지를 쓸어내려는 듯 부질없이 움직였다.

― 제가 큰 병원에 알아보겠습니더. 너무 걱정마이소.
― 아부지 다리 수술한 지도 얼마 안 되었는데 늘 아비한테 짐만 지워서 면목이 없다이. 그래도 산 사람은 살려야 안 되겠나….

어머니는 말끝을 흐리며 땅이 꺼지라고 한숨을 내쉬었다. 태준은 고개를 푹 숙인 어머니가 얼마나 망설이다 어렵게 꺼낸 말일지 그 마음을 헤아렸다. 더 앉아 있기가 민망한지 어머니는 일어섰다. 태준은 택시를 불러주겠다고 권했으나 어머니는 손사래를 치며 거리로 나섰다. 아직도 해는 쨍쨍했다. 골목을 꺾어 돌아서 가는 어머니의 뒷모습이 사그라들어가는 불씨처럼 맥없어 보였다. 저 작은 몸으로 무거운 옹기를 이고 팔고 다녔던 고된 세월이 축 처진 두 어깨에 고스란히 얹혀 있었다. 태준은 이른 시일 안에 어머니의 걱정을 덜어드려야겠다고 마음먹었다. 물건을 하나라도 더 팔아야 이 난국을 헤쳐 나갈 수 있다는 생각에 오후 손님 맞을 채비를 서둘렀다.

3
엄마 없는 죄

    이틀이나 집을 비웠던 선이는 아침부터 분주했다. 친정에 다녀온 날은 늘 마음 한구석이 불편한 것은 어쩔 수 없었다. 무슨 흠이라도 지우려는 듯 주방에서 요란을 떨었다. 평소 태준이 좋아하는 버섯 된장찌개를 끓이고 소금을 한소끔 넣어 재빠르게 시금치를 데쳐냈다. 소금물을 먹은 시금치는 뿌리 내리고 있을 때보다 더 영롱한 초록빛을 띠었다. 하얀 접시에 소복이 담은 시금치나물에 깨소금을 한소끔 더 뿌려 귀한 상에 올리는 고명을 만들었다. 달걀을 입혀 노릇노릇하게 구운 네모난 두부 한가운데에는 양념장을 올려 먹기 좋게 담아냈다. 싱크대에는 설거짓거리가 쌓였지만, 손놀림이 빠른 선이는 나물을 삶고 무친 큰 그릇과 냄비를 그때그때 닦아 건조대에 엎어 물기를 뺐다.
    하얀 접시에 정갈하게 담은 음식들은 보기에도 먹음직스러웠다. 보글보글 끓어대는 된장찌개는 거품을 머금고 넘칠 듯 말 듯 곡예를 탔다. 김이 모락모락 나는 밥상을 받은 태준은 군침을 삼키며 눈이 먼저 웃었다. "뭐부터 먹어야 할지 모르겠네. 아침부터 눈 돌아간다아."고 너스레를 떨며 태준은 천천히 선이의 정성을 먹었다. 밥을 먹으면서도 이처럼 행복해도 되는

지 믿기지 않을 때가 많았다. 자신은 복덩이를 얻었다고 늘 감사했다. 효녀로 소문난 선이를 맞이한 것도, 그런 선이가 음식솜씨도 좋고 살림까지 야무지게 잘하는 것도, 게다 건강한 아들까지 낳았으니 더 바랄 게 없었다. 태준이 말끔히 비운 그릇들을 거둬들이며 선이는 한결 마음이 가벼웠다. 면죄부를 받은 사람처럼 할 일을 하고 난 후의 개운함이었다. 태준이 잘 먹어줘서 고맙기도 하고 언제부턴가 자신이 한 음식을 누군가가 맛있게 먹어주는 모습을 보면 흐뭇하고 뿌듯하기도 했다.

선이는 설거지를 미뤄두고 출근 준비를 도왔다. 태준이 입고 나갈 옷을 챙겨주고 서랍에 차곡차곡 접어둔 양말도 꺼내주었다. 땀이 많은 태준은 금방 씻은 사람 같지 않게 조금만 움직여도 연신 땀을 흘렸다. 선이는 얇은 점퍼를 두 손으로 펼쳐 들고 태준이 팔을 끼우기 좋게 도왔다. 소매에 끼워 넣은 왼팔에 자연히 눈길이 갔다. 선이는 뭉툭하니 굽은 태준의 왼손 엄지손가락을 볼 때마다 괜스레 눈길을 피했다. 결혼하기 전 일하다 다친 사고의 흔적이었다. 어린 조카들 걱정에 잠시 딴생각하느라 그런 끔찍한 사고를 당했다고 했다. 이미 지나간 과거의 일이었음에도 선이에게는 유쾌하지 않은 상처였다. 선이는 막내를 처음 도시로 내보내고 걱정스러워했던 자신을 떠올리며 조카를 걱정하는 태준을 이해하려고 애썼다. 다른 사람을 돌볼 줄 아는 따뜻한 심성이 두 사람이 닮은 점이기도 했다. 두 사람의 보금자리는 은은하게 감싸는 핑크빛 커튼처럼 온기로 가득했다. 선이와 태준은 작은 아파트지만 세 식구가 지내기에는 충분하다고 여겼다.

다섯 살이 된 환희는 집에서 차를 타고 30분 거리에 있는 불교 유치원에 다니고 있었다. 그 유치원에 보내려고 부모들은 줄을 서서 신청서를 접수

하고 탈락하면 대기표를 받아 이탈자가 나오길 기다렸다. 선이는 이웃 가게 부인에게서 미리 정보를 얻어 아이를 입학시킬 수 있었다. 선이는 유치원을 가기 싫어하는 아이를 씻기고 유치원 원복으로 갈아입혀 등원시키는 일이 하루 종일 집안일을 하는 것보다 더 힘들었다. 아침마다 벌어지는 이 소동에 아이가 빨리 자라기를 바랄 뿐이었다. 아이를 보내고 안방과 거실 창문을 열어젖히고 먼지를 털어냈다. 태준이 혼자 지낸 티도 안 나게 집안은 정리 정돈이 잘되어 있었지만, 구석구석 먼지 한 톨 남김없이 닦아냈다. 아이 이불을 베란다 창틀에 내다 널어 일광소독을 하는 것도 잊지 않았다. 청소를 끝내놓고 어시장을 다녀와야 했다. 태준에게 갖다 줄 점심 도시락 준비와 오후에는 오빠에게 들려야 했기에 마음이 분주했다. 서둘러 청소를 끝내고 시장을 보러 나가려는데 전화벨이 울렸다.

― 여보세요.
― 아가 내다. 환희는 우짜고 있노?
― 방금 유치원에 보냈습니더.
― 아즉 어린애를 집에서 놀면서 뭐 하러 돈 드는 데를 보내노? 요새는 애한테 돈이 많이 든다고 다들 맞벌이를 한다고 하더만.

선이는 탐탁지 않아 하는 시어머니 목소리를 듣자 괜히 심장이 두근거렸다. 평소 붙임성이 좋아 어르신들에게 상냥하고 친절한 선이었지만 시어머니를 대할 때는 굳어지는 자신을 느꼈다. 선이는 시집온 후 엄마 없이 보낸 세월에 한풀이라도 하듯 시어머니에게 정성을 들였다. 계절이 바뀔 때마다 좋은 옷을 사다 드리고 도시에서나 먹는 맛있는 음식들을 싸서 자주 찾아뵈었다. 남들 눈에는 보기 좋은 시어머니와 며느리였다. 그런데도 선이는 목에 걸린 가시처럼 시어머니를 볼 때마다 시집가던 첫날의 악몽이 아물지 않고 되살아났다.

몇 해 전 선이가 시집으로 가던 첫날, 큰언니와 큰어머니가 새색시를 보필하는 웃각시로 따라나섰다. 시댁은 작은 시골 마을이었다. 좁은 마을 입구에 어울리지 않게 높게 지은 콘크리트 건물이 하나 들어서 있었다. 태준이 해외에서 번 돈으로 부모님에게 사 준 연립아파트였다. 아파트 입구에 도착하자 어디선가 "멈춰서!" 하고 외치며 백발의 어르신이 짚단을 들고 달려왔다. 그 한마디에 일행은 주춤거렸다. 새색시가 도착한다는 소식을 듣고 구경 나와 있던 마을 사람들이 주위를 빙 둘러쌌다. 웅성거리는 사람들 틈새를 뚫고 흰머리가 숭숭한 노인이 우둘투둘한 시멘트 바닥에 불을 붙인 짚단을 던져 놓으며 두 팔로 가로막았다. "새 각시는 이 짚단을 밟고 들어가시오!" 불이 붙어 타오르는 그 짚단을 밟고 집 안으로 들어가라니 순간 선이는 무슨 영문인지 몰라 큰언니를 쳐다보았다. 액운을 물리치는 풍습이라고 큰언니도 시집갈 때 그리했다고 했다. 큰언니는 치마를 살짝 들어줄 테니 그냥 넘어서면 된다고 겁먹은 선이를 안심시켰다. 사람들의 눈이 온통 신부에게로 쏠렸다. 선이는 불길이 사그라들기를 기다렸다가 사뿐히 짚단을 넘어섰다. 불붙은 짚단을 넘었는데도 치마 끝자락은 거슬린 데 없이 깔끔했다. 숨죽여 지켜보던 사람들은 그제야 "됐다. 이제 됐다. 마!"라고 소리치며 박수로 환영했다.

집안에 들어서니 신부를 맞이한다고 시끌벅적했다. 큰 방에 한 줄로 나란히 앉은 집안 어른들 앞에서 선이는 연거푸 큰절을 올렸다. 두 손을 포개 이마에 대고 큰절하느라 선이의 다리가 후들거렸다. 큰언니는 선이의 오른팔을 두 손으로 잡아 끌어올리며 앉고 일어서는 것을 도와주었다. 시키는 대로 절을 끝낸 후 선이는 큰언니, 큰어머니와 함께 다른 방으로 안내받아 점심상을 받았다. 다리가 뻐근하게 저렸다. 큰언니는 상다리 밑으로 다리를 뻗게 해서 선이의 다리를 주물러주었다. 선이는 불안한 눈초리로 방 안을 훑었다. 점심밥을 먹고 난 뒤, 웃각시의 임무를 다 마친 큰언니와 큰어머니가 돌아가야 하는 이별의 시간이었다. "시어른 말씀 잘 듣고 잘 살아야 한데이." 딸 넷을 시집보낸 적 있는 큰어머니는 선이를 토닥거리며 저고리 고름으로 눈물을 찍어냈다. 딸보다 더 가까이 의지하고 지낸 정이 무뎌버린 살갗을 뚫고 뜨겁게 솟아올랐다. 큰언니는 막상 시댁이라는 낯선 곳에 동생을 두고 오려니, 시집가던 날 엄마가 없어 서러웠던 기억이 되살아나 눈시울을 적셨다. 붉어진 눈은 서로 못 본 척, 시집가는 날 울면 복 나간다는 말이 무서워 몰래 눈물을 거뒀다. 두 사람을 환송하고 난 뒤, 알 수 없는 곳에 혼자라는 설움이 밀려와 선이는 손으로 입을 가리고 울음을 삼켰다. 이제는 정말 집을 떠나왔다는 생각에 이전으로 되돌릴 수 없다는 불안한 감정에 휩싸였다.

홀쩍이던 선이는 내려앉는 눈꺼풀을 이기지 못하고 잠시 잠이 들었다. 선이가 깨어나 보니 창밖에는 어둠이 내리고 있었다. 밖이 조용했다. 손님들이 돌아간 모양이었다. 선이는 화장실을 가고 싶은데 이러지도 저러지도 못하고 문 앞에서 서성거렸다. 문밖의 동태를 살피느라 귀를 쫑긋 세워 문에 기댔다.

  ― 아무리 없는 집안이라도 이리 맨손으로 올 줄은 몰랐다 아닙니꺼. 어미가 없어 그런지 손님상에 올릴 폐백도 안 갖추고. 참나! 집안 어른들한테 얼굴을 못 들겠습니다.

- 마음 상해 마이소. 다들 잘 묵고 갔으면 됐지예. 그래도 그 아부지라는 사람은 장사하느라 그리 고생한 딸 보내면서 어째 빈손으로 보냈을꼬. 가진 현금이 많다 하더니만.
- 그러게 말입니더. 아부지라는 사람도 참 염치가 없지, 아무리 빈손으로 와도 된다고 해도 어찌 딸랑 몸만 보낸답니꺼? 안 그래예?

나이 든 여자들의 목소리였다. 아마도 시어머니가 친척분들과 나누는 대화 같았다. 선이는 얼굴이 화끈거려 쥐구멍에라도 숨고 싶었다. 문을 열고 나갈 수가 없었다.

'내가 빈손으로 시집을 왔단 말인가?' 그러고 보니 새색시가 왔다고 받은 점심상이 잔치 음식치고는 옹색하다고 생각했었다. 앞으로 시어른 얼굴을 어떻게 봐야 할지 난감했다. 선이는 주저앉아 얼굴을 묻었다. 마를 것 같지 않은 눈물이 옷소매를 적셨다. 문밖으로 한 발짝도 나갈 수가 없었다. 선이는 허허벌판에 혼자 버려진 기분이었다. 어디론가 숨어버렸으면 했다. 수치스러움에 온몸이 붉고도 뜨거웠다. 선이는 그 이후로도 이 일을 누구에게도 말하지 못했다. 엄마가 살아 있었다면 어땠을까? 결혼을 준비하는 내내 엄마 생각이 간절했던 선이는 초라해진 마음을 엄마 없는 탓이라 여겼다. 가슴에, 뇌리에 선명하게 박힌 그날의 목소리는 시어머니를 볼 때마다 생생하게 되살아났다. 선이는 시집올 때 빈손으로 왔다는 오명을 뒤집어쓴 자신과 딸을 빈손으로 보낸 파렴치한 아버지가 욕되지 않게 시댁 섬기기를 소홀히 하지 않았다. 선이가 행동을 잘못하게 되면 엄마가 없어 못 배운 탓이 되는 것이 무엇보다 싫었다. 선이는 아무것도 모른 채 시집을 왔고, 엄마가 되었다. 엄마가 되고 보니 울면서 엄마를 부를 일, 엄마의 울타리가 더 간절해졌다. 어른이 되어도 엄마란 존재는 늘 그리움이었다.

선이는 아들을 유치원에 보낸 것이 잘못한 일인지 억울한 생각이 들었다. 주변에 도시 아이들은 다섯 살이 되면 유치원에 입학하는 것이 일반적이었다. 부모들이 줄을 서는 불교 유치원에 보낸 것을 뿌듯해했었다. 엄마로서 잘하고 있다는 자부심마저 넘쳤는데 시어머니의 타박을 듣는 순간 물거품이 되어버렸다. 시어머니에게 온갖 비위를 맞추고 잘한들 행동 하나 지적당하면 죄인이 되어버리는 기분이 들었다. 선이는 시집오던 첫날, 엄마 없어 당한 수치심을, 쪼그라든 그 기억을 잊을 수가 없었다.

4
산 넘어 산

 선이가 별말이 없자 수화기 너머로 한풀 꺾인 시어머니의 목소리가 이어졌다. "딴 게 아이고 이 일을 어쩌면 좋겠노? 빈이가 애를 집에 데려다 놓고 가버렸다."라고. 빈이는 태준의 큰 조카로 올해 스무 살이었다. 그 아래로 동생 건이가 있었고, 둘은 연년생인 자매였다. 빈이는 미용실에서 같이 일하다 만난 남자 친구와 동거하다가 작년에 애를 가졌다. 선이는 놀라 그게 사실이냐고 재차 물었다.

- 어젯밤에 입술이 터지고 눈이 퍼렇게 멍이 들어서 왔더만. 신랑이 손찌검이 심해져서 더는 못 살겠다고 도망 나왔다더라. 어디 가서 숨어서 돈 벌어온다고 아를 두고 가버렸다아. 그 인간한테 잡히면 안 된다고 막차를 타고. 애미도 애도 어찌나 울어대던지 아이고 내가 내 명에 못 살겠다아.
- 어머이 몸도 안 좋은데 거기다 기저귀도 안 뗀 아를 두고 가면 어쩌라고. 참나!
- 그래서 말인데 빈이 올 때까지 니가 좀 거둬주면 안 되겠나? 환희도

혼자 외로울낀데…. 내가 니 밖에 의논할 데가 더 있었나?

그 순간 선이는 눈앞이 캄캄했다. 무엇보다 어처구니가 없었다. 기가 막힐 노릇이었다. 무슨 일이 이리도 꼬이는 건지 화가 치밀어올랐다. 장가도 못 간 삼촌이 두개골을 열어 주먹보다 큰 종양을 떼어내는 대수술을 받은 지 얼마나 지났다고 또 이 날벼락인지. 이건 아니라는 거센 항변이 가슴에서 솟구쳤다. 운명의 장난이라면 무엇을 얻기 위해 이렇게까지 자신을 옥죄는 것인지 이제는 말려들고 싶지 않았다.

선이는 결혼 후 엄마 없이 자랐다는 큰조카와 작은 조카를 가엾게 여겼다. 자신도 처지가 같았기에 더 그랬는지도 몰랐다. 처음에는 조카들도 엄마처럼 챙겨주는 선이를 잘 따랐다. 사회초년생이었던 조카들은 날이 갈수록 몸치장에 번 돈을 쏟아 넣기에도 모자랐다. 조카들은 유행을 따라 머리스타일을 바꾸고 옷을 갈아 치웠다. 선이는 그런 조카들의 행동거지가 영 탐탁지 않았다. 어느 날은 큰조카가 빨간색으로 머리염색을 하고 나타났다. 허리를 굽히면 속옷이 다 보일 듯 말 듯 한 짧은 치마를 입고서.

―머리 꼴이 그게 뭐꼬? 너거가 뭐 연예인인 줄 아나? 제발 좀 단정히 해서 댕기라! 남들이 보면 엄마가 없어 못 배워서 그렇다고 손가락질한다아.

선이는 엄마 없는 것이 죄라면 죄가 되는 설움을 잘 알기에, 조카들에게도 동생 막내에게 하듯이 여자로서 행동거지를 조심하라고 가르쳤다. 뭐가 잘못되면 다 여자 탓을 하는 세상이라 그래서 더 잘 처신해야 한다고 귀에 딱지가 앉도록 말했다. 조카들은 그런 숙모가 불편했지만, 속으로는 자신들을 위한다는 것을 알기에, 숙모를 좋은 어른이라고 여겼다. 나이 든 할머니나 삼촌에게 말 못 할 일을 의논하기도 했다. 선이는 조카들에게 바른 소리를 하는 악역이었지만 그것이 어른다운 행동이라고 여겼다.

조카들은 자주 직장을 옮겨 다녔다. 다닌 지 얼마 안 되어 집어치우기를 밥 먹 듯했다. 직장을 그만두고 노는 일도 잦았다. 그럴 때마다 태준은 용돈을 주고 시어머니는 꼬박꼬박 따뜻한 밥을 지어 먹였다. 선이는 그런 조카들을 감싸는 남편과 시어머니가 마음에 들지 않았다. 선이는 지난해 시아버지 다리 수술을 할 때도 병원에 밥을 해다 나르며 간호했고, 불과 몇 달 전 시동생이 머리 수술을 할 때도 병원을 오가며 간호했다. 다른 어떤 일도 마다하지 않고 다 받아들였지만, 사지 멀쩡한 조카들에게 맹목적으로 관대한 것에는 불만을 토했다. 태준과도 의견이 대립하거나 언성을 높이는 일 대부분이 조카와 관련된 문제였다.

— 맨날 그렇게 감싸고 아이 취급하니 철이 안 들지예.
— 여태 우리 믿고 살아온 애들인데 어찌 모른 척하겠노?

태준이 당연히 해야 하는 일처럼 조카를 책임져야 한다고 하고, 선이는 그건 아니라고 했다. 부모가 없다고, 불쌍하다고 해서 무조건 감싸고 덮어주면 나아질 게 없다는 게 선이 생각이었다. 그 자리에 정체할 뿐 앞으로 나아갈 힘을 막는 꼴이라고. 부모 없이 자란 아이들이 어디 하나둘인가? 선이는 지금 조카 나이에 한 집안 살림을 도맡아 했었다. 두 조카가 성실하게 살지 않으면서 남편에게 짐을 지우는 것은 싫었다. 그것만큼은 눈엣가시였다.

선이가 점심 도시락을 싸서 가구점에 들르는 날, 가게 모퉁이를 돌아서 가는 조카를 몇 번이나 본 적이 있었다. 그럴 때마다 태준은 얼버무렸다. 지나가는 길에 잠깐 들른 것이라고 둘러댔지만 눈빛은 흔들렸다. 큰조카가 직장을 그만두고 놀던 어느 날에 선이는 가구점 안에서 큰 조카와 맞닥뜨렸다. 두께가 꽤 되어 보이는 지폐를 손에 들고 있던 큰 조카는 선이를 보자 놀라 어쩌지를 못했다. 미처 챙겨 넣지 못한 돈을 황급히 뒤로 숨겼다.

— 니는 언제까지 삼촌한테 손을 벌릴끼고? 삼촌이 돈을 찍어내는 기계도 아니고. 집안일에 얼마나 큰 돈이 들어가는지 알기는 하나? 벌어서 보태도 모자랄 판에!

선이는 더 이상 참지 않았다. 그 자리에서 화살같이 쏘아붙였다. 멍하니 바라보던 조카는 무엇이 서러웠는지 앙칼진 목소리로 대들었다. "알겠습니더. 두 번 다시는 안 찾아올게요. 숙모한테 우리는 아무것도 아니지예?" 큰 조카는 지폐를 바닥에 내팽개치고 문을 박차고 나가버렸다. 무안함은 오히려 선이의 몫이 되었다.

— 저 못돼먹은 꼬락서니 좀 봐라이! 어데 어른 앞에 돈을 던지고 난리고?
— 당신도 좀 그만해라이! 저 애가 어디다 기댈 끼고? 우리가 다독거려 줘야제.
— 당신이나 평생 그리 사이소. 빈이도 이제 다 큰 어른이라예.

선이는 조카를 탓하려는 게 아니라 잘못된 행동을 잡아주고 싶었다. 어른이라면 아닌 건 아니라고, 나무랄 건 타일러서 올바르게 이끌어야 한다고 생각했다. 그래야 더 나은 삶을 살 거라고 믿고 있었다. 조카와 나이가 비슷한 막내는 가족에게 폐 끼칠까 봐 자기가 벌어 대학을 졸업하고 버젓한 직장을 다녔다. 그렇게 번 돈으로 아버지에게 매달 돈을 보내기도 했다.

선이는 뒤엉킨 실타래를 어찌 풀어야 할지 머릿속이 복잡했다. 대물림할 게 없어서 부모에게 버림받은 상처를 제 자식에게 안겨주고 도망을 가나 싶어 어처구니가 없었다. '참, 꼴 좋다! 제정신이 아닌 기다! 미친년! 할머니와 삼촌이 저를 어찌 키웠는데 가슴에 대못을 박아! 천벌 받을라고! 어떻게 어린 아들을 다 늙은 할미한테 버리고 가나, 가길!' 선이는 생각하기도 싫어 고개를 저었다. 그럴수록 화가 치밀어 사그라지지 않았다. 엄마가 자식을 버린다는 그 자체에 분개했는지도 모른다. 조카에게 잘못된 행동을 나무랄 때면 나쁜 사람 취급받았던 억울함까지 더해져 실컷 욕 찌꺼기를 쏟아냈다. 그리한들 후련하지 않았다. 느닷없이 치솟는 노여움에 사로잡혔다. 끝나지 않을 길고 긴 싸움이 시작된 기분이었다. 더 이상 생각하고 싶지 않아 외면하고 싶은데도 부글거리는 마음은 어쩔 수가 없었다.

선이의 가슴 밑바닥엔 엄마가 집을 나가 죽은 날의 악몽이, 처절했던 상실감이 꿈틀거리고 있었다. 왜 버려졌는지도 모르고 눈물로 얼룩져 울고 있을 아이의 얼굴이, 울음소리가 맴돌았다. 아이를 어르고 달래느라 쩔쩔매고 있을 늙은 시어머니 모습도 떠올랐다. 저 노인은 무슨 운명이길래 손자를 맡아 키우더니 그 자식까지 떠안게 된 걸까? 안타깝기도 어이없기도 했다. 선이는 뒤죽박죽인 머릿속을 보기 싫어 그대로 화면을 꺼버렸다. 복잡할수록 눈앞의 할 일에 집중했다. 자신을 끌어들여 혼란에 빠뜨리려는 사악한 기운을 쫓아내기라도 하듯 시장으로 발걸음을 재촉했다. 아들이 유치원에서 돌아오기 전에 끝내야 할 일들이 산더미처럼 쌓여 있었다.

선이는 새로 장만한 음식들로 도시락을 싸고 큰 찬합에 나누어 담았다. 도시락을 태준에게 전해주고 오후에는 오빠가 있는 하숙집에 들렀다. 웃는 얼굴이 곱상한 하숙집 아주머니는 두 팔 벌려 선이를 맞이했다. 몇 달 새 오가며 정이 들어서인지 선이는 하숙집 아주머니 같은 사람이 엄마였으면 좋겠다는 생각을 여러 번 했었다.

- 소고기 장조림이랑 해물전 좀 부쳐왔어예. 아지매도 같이 잡수시라고 넉넉히 담아왔습니다.
- 니는 참 복 받을끼다. 시집가서도 이리 오빠를 챙기는 동생이 세상천지 어디 있겠노?

선이는 한결 마음이 놓였다. 의사 선생님이 오빠는 잘 먹어야 한다고 했다. 몇 해 전 결핵을 앓은 전적에다 B형 간염 보균자까지 발견되어 오빠는 합격한 직장을 다닐 수 없게 되었다. 선이는 큰 회사에 합격 통보를 받고 아이처럼 좋아하던 오빠 모습을 잊을 수가 없었다. "내가 큰 회사에 합격했다아. 이제 정장 입고 넥타이 매고 출근하게 생겼다이!" 오빠는 얼굴이 빨갛게 상기되어 큰 소리로 기쁨을 감추지 못했다. 선이는 오빠의 그런 모습을 처음 보았다. 기대가 컸던 오빠는 여간 실망한 지 아니었다. 간염에 걸렸다는 사실보다 합격한 회사에 다니지 못하게 된 것을 더 안타까워했다. 간염 판정을 받은 이상, 서류심사를 받는 일반적인 직장에는 취업할 수 없다고 했다. 오랜 세월 객지로 떠도느라 몸을 돌보지 못한 것이 원인이었다. 새 부인을 들인 아버지와 시골집에서 지내기에는 눈칫밥 먹을 것이 뻔한 처지라 오빠는 선이와 가까운 곳에 하숙했다. 태준은 방 한 칸을 내어주고 함께 살자고 했지만, 선이가 막아섰다. 시어른들이 드나드는 집인데 그건 안 될 말이었다. 그 대신 선이는 일주일에 한두 번 오빠에게 음식을 해다 날랐다. 잘 먹어야 낫는 병이라니 뭐라도 몸에 좋은 것을 해주고 싶었다.

　집으로 돌아오는 길에 선이는 자신이 막내와 오빠를 위하듯 태준이 조카들을 위하는 것은 당연한 이치라 받아들여야 한다고 마음을 다스렸다. 좋게 마음을 고쳐먹었다가도 머리를 절레절레 흔들었다. 근래 입덧이 심하다고 둘째 조카마저 할머니 집에 붙어살다시피 하고 있었다. 태준이 다달이 생활비를 보내봤자 시댁의 형편은 별반 나아지지 않았다. 선이는 혼잣말처럼 중얼거렸다. '빈이가 내팽개치고 간 아이는 설마 자기 이모인데 건이가 돌보겠지! 내가 뭐 하러 신경을 써야 하는데….' 아무리 떨쳐버리려 해도 혼자 첩첩산중을 헤매듯 그 생각에서 벗어나지 못하고 있었다. 한 고개를 넘고 또 넘어도 산이 가로막고 있으니 멀리 가려면 깊게 숨을 골라야 했다.

5
닮고 싶은 부인

　태준의 점심 도시락을 싸 들고 가게를 오가던 선이는 가게 옆 건물 1층에 있는 욱일 체육복 집 부인과 가깝게 지냈다. 그 부인은 가구거리에 있는 다른 부인들보다 젊은 데다 막내아들이 아직 초등학생이라는 점이 선이의 관심을 끌었다. 옆집 부인은 큰아들을 서울에 있는 대학에 보냈다는 이유로 주변 사람들의 부러움을 한 몸에 샀다. 어린 아들을 잘 키우고 싶은 선이는 그 부인을 선망의 대상으로 여겼다. 언젠가 그 집 아들처럼 환희를 서울에 있는 대학에 보낼 것이라 마음속으로 다짐했다. 선이는 때때로 육아 고충을 그 부인에게서 답을 구했다. 아들 환희를 불교 유치원에 보낸 것도 옆집 부인의 입김이 작용했기 때문이었다.

　키가 크고 풍채가 좋은 그 부인은 늘 입꼬리가 하늘을 향해 웃고 있었다. 하얀 피부에 말쑥하게 말아 올린 머리는 멀리서 보도 귀티가 났다. 부인의 가게는 1층 매장과 작업장이 한 건물 안에 들어 있었다. 본인 소유의 건물에 직원들이 재봉하는 작업공간과 제품을 보관하는 창고까지 갖춰져 있어서 주변에 알부자라고 소문이 자자했다. 주로 학교 체육복과 운동선수의 유니폼, 공기업이나 일반 직장 단체복을 주문 제작하는 일을 했다. 부인은 가게에서 멀리 떨어진 넓은 아파트에 살았다. 일하는 사람을 두고 산다는 부인은 한나절에 말끔하게 차려입고 나타나 매장을 어슬렁거리다 오가는 이웃들에게 커피를 건네며 인사를 나누었다. 기껏해야 한두 시간 머물다 금방 어디로 사라지곤 했다. 선이는 오가는 길에 만날 때마다 친절하게 대하는 그 부인의 말투와 밝은 표정에 기분이 좋았다. 부인이 하는 말을 유심히 들었고 부러운 눈길로 쳐다보았다. 옆집 부인은 사람을 기분 좋게 만드는 재주가 있었다. 선이는 그 부인과 몇 마디 주고받을 때마다 좋은 기운을 느꼈다.

그날도 태준이 말끔히 비운 도시락을 들고 집으로 가는 길이었다. 선이의 머릿속은 어린 아들을 두고 도망가 버린 큰조카 문제로 어수선했다. 조카아이를 어떻게 해야 할지 선이는 앞만 보고 뚜벅뚜벅 걷고 있었다. 마침 매장에 나와 있던 옆집 부인이 문을 열고 지나가는 선이를 불러 세웠다.

— 환희 엄마! 뭔 생각에 잠겼길래 그리 얼이 빠져 댕기노?
— 아, 아입니더. 그냥 일이 좀 있어서….
— 말해 봐라이. 보통 일이 아닌 갑는데…. 들어와서 커피 한잔 마시고 가 거레이.

부인은 문에 기대서서 들어오라며 손짓했다. 선이는 부인이 내미는 손을 못 이기는 척 가게 안으로 들어갔다. 여직원이 내다 준 커피를 조심스레 마시며 눈은 가게 안 구석구석을 훑었다. 부인은 안경 너머로 지그시 선이를 바라보았다. 무슨 일인지 다 알고 있다는 듯 여유로운 표정이었다. 부인의 눈길을 느끼며 선이는 숨기려는 것을 다 들켜버린 기분이었다.

- 환희는 유치원 잘 댕기나?
- 예. 덕분에 잘 댕기고 있습니더.
- 환희 엄마 요새 무슨 일 있제? 말해 봐레이. 얼굴에 딱 씌어 있는데 모. 며칠 전부터 혼이 나간 사람처럼 껍데기만 둘러쓰고 다니더구만.

선이는 답답한 마음을 알아봐 주는 부인의 조곤즈곤한 말투와 따스한 눈길에 자초지종을 다 털어놓고 말았다. "큰조카 아이를 떠안기는 싫은데 거절하게 되면 죄를 짓는 기분이 들어 어찌할지를 모르겠네예. 이러지도 저러지도 못하고 답답해서요." 선이는 어린아이를 므른 척하기가 불편하다고, 그 일로 집안에 불화를 일으키고 말 것 같다고 걱정스레 말했다. 부인은 선이의 말을 자기 일처럼 고개를 끄덕이며 유심히 듣고 있었다. 선이의 말이 끝나기도 전에 부인은 무릎을 치며 묘수가 생각난 듯 말했다.

- 답이 딱 하나 있다! 내일부터 고마 가게 출근을 해라. 환희도 유치원을 다니니 시간 날 때 가게 일도 돕고 또 배워두면 다 써먹지 않겠어? 그리하면 시어머니 눈치를 안 봐도 되지. 어차피 요새 가게 일이 바빠서 도와야 할 판인데 조카아이를 안 봐도 되고 딱 됐네. 작은 조카가 아이랑 같이 있는데 뭔 걱정?
- 가구는 안 팔아봐서 지가 할 줄 알겠습니꺼?
- 시집오기 전에 가게를 오래 했다면서 뭔 걱정이고?
- 이게 어디 그 구멍가게랑 같습니꺼?
- 사람 대하는 건 다 똑같다. 물건이 다르고 값이 다른 것뿐이제. 환희 엄마 인상도 좋고 싹싹해서 잘할 거 같은데 뭐.

선이는 듣고 보니 못할 것도 없다는 생각이 들었다. 그러면서 시어머니가 한 말을 떠올렸다. 시어머니는 집에서 놀면서 어린아이를 유치원 보낸다고 타박 아닌 타박을 하면서, 노는 김에 아이를 맡아달라고 했었다. 가게에 출근하면 다 해결될 문제였다. 선이는 자신을 수렁에서 구해준 부인의 지혜에 혀를 내둘렀다. 새삼 존경스러웠다. 저렇게 현명한 사람이라 아들도 잘 키웠을 거라는 생각에 선망의 눈길을 보내게 되었다. 옆집 부인은 어린아이를 업고 도시락을 싸 들고 다니는 선이를 지켜보며 지난 시절 자기 모습을 떠올렸다. 처음 체육복 가게를 시작하던 때, 재봉틀을 돌리며 온몸에 실밥을 달고 살았다. 남편과 함께 맨손으로 일궈 자리 잡은 체육복 매장은 지금은 지역에서 제일 알아주는 곳이 되었다. 기댈 데 없이 혼자 애쓰는 선이를 보면 뭐라도 위해주고 싶은 마음이 저절로 솟았다.

　선이는 부인의 조언대로 그다음 날부터 태준을 따라 출근했다. 선이보다 몇 살 더 어린 직원이 사모님이라 부르며 눈에 들려 애쓰는 모습이 싫지 않았다. 가게 문을 열자마자 남편과 직원은 전날 퇴근할 때 가게 안으로 들여놓은 가구를 다시 꺼내 가게 문 밖에다 진열하는 것으로 시작했다. 그러는 동안 선이는 바닥을 쓸어내고 작은 소품들을 닦았다. 선이는 한시도 가만있지 않고 가게 물건의 위치를 파악하고 가격표를 보며 물건값을 외웠다. 며칠 동안은 한걸음 뒤에서 남편과 직원이 하는 행동을 유심히 지켜보며 작은 일손을 도왔다. 태준은 선이가 편히 집에서 쉬길 원했지만, 의욕이 넘치는 선이를 보며 차근차근 일머리를 설명해 주었다.
　선이는 가게에 출근하기 시작한 뒤 그리 오래되지 않아 일을 쉽게 터득했다. 가게를 지나쳐가는 손님을 응대하는 것은 남자보다 눈치 빠른 선이가 훨씬 나았다. 가게 앞을 두리번거리며 지나가는 사람이 보일 때면 재빨리 입구 문 쪽으로 나가 무심한 듯 말을 붙이곤 했다. "뭐 찾는 게 있습니꺼? 가게 안으로 들어와 천천히 둘러보이소? 안 사도 괜찮습니더."라고 선이가 눈까지 웃으며 한마디 건네면 손님들은 기어이 가게 안으로 들어와 가볍게 둘러보는 시늉이라도 내었다. 선이가 가게에 상주하게 되자 자잘한 소품의 매출이 눈에 띄게 늘었다. 그런 선이를 믿고 태준은 배달 기사를 쓰지 않게 되었다. 태준과 직원이 직접 배달을 가게 되니 일거양득이었다. 선이는 혼자 가게를 지키다 물건을 처음 팔았을 때, 속으로 쾌거를 불렀다. 시집오기 전에 가게를 했을 때와는 다른 성취감이었다. 자신감이 차올랐다. 배달을 다녀온 태준에게 선이는 자신이 판 물건을 다시 들여야 한다고 알려주는 것도 잊지 않았다. 그럴 때 선이는 어깨가 한층 위로 솟는 기분이었다. 태준은 신이 나 떠드는 선이를 어린아이 보듯 바라보았다. 혼자 가게를 지키며 물건까지 판 것이 기특하다는 듯, 좀처럼 크게 웃지 않던 태준은 입가에 함박웃음을 머금고 껄껄 웃는 날이 많았다.

옆집 부인은 자주 찾아와 선이와 함께 시간을 보냈다. 하루는 점심시간이 가까워져 올 때쯤 불쑥 가게로 찾아왔다.

- 환희 엄마! 우리 시내 한 바퀴하고 오자! 환희 아빠 괜찮지예?
- 예. 좋지예. 환희 엄마 데리고 맛있는 것도 사 먹고 백화점 구경도 하고 오이소.

태준은 가게에 나와 자기 몫을 하려고 애쓰는 선이에게 쇼핑도 좀 하라며 금고에서 지폐를 한 뭉치 꺼내주었다. 선이는 옆집 부인을 따라 시내로 갔다. 아이처럼 들뜨기도, 설레기도 했다. 길을 걷다 선이는 저도 모르게 부인의 팔짱을 끼고 딱 달라붙어 걸었다. 부인은 선이에게 시내에 즐비한 건물을 하나씩 손짓하며 알려주었다. 몸이 어디가 아플 때는 어느 병원에 가는 게 좋을지, 어느 가게 물건이 싸고 좋은지 등 선이에게 꼭 필요한 정보들이었다. 주로 불교 유치원에 아이를 보내고 있는 병원과 사업장들을 소개해 주었다.

- 저 한약방 딸이 환희랑 같은 반 아이가?
- 아, 그 피아노 잘 친다는 예쁘장한 여자애 말입니꺼?
- 하모 맞다. 이 집에서 불교 유치원에 기부를 엄청나게 한다고 하대. 학예회 발표 때 아마 이 집 딸이 사회를 볼 거구만.
- 학예회 때 사회 보려면 기부도 해야 됩니꺼?
- 돈 있는 집에서는 다 그리 알아서들 한다. 환희 엄마도 가게 나가 사람 상대하고 유치원 학부모들 만나고 하려면 신경 좀 써야지. 남편 돈 잘 버는데 맨날 옷이 그게 뭐꼬?
- 안 그래도 남편이 돈을 줬어예. 어울릴만한 옷 좀 봐주이소.
- 그런 건 내가 전문 아이가? 환희 엄마한테 딱 어울리는 걸로 골라 주꺼마.

옆집 부인은 남자아이 둘을 키우는 동안 시내 웬만큼 돈 좀 있다는 집안은 다 알게 된 모양이었다. 환희가 다니는 유치원에 그런 집 자녀들이 제법 다니고 있다고 했다. 환희가 기죽지 않으려면 선이도 다른 부모들과 좋은 관계를 맺어야 한다고 부인은 누누이 말했다. 돈 있는 집안 자녀들은 불교 유치원을 졸업하면 그다음 단계로 부인의 아들이 다니고 있는 초등학교를 보내는 것이 일반적이었다. 아이들이 나이에 맞게 함께 커가듯, 그 아이들의 부모들도 함께 같은 시기를 보내게 마련이었다. 그렇기에 내 아이를 위해서는 다른 아이들의 부모들과도 좋은 관계를 유지해야 한다는 부인의 말이 선이의 가슴에 와닿았다. 선이는 세상을 먼저 살아본 경험으로 자신을 위해주는 옆집 부인에게 피붙이를 대하듯 내밀함을 느꼈다. 비 온 뒤 파란 하늘에 걸린 무지개를 보았을 때처럼 몽글몽글한 기운이 피어올랐다. 옆집 부인의 말은 콩이 팥이라 해도 다 믿고 싶었다. 그렇게 선이는 새로운 세상을 향해 눈을 뜨고 있었다. 아들이 좀 더 자라면 유치원 학예회 무대에 꼭 세워야겠다고. 선이는 무대 단상에서 마이크를 잡은 환희를 그려보며 슬며시 웃고 있었다.

6
타오르는 욕망

가게에 들어서자, 샹들리에 불빛이 시선을 압도했다. 대낮에도 환히 밝혀둔 조명들이 한쪽 벽면에 세워진 거울과 가구에 달린 유리들에 반사되어 사방에서 빛을 뿜어냈다. 일순간 막내는 어두운 굴속에서 나와 갑자기 쏟아지는 빛에 노출되었을 때처럼 눈이 부셨다. "어여 온나! 좀 늦었네." 이층 계단을 내려오며 선이는 막내를 반갑게 맞이했다. 한여름인데 실내공기는 소름이 돋을 만큼 찼다. 선이는 뾰족한 구두 끝이 보일 듯 말 듯한 긴 원피스를 차려입고 있었다. 은은한 광택이 흐르는 갈색 리넨 원피스였다. 하얗게 드러난 팔에는 금색 팔찌가 빛을 받아 반짝거렸다. 막내는 드라마에서나 보았던 부잣집 사모님을 연상시키는 선이 모습이 어쩐지 낯설었다. 선이는 막내를 보자 아래위로 슬쩍 훑어보고는 말했다.

- 한창 꽃다운 나이에 맨날 옷 꼬락서니가 그게 뭐꼬? 돈 벌어서 아버지에게 다 보내지 말고 옷도 좀 사 입고 하지. 요새 아가씨들 얼마나 이쁘게 하고 다니는데.
- 내가 보석인데 뭔 옷이 중요해. 이 옷이 뭐 어때서? 남들은 예쁘기만

하다던데.

선이는 길 건너편 1호점에서 손님을 응대하고 있는 태준을 손짓으로 불렀다. 막내가 왔으니 오라는 신호를 보내는 모양이었다. 2호점을 내고 처음 방문한 막내에게 가게를 한 바퀴 구경시켜 주고는 이층집으로 안내했다. 새 건물로 이사한 가게를 둘러보며 막내는 언니가 부자가 되었나보다고 속으로 생각했다.

선이가 1호점이 있는데도 2층 가게를 굳이 하나 더 얻은 이유는 따로 있었다. 지난해 선이는 처음으로 불교 유치원 자모회에 가입했다. 첫 모임 장소는 시내 고급 중식당이었다. 선이는 설레는 마음으로 모임 장소에 도착했다. 식당 안쪽 룸으로 안내받아 들어갔더니 회전 테이블을 빙 둘러 대여섯 명의 엄마들이 앉아 있었다. 그들은 어디 하나 빠지지 않는 차림새였고 머리도 단정하게 손질되어 있었다. 그들은 입가에 웃음을 띠고 선이를 보자 고개를 까닥하는 것으로 인사를 대신했다. 선이는 주눅이 들어 쪼그라드는 자신을 느꼈다. 그중에 눈까지 웃는 한 엄마가 자리를 내어주며 인사를 했다.

― 이리로 앉으세요. 처음 오셨나 봐요? 누구 엄마시지요?
― 안녕하세요. 환희 엄맙니더.

선이는 한 손으로 입을 가리며 고개를 숙여 인사를 건넸다. 백화점에서 새로 산 옷을 입고 브랜드 가방을 들고 반짝이는 구두를 신었지만, 남의 옷을 입은 듯 영 어색했다.

– 네, 말씀 많이 들었어요. 환희가 제 딸이랑 짝꿍이라 하던데 가구점을 하신다고요?
– 예에, 가구거리에서 가구점하고 있어예.
– 아. 혹시 그 하얀 타일 벽으로 된 이층 가구점인가요? 그 동네에서 제일 유명하다는?
– 아입니더. 그 맞은 편에 있는 태창 가구점입니다.
– 태창? 처음 들어보는 가구점인데. 그런 가구 브랜드가 있었나? 누구 아는 사람 있어?

앞머리에 무스를 발라 잔뜩 힘을 준 젊은 엄마가 그 자리에 모인 다른 사람들을 돌아보며 물었다. 다들 고개를 갸우뚱거리며 너는 아느냐는 듯 눈빛을 교환했다. 선이는 순간 그 자리에 못 박혔다. 그들은 자신들이 알지 못하는 가구점 주인에 원색적인 사투리를 쓰는 선이를 아래위로 훑었다. 일순간 달갑지 않은 기류가 흘렀다. 선이의 눈에도 정확히 읽혔다. 그들은 선이를 그리 반기지 않는다는 것을, 그 사실을 선이가 알아차리길 바란다는 뉘앙스가 선이의 온몸을 수치스럽게 물들였다. 선이는 음식을 먹는 둥 마는 둥 어떤 대화에도 끼지 못했다. 그들은 시내 한복판에 자리 잡은 이름만 대도 누구나 알 만한 한의원, 제일 큰 보석상, 유명 피아노 학원, 대형 음식점 주인들이라 명함마저도 꿀릴 게 하나 없는 사람들이었다. 그들에 비해 학력도 재력도 하다못해 입성마저도 내세울 게 하나 없는 선이는 점점 소멸하는 기분이었다.

그날 이후 선이는 가게에 매달려 지내다시피 했다. 눈앞에 우뚝 서 있는 하얀 타일 벽의 이층 가구점을 바라보며 매일 욕심의 키를 키웠다. '저 정도는 되어야 낄 수 있다는 말이지. 못 할 것도 없지. 두고 보라지! 이 동네에서 제일 큰 가구점을 갖고 말 테니.'라고. 선이는 보란 듯 잘 살고 싶었다. 남부럽지 않게 떵떵거리며. 가구거리에서도 제일 성공한 집이 되고 싶었고, 환희 유치원에도 그들처럼 크게 한몫 기부하는 소망을 품었다. 좋은 옷과 좋은 차를, 번듯한 집을 가질 것이라 다짐했다. 평생 고생만 한 아버지에게도 동네에서 큰소리치게 큰 배를 사 주고 싶었고, 가게에 들르는 형제들의 누추한 모습을 보며 쑥덕거리던 이웃 아주머니의 기세도 눌러주고 싶었다.

이층 가구점은 지역에서 가장 오래된 데다 브랜드 가구여서 가구거리를 대표하는 가게였다. 나이 든 부부가 개업부터 지금까지 수십 년을 운영해 온 터라 지역에서는 가구점 하면 그 집을 떠올렸다. 항간에 이층 가구점을 내놨다는 소문이 아름아름 피어나고 있었다. 선이는 속으로 쾌재를 부르며 그날 오후 바로 노부부를 찾아갔다.

- 사모님예, 가게를 내놓으실 거면 남한테 주지 말고 저한테 먼저 알려 주이소.
- 환희 엄마 부지런히 일하더니만 그새 돈 많이 모았나 보네. 이 가게는 제법 값이 나간데이. 권리금도 세고. 나야 젊은 사람이 받아서 오래 했으면 하고 바라지. 바깥어른이 건강이 좀 안 좋아서. 결정 나면 환희 엄마한테 먼저 기별 주꾸마.

선이는 마치 이층 가게를 손에 넣은 것처럼 가슴이 뛰었다. 가게로 돌아와 앞뒤 재볼 겨를도 없이 태준을 설득했다. 선이 눈에는 훤히 보였다. 그

것이 될 거라는 확신이. 그러나 태준은 망설였다. 잘 되는 자리인 건 알지만 돈이 문제였다. 아파트 처분해서라도 보태야 한다며 선이는 그 길로 돈줄을 끌어모았다. 시댁이나 친정집 모두 그만한 돈을 대줄만한 여력이 없는 걸 알면서도 아쉬운 대로 여기저기 전화를 돌렸다. 그만큼 간절했다.

이듬해, 선이는 이층 가구점의 주인이 되었고, 선이의 생각은 맞아떨어졌다. 이층 가게를 새로 단장하고 오픈하는 동시에 가구들은 불티나게 팔려나갔다. 선이는 직원을 늘리고 그들을 거느리는 어엿한 사모님이 되었다. 그날 오후 해거름이 다가오자, 선이는 막내를 백화점으로 데려갔다. 한 사코 마다하는 막내에게 유명브랜드 옷으로 휘감아 놓고 사람이 달라 보인다며 흡족해했다. 시내에서 유명하다는 고급 음식점을 찾아가 다 먹지도 못할 저녁을 사 먹였다. 선이는 2호점을 내는데 큰돈을 선뜻 내놓은 막내가 고마웠다. 여태 모은 적금을 탈탈 털어 보내줬을 거라는 걸, 막내는 그러고도 남을 동생이란 걸 선이는 누구보다 잘 알았다. 그래서 더 좋은 옷과 더 맛있는 것을 사 주고 싶었다. 막내가 제 손으로는 절대 그런 호사를 누릴 사람이 아니었기에 더더욱. 선이는 그런 막내에게 좋은 신랑감을 찾아 주는 게 또 하나의 숙제였다.

서울에서 직장을 다니던 막내는 고향에 자주 올 수가 없었다. 지난해 막내는 서울에 있는 잡지사에 취업했다. 부산에서 직장을 다닐 때 잡지사에 투고한 글이 계기가 되어 취업에까지 이어졌다. 막내가 서울로 떠난 것은 부산에서는 옥이를 찾을 수 없다는 결론도 한몫했다. 막내는 주말이면 장애인 보호소를 찾아 봉사활동을 다니면서 행여 옥이를 찾을 수 있을까 기대를 품기도 했다. 몇 년을 다녀봤지만 허사였다. 막내는 옥이 생각이 나면 옥이가 그랬듯 잡지를 손에 들고 그 속에 든 세상을 구경했다. 그러다 잡지에 실린 글을 보고 다른 세상에 문을 두드리게 되었다.

　막내는 어린 소녀 여공들의 현실을 직면하고, 가까이 엄마나 선이 언니나 큰언니, 둘째 언니가 사는 처지들이 안타까웠다. 그런 마음에 여성들만을 위한 복합문화공간을 세우겠다는 포부를 담아 쓴 글을 잡지사에 응모했다. 막내의 글이 채택되어 잡지에 실리는 꿈같은 현실이 벌어졌다. 막내의 사진과 글을 본 독자들에게서 하루에도 몇십 통의 편지가 날아들었다. 막내를 만나러 사람들이 찾아오기도 했고, 기획사나 잡지사, 해외에서도 일자리 제안이 끊임없이 들어왔다. 가족들은 이 모든 현상을 사기라며 막내를 꼼짝 못 하게 옭아맸다. 막내는 신세계를 보았고, 더 넓은 세상으로 나아가고 싶었다. 회사 사람들은 막내에게 '이곳에 있을 사람이 아니다.'라며 아까워했다. 막내는 중학교 담임이었던 선생님의 '너는 글을 써야 한다'는 말을 되새기며 국문학을 전공했고 틈틈이 글을 썼다. 공모전에 단편소설을 응모했지만, 탈락의 고배를 마셨다. 야간대학을 졸업함과 동시에 퇴사를 감행하고, 더 큰 세상으로 나아가려 서울로 향했다. 선이 언니가 그토록 꿈꾸었던 서울행. 그곳에서는 누구의 간섭도 눈치도 보지 않고 자유롭게 살리라 열망하며.

　언니와 시내 구경을 하고 가구점으로 돌아온 막내는 그날 저녁 밤늦도록 책상에 앉아 있는 환희를 지켜보았다. 학교가 끝난 후에도 학원 가방을 바꿔 메가며 학원을 전전하다 어둠과 함께 집으로 돌아온 이제 초등 1학년인 환희. 환희는 고개를 숙이고 학습지에 연필을 그어대며 씩씩대고 있었다. 시커멓게 종이가 찢어지도록 집요하게. 긁어댄 면은 맨질맨질해져 찢겨 있었다.

─ 환희야! 왜 그렇게 심통 났어?
─ 하기 싫은데 엄마가 꼼짝 말고 다 풀라고 해서 짜증 나! 오늘 밤 다 못 하면 혼나!

막내는 학습지 찢은 건 비밀로 한 채, 환희를 데리고 나가 공원을 걷고 길거리 가게에서 주전부리를 사 먹으며 돌아다녔다. 아이의 숨통을 틔게 해주고 싶었다. 환희는 어릴 때부터 그런 막내 이모를 엄마보다 잘 따랐다. 선이는 환희를 서울에 있는 대학으로 보내겠다는 일념으로 뒷바라지했다. 환희가 초등학교 입학하면서 학교 운영위원과 체육진흥회 등 쓸 수 있는 감투는 모두 썼다. 혼자는 역부족이라 남편까지 동원해 선생님들에게 향응을 제공하기도 했다. 선이의 학벌에 대한 욕망은 아버지의 한이었고, 오빠의 한이었고, 자신의 한이기도 했다. 그 한을 풀어내려던 대상이 막내에게서 이제 아들 환희로 전가되었을 뿐, 그 욕망은 더 거세게 활활 타올랐다.

찬 바람이 코끝을 빨갛게 물들이는 겨울이 왔다. 막내는 옷차림에 신경이 쓰였다. 옷을 고르느라 온 방을 헤집어 놓고 차림새에 공을 들였다. 지난여름 선이 언니와 약속했던 기자라는 남자와 선을 보는 날이었다. 긴 생머리에 회색 롱코트를 입고 하얀 머플러를 두른 막내는 하얀 피부에 입술만 발라도 정성 들여 화장한 사람처럼 보였다. 간혹 거리에서 만나는 사람 중에는 카메라테스트를 받아보지 않겠냐고 앞을 가로막는 이도 있었다. 지나가는 사람들도 막내를 보면 뒤돌아 한 번 더 쳐다볼 정도로 시선을 끌었다.
무슨 운명의 장난처럼 첫 만남 이후, 최민수를 닮은 그 남자는 밤마다 전화통을 붙들고 막내와 함께하는 미래를 설계했다. 부산과 서울을 잇는 긴 통화, 주로 남자가 말하고 막내는 듣는 편이었다. 그 남자의 아버지는 내로

라하는 자리의 고위공무원이었다. 막내는 먼 거리를 핑계 삼아 마음의 거리도 좁히지 못했다. 내 영화를 누리자고 가족을 초라하게 만드는 집안에는 절대 시집가지 않을 것이라 다짐했었다. 친한 친구가 명망 있는 집안에 시집간 후, 없는 집 딸이라고 멸시를 당하고, 얼마 전 결국 이혼을 당했다. 막내는 그런 대접을 받느니 결혼 따위 안 하는 것이 낫다고 생각했다.

얼어붙은 겨울이 가고 벚꽃이 화사한 봄이 왔다. 막내는 쉬는 날에는 텃밭에 주인집 할아버지와 할머니를 도와 상추씨를 뿌리고 고추 모종 심는 일을 도왔다. 서울에 살면서도 막내는 고향 집 마당을 닮은 주택 이층에 방을 얻어 흙냄새를 맡고 살았다. 마당에 길게 늘어진 버드나무가 춤을 출 때면 덩달아 살랑살랑 엉덩이를 흔들며 콧노래를 불렀다.

봄과 함께 그 남자도 막내를 찾아왔다. 남자는 자신이 설계한 멋진 집을 지어 막내와 미래를 함께하고 싶다는 바람을 내비쳤다. 자신의 모든 미래에 막내가 들어와 있다고.

― 수아 씨, 오늘은 서울대학 구경하러 갈까요?
― 갑자기 거긴 왜요?
― 수아 씨 모교니 한번 가보고 싶어서요. 친구에게 전해 들었어요.

이게 무슨 소리지? 잘못 들었나? 언니가 무슨 말을 한 거지? 막내는 뭔가 잘못되었음을 직감했다. 그날은 몸이 좋지 않다는 핑계를 대고 얼른 헤어지고 싶은 생각뿐이었다. 저녁 기차로 남자를 배웅하며 막내는 그 남자를 보는 것은 이것이 마지막이라고 생각했다. 막내는 선이에게 어찌 된 영문인지 따져 물었다.

― 그 남자는 내가 서울대를 나왔다고 알고 있던데?
― 아, 그 집안이 워낙 좋은 데다 우리 집은 내세울 게 없어 니 기죽지 말라고 대학도 직장도 다 서울이라 그랬는데 왜?
― 다음부터는 그라지 마라. 나는 어디 가도 기 안 죽는다. 지방대면 뭐 어때서.

선이는 늘 막내가 교수나 아나운서가 되길 바랐다. 그런 생각을 하면서 고생해도 아깝지 않았다. 집안 사정으로 접어야 했던 학업이 한이 되어 그런 것인지, 선이는 유독 학벌 이야기만 나오면 쪼그라들었다. 막내의 기 살리자고 던진 말이 막내를 곤란하게 한 모양이었다. 선이는 얼굴이 화끈거렸다. 누가 이리 될 줄을 알았나.

막내는 그 일로 인해 자괴감에 빠져들었다. 선이가 기대하던 모습에 미치지 못하는 자신을 책망했다. 아버지와 선이의 마음에 드는 사람이 되려고 무던히도 애를 쓰고 열심히 산다고 살았건만 한번 무너져 내린 마음은 흩날리는 꽃잎처럼 허공을 맴돌았다. 아버지를 닮아 검고 짙은 눈썹에 엄마를 닮은 하얀 피부, 미용실에서 염색으로도 낼 수 없다는 탐나는 갈색 머리카락. 그런 막내는 길을 가다 우연히 마주치는 사람들에게도 아름답다, 곱다는 찬사를 받았다. 사람들은 그 흔한 예쁘다는 말이 아니라 막내를 아름답다고 했다. 막내를 아끼는 친구들은 늘 함께 다니길 좋아했고, 함께 시장에서 물건을 살 때도 막내만 덤으로 예쁜 것을 하나 더 챙겨 받았다. 명절에 고향 가는 기차표를 구하지 못해 입석으로 서서 갈 때마다 승무원들이 하나같이 자신이 쉬는 자리를 내어주었다. 막내는 어디에서도 호의를 받았고 막내에게 세상은 친절하고도 아름다웠다. 막내는 환대하는 기운을 봄날의 햇살처럼 몸에 걸쳤다. 애써 배우고 사랑하며 살리라는 자기만의 가치를 실천했다. 꾸준히 책을 읽었으며 장애인시설이나 손이 필요한 곳에 봉사 다녔고, 친구들의 생일을 챙기고 누군가를 기쁘게 하는 것이 제일 행복하다고 느꼈다.

  자기 앞의 삶을 열심히 살아내던 막내지만 아버지와 선이 언니, 그들이 바친 희생에는 면목이 없었다. 악착같이 돈을 모아 대학에 다녔고, 알뜰히 모은 돈은 대부분 가족과 조카들을 위해 썼다. 어디에서도 남부럽지 않았는데 유독 가족들 앞에서는 어깨를 펴지 못했다. 갚아야 할 빚을 갚지 못하고 있는 죄인처럼. 막내는 자신을 자랑스러워하는 그들에게 좀 더 나은 자신이 되어야만 했다. 늘 가슴 한구석에는 돌을 매단 듯 묵직한 덩어리가 누르는 기분이었다. 막내는 한동안 찬바람에 떠도는 낙엽처럼 방황했다. 선이 언니의 청춘을 돌려줘야 할 것 같았다. 선이가 바라는 모습이 되기 위해 빚진 마음은 시간의 흐름만큼 무게를 더할 뿐이었다.

7
굴 바구니를 끼고 사는 여편네

　바닷일에 그을린 아버지의 까만 얼굴은 희끗희끗한 머리가 더 하얗게 도드라져 보였다. 사람들은 아버지를 이제 김 영감이라 불렀다. 김 영감은 그날도 해가 떨어지기도 전에 만취 상태로 곯아떨어졌다. 선착장에 바다 일을 보러 오가는 동네 사람들은 근래 기척이 없는 김 영감이 궁금해서 가게 안을 자주 기웃거렸다. 김 영감은 늘 가게 문밖 평상에 나와 앉아 오가는 사람을 붙들고 검문하듯 "밥은 뭇는교? 배 따시게 한잔 꺾고 가이소."라며 신소리로 인사를 건넸다. 사람 좋아하는 천성을 못 버리고 하루 한 잔은 공짜라며 인심을 썼다. 시간 나면 한잔할 기회를 포착하던 양반이 며칠 새 통 모습을 보이지 않았다.

　― 김 영감! 안에 있습니꺼?
　― 영감님은 벌써 주무시지예. 대낮부터 약주를 해가지고.
　― 어허, 아직 해도 안 떨어졌는데 초저녁잠이 뭐 그리 깊이 들었을 가베. 김 영감! 김 영감!
　― 깨우지 마이소, 지금 선잠 깨면 또 술 마시자 하니 그냥 자게 내버려두

이소.

김 영감을 찾는 조 씨를 가로막는 건 지난봄에 합가한 새 부인이었다. 마뜩잖은 조 씨는 공술 한 잔을 허탕 치는 것이 영 억울했다. 하루의 피로를 잊게 하는 그 찌릿한 목 넘김을 아쉬워하며 터벅터벅 집으로 발길을 돌렸다.

그날 점심상을 내오던 새 부인은 황금빛 액체가 목구멍까지 채워진 긴 병을 따서 김 영감 앞에 내놓았다. "영감이 술을 좋아하니 인삼주를 담갔지예. 맛 좀 보실라우?" 새로 맞은 부인은 손재주를 부린 안주를 곁들여 안주보다 더 감칠맛 난 목소리로 자신이 담근 술을 권했다. 입이 귀에 걸린 김 영감은 첫날밤을 맞은 신부가 다소곳이 잔을 올리듯 두 손으로 술을 따르는 새 부인이 세상천지에 눈물 나게 고마웠다. 다 늙어 이게 웬 굴러온 복덩이인가. 셋째 딸 선이가 시집가기 전에는 잔소리해 대는 통에 도둑고양이처럼 호시탐탐 훔쳐 마셔야 했던, 고픈 술이었다. 고혈압에 당뇨까지 달고 사는 아버지에게 해롭다고 선이는 술을 못 마시게 감시했었다. 거기에 비하면 새 부인은 떡하니 상을 차려 안주까지 대령해 주니 김 영감은 새 부인이 곱지 않을 수 없었다. 새 부인과 주거니 받거니 날마다 어김없이 해가 기울듯 술잔을 기울이는 날들도 달콤하게 익어갔다. 새 부인은 영감이 좋아한다는 핑계로 대낮부터 술상을 차려 내었다. 낮에 술을 마시는 것쯤은 대수롭지 않다는 듯.

새 부인은 동네 아주머니들이 새벽시장 나갔다 들리는 목욕탕에서 알게 된 사람이었다. 목욕탕에 거주하며 다른 사람의 때를 벗겨주는 일을 하고 있었다. "지는 오갈 데 없어 아무것도 필요 없으니 배불리 먹고 자고 따시게만 지내는 게 소원이라예." 그 말을 입에 달고 살았다. 큰어머니와 동네 아주머니들은 그 부인을 불쌍하게 여겨 혼자 지내는 김 영감과 다리를 놓았다. 선착장에 작은 가게는 규모에 비해 실속 있었고, 인근에 김 영감이 현찰을 많이 지니고 있다는 소문은 이미 자자했다. 혼자 지내는 김 영감이 술에 취해 잠들었다가 금고가 털리는 일이 몇 차례 있었다. 선이가 시집간 뒤 김 영감은 끼니를 챙겨 먹지 않고 술로 보내는 날이 허다했다. 그런 아버지를 걱정하는 선이를 위해, 또 혼자 지내는 김 영감을 생각해서 큰어머니와 친척 아주머니는 새 부인을 들이라고 권유했다. 새 부인이 온 뒤로 김 영감은 따뜻한 밥에 반주를 곁들인 상을 받으며 태평천하가 따로 없었다. 게다 여름내 낚시꾼들이 드나들며 김 영감의 금고를 두둑하게 채웠다. 낚시꾼들은 김 영감의 셋째 딸 선이의 안부를 묻지 않는 사람이 없었다.

— 따님은 어디 갔어요? 저희 라면 좀 끓여주세요.
— 이 더운데 무슨 라면을 끓여달라 하는교? 안 그래도 바빠 죽겠는데.
— 아가씨 있을 때는 다 해줬었는데.

별것 아닌 충돌이 불쑥불쑥 불편한 혹처럼 튀어나왔다. 셋째 딸이 굳게 지켜 온 빈자리가 작은 가게를 휘청이게 했다. 새 부인은 "그런 거 안 한다요!"를 입에 달고 살았다. 새 부인의 행동은 찾아오던 단골도 발길을 돌리게 했다. 불친절하다는 소문은 동네방네 퍼져나갔다. 참새방앗간처럼 드나들던 마을 사람들도 점점 발길이 뜸해졌다. 선착장을 지배하던 김 영감은 밤낮도 없이 곤드레만드레 술에 찌들어 바깥으로 나와 있는 날이 오히려 드물었다. 가끔 나와 있는 그의 모습이 심상치 않다는 소문이 안개처럼 퍼져 나갔다.

선착장을 달구던 낚시꾼들이 계절이 바뀌면서 뜸해졌다. 누렇게 퇴색해 가는 들판은 을씨년스러웠다. 그러다 바닷바람이 불어 살을 에는 겨울이 왔다. 김 영감은 아예 가게 문을 걸어 잠갔는지 미동이 없었다. 가물에 콩 나듯 하루 몇 안 되는 사람들이 가게를 찾았다. 문을 열고 들어가 방으로 난 쪽문을 한 번 더 두드려야만 겨우 고개를 빼꼼 내미는 새 부인을 마주할 수 있었다. 주객이 전도되어도 유분수지, 이불을 덮고 귤 바구니를 끼고 앉은 새 부인은 손님이 와도 도통 일어날 기색이 없었다. 아랫목을 사수하는 주둔군처럼.

— 담배 한 갑 주이소.
— 거기 문짝 열어 하나 꺼내 가고 돈은 이리로 던져 주소이.

누렇게 달궈진 아랫목을 차지하고 앉은 부인은 손님에게 알아서 챙겨가라며 앉은 자리에서 꿈쩍도 하지 않았다. 방문 안쪽으로 던져주는 돈을 잡느라 그제야 남산만 한 엉덩이를 치켜들고 방바닥을 기다시피 돈을 쓸어 담았다. 덩치는 산만 한데 자신은 매일 귤만 있으면 된다고 귤 바구니를 끼고 살았다. 익어 벌어지기 직전인 석류알처럼 튀어나온 볼이 금방이라도 터져나갈 것 같았다. 들러붙은 살점이 뒤룩뒤룩 오리걸음을 걷기도 힘겨워 보였다. 그 큰 덩치에 가려 잠들어 있는 김 영감은 꿈쩍도 하지 않았다.

칼바람이 불어대자, 바다 일손도 긴 겨울잠에 들어갔다. 어쩌다 담배를 찾는 사람들이 가게를 찾기도 했지만, 그마저도 불친절한 여편네 꼴 보기 싫다며 시내에서 아예 무더기로 사다 놓고 피운다는 사람이 늘어났다. 겨울바람이 세차게 부는 어느 날 밤이었다. 손전등을 들고 어둠이 깔린 선착장에 배를 점검하러 나온 조 씨는 선착장 먼발치에 낯선 택시가 들어와 있는 것을 보게 되었다. 불빛에 비친 모습으로 보아하니 김 영감의 새 부인이 급히 택시로 뛰어가고 있었다. 새 부인을 싣고 차가 출발했다. 컴컴한 밤에 택시를 불러나갈 일이 무엇이며, 나가더라도 가게 앞에서 타고 갈 것이지 후미진 곳까지 걸어가서 타는 꼴이 영 수상해 보였다. 김 영감은 깊이 잠들었는지 불러도 대답이 없었다. 새 부인이 온 뒤로 부지런한 김 영감이 항상 술에 취해 있거나 잘 보이지 않는 데다, 가끔 나와 있는 모습이 멍해 보이고 수척해졌다는 소문이 돌았다. 이웃들은 밤에 택시를 타고 나가는 부인을 목격한 뒤로 늦은 밤에도 가게를 주시하게 되었다.

길 건너 가게 맞은편에 사는 김 씨 아주머니는 수시로 담 너머로 가게 주위를 빼꼼 살폈다. 김 씨 아주머니는 선이를 중매하였고, 선이 남편 태준과는 먼 이웃이기도 했다. 큰어머니와 동네 아주머니들도 티 나지 않게 슬쩍 가게를 찾아보곤 했다. 새 부인은 날이 어두워지기를 기다렸다는 듯 택시를 불러 타고 나갔다가 새벽에 돌아오는 기행을 반복했다. 달이 뜨기를 기다렸다가 사람의 간을 파먹어치우는 구미호가 새벽이면 조신한 여인으로 되돌아오듯. 아무래도 수상하다고 여긴 큰어머니가 김 영감에게 사실을 고했으나 김 영감은 그럴 리 없다며 콧방귀를 뀌었다. 큰어머니는 새엄마가 아무래도 수상쩍다고 그간의 일을 선이에게 알렸다. 선이는 부랴부랴 택시를 타고 가게로 달려왔고, 선이가 도착하는 시간에 맞춰 큰어머니와 동네 아주머니들이 몰려왔다. 김 영감은 술에 취한 듯 몽롱한 눈빛이었다.

― 니가 이 시간에 어쩐 일이고?

― 아부지! 대낮부터 술에 취해 있으면 어쩐답니꺼?

― 술은 무슨 술? 안 마셨다. 무슨 난리가 났다고 그래 샀노?

김 영감의 얼굴색이 누르스름하게 말라 있었다. 선이는 아버지의 몰골을 보고 놀라 새 부인을 추궁했다. 김 영감은 별일 없다며 새 부인을 감싸고돌았다. 굴만 먹지 밥도 많이 축내지 않는다면서 왜들 그러냐고 오히려 역정을 냈다. 선이와 큰어머니가 거세게 몰아붙이자, 새 부인은 울며불며 억울하다고 김 영감에게 매달렸다.

선이는 새 부인이 영 미심쩍었다. 새 부인은 미어터질 듯한 볼살에 욕심이 가득해 보였고 눈동자를 한곳에 두지 못하고 눈알을 이리저리 굴렸다. 아래로 처진 입술은 골난 못난이 인형처럼 심술 맞은 표정이었다. 선이는 집안 살림을 샅샅이 뒤졌다. 옷장 안에는 겨울옷 한 벌이 달랑 걸려 있었고, 철 지난 옷가지들은 눈 씻고 봐도 하나 없었다. 김 영감의 금고마저 텅텅 비어 있었다. 살고자 마음먹고 온 사람이 이럴 스는 없었다. "아버지 금고 돈은 다 어쨌습니꺼?" 하고 선이는 몰아붙였다. 잡아떼던 새 부인은 동네 사람들이 경찰을 부르자고 하니 그제야 슬슬 꼬리를 내렸.

- 아들이 아파 급히 돈이 필요했습니더. 밤마다 아들 간호하러 병원에 다녀왔어예.
- 그 봐라, 그만하래도!

김 영감이 새 부인 편을 들며 역정을 냈다. 부엌을 샅샅이 뒤지던 선이가 하얀 알약이 든 봉지를 들고나와 모두 앞에 내보였다.

- 아부지! 이 약은 뭡니꺼? 부엌 찬장 그릇 안에 숨겨져 있던데예.

김 영감은 눈을 부릅뜨며 자신도 모르는 약이라고 했다. 잠이 안 오고 소화 안 될 때 묵는 약이라며 새 부인이 기어들어 가는 소리로 대답했다. 옆집 아주머니가 보건소 소장을 불러와 어떤 약인지 알아봐야 한다고 나섰다. 선이는 새 부인이 온 뒤로 집에 들르는 일이 뜸했다. 안 본 사이 아버지의 얼굴이 거무튀튀한 데다 수척했다. 동공은 초점을 잃은 듯 흐리멍덩한 게 눈빛이 살아 번득이던 아버지 모습은 온데간데없었다.

 ― 도대체 우리 아부지한테 무슨 짓을 한겁니꺼? 아부지 눈이 아무래도 이상합니더. 혼이 다 빠져나간 사람처럼.

 선이가 하소연하자 큰어머니와 동네 사람들은 경찰을 부르는 게 좋겠다고 소리를 높였다. "술에 약을 타 먹인 게 분명하고만!" 하고 사람들은 저마다 약의 진위를 밝혀야 한다고 맞장구를 치며 웅성거렸다. "고마 보내주라!"고 소리치는 김 영감의 한마디에 현장은 찬물을 끼얹은 듯 조용해졌다. 사태의 심각성을 알았는지 아버지는 한마디 던지고는 방으로 모습을 감췄다. 새 부인은 딸랑 작은 보따리 하나도 안 되는 짐을 옆구리에 끼고 집 밖으로 쫓겨났다. 새 부인은 땅이 꺼지라 김 영감을 불렀지만 김 영감은 대답이 없었다. 미련을 못 버리고 뒤돌아보던 그녀의 모습이 멀찌감치 작아지고 있었다. 김 영감은 끝내 닫아버린 창을 열지 않았다. 그 난리를 치고도 믿기지 않아 힘들어했다. 김 영감은 일장춘몽을 꾼 것처럼 한동안 앓았다. 알약이 발견되지 않았다면 끝내 수면제탄 술 구덩이에 빠져 헤어나지 못했을 것이었다. 귤 바구니를 끼고 살던 신세도 박탈당한 여편네는 얼마 지나지 않아 이웃 동네 돈 많은 영감 집에 붙어산다는 소문이 들려왔다. 아들이 진 노름빚을 갚지 못해 결국 아들은 쇠고랑을 찼다는 전언과 함께. 자칫 큰 변을 당할 뻔한 이 사태를 겪은 후 모두의 생각은 하나로 흘렀다. 총기를 잃은 김 영감을 이제 혼자 두면 안 된다는 현실을 받아들여야 했다. 선이는 오빠를 찾아가 이 사실을 고했다.

8
겨울 바다에서 울고 다니는 여자

갔어야만 했다. 그렇게 애타게 부를 땐 그냥 갔어야만 했다. 이것저것 따지지 말고 달려갔어야만 했다. 막내는 아무리 떨쳐내려 해도 지워지지 않는 기억으로 머리를 세차게 흔들었다. 좁은 방 안에 틀어박혀 울다 지쳐 진이 다 빠져나간 뒤였다. 온 사방에서 벽을 뚫고 툭 하고 뭔가 튀어나올 것이 두려웠다. 짐을 쌌다. 어디든 떠나야만 살 수 있을 것 같았다.

고작 한 달 전의 일이었다. 막내는 이십 대의 마지막 설날을 목전에 두고 있었다. 살을 에는 한파가 지속되어 몸도 마음도 움츠러들어 온기가 더 절실한 날이었다. 막내는 하루 일을 마치고 녹초가 되어 자취방 문을 열고 들어갔다. 연신내 변두리 주택에서 마포로 이사한 뒤, 기름값을 아끼느라 보일러 온도를 낮춰놓고 나가서인지 방 안 공기는 몸서리나게 찼다. 막내는 외투를 벗을 엄두도 못 내고 보일러 온도를 올렸다. 옷을 입은 채로 전기밥솥 위에 손을 올려 온기를 쬐고 있을 때, 전화벨이 울렸다. 아버지였다. 아버지는 대뜸 "니한테 한번 올라 갈란다."라며 천안 둘째 언니 집을 들러 조만간 서울에 오겠다고 했다. 막내는 설에 고향 집에 갈 테니 좀 기다리라고, 서울은 남

쪽보다 엄청 좁다고 만류했지만, 아버지는 뱉은 말을 거두지 않았다.

  아버지는 쓰린 속을 달래려 집 앞에 펼쳐진 바다를 바라보았다. 근래 약을 먹어도 통증이 사라지지 않았다. 생살을 쿡쿡 쑤시고 파헤치듯 고통스러워 몸살이 날 지경이었다. 고통이 심할 때는 아들과 며느리 몰래 술을 한 모금 마시며 통증을 삭였다. 아버지는 저 멀리 선착장에 메인 배들은 하나씩 훑어보았다. 출렁이는 파도를 따라 군무를 추듯 배들이 넘실거렸다. 부두 안쪽에서부터 가게 앞까지 한 줄로 쭉 늘어선 배들은 빨강, 주황, 파랑, 형형색색 찬란했다. 아버지는 자신이 소유한 배들이 나란히 떠 있는 모양을 흐뭇하게 바라보았다. 동네에서 제일가는 배 부자가 되었고, 아들이 장가들어 손녀도 봤으니 그만하면 잘 살았다 싶었다. 아직 돌도 안 된 첫 손녀를 안고 동네 마실다니느라 햇볕에 그을린 아이는 들에서 농사짓는 사람 못지않게 새까맸다. 아버지 나름 온종일 집안일에, 가게를 보며 아이까지 돌봐야 하는 며느리를 아끼는 시아버지의 배려이기도 했다. 아들에게 가게를 맡기고도 해마다 한두 척씩 배를 사 모았다. 몇 허 전 막내가 보내온 돈으로 배를 사서 낚시꾼에게 대여해 주고, 그렇게 벌어들인 돈으로 또 배를 사 모으기 시작한 것이 어느새 열 척이 넘어섰다. 배를 낚시꾼들에게 대여해주고 현찰을 받는 재미가 쏠쏠했다. 아버지는 아들이 살아갈 수 있는 터전을 그렇게 마련했다. 아들은 이제 살 만하니 아버지는 남은 생은 막내 곁에서 함께 보내고 싶었다.

  그날 밤, 날이 어둑해질 무렵에야 아버지는 남편따라 천안으로 이사한 둘째 딸 집에 도착했다. 둘째 딸은 아무 기별도 없이 갑작스레 집으로 들이닥친 아버지를 못 알아봤다. "란아! 란아!" 부르는 소리에 뛰어나가 보니 웬

노인이 어둠 속에 우두커니 서 있었다. 난생처음 딸 집을 찾아온 아버지의 행색을 보고 둘째 딸은 가슴이 철렁 내려앉았다.

아버지는 엄마가 죽은 뒤, 죽은 제 어미를 닮았다고 둘째 딸을 못마땅해 하고 구박했었다. 둘째 딸은 이유도 모른 채 아버지에게 매질을 당하고 집을 뛰쳐나갔다. 입가가 터져 피를 흘리며 고개를 넘어 무작정 걸었다. 다시는 집으로 돌아오지 않으리라 눈물로 다짐하면서. 그렇게 아버지와 연을 끊다시피 살았다. 그랬던 아버지가 그 먼 길을 헤매 둘째 딸 집에 찾아왔다. 아버지는 방 안으로 들어서자마자 점퍼 주머니를 뒤적거렸다. "이 카드에 돈 들어 있다이. 필요할 때 빼써라아."며 농협 카드 한 장을 둘째 딸의 손에 쥐여주었다. 이 카드를 주려고 그 먼 길을 찾아왔다고. 뒷굽이 내려앉은 신발을 신고, 철 지난 낡은 점퍼를 입은 아버지의 초췌한 모습에 둘째 딸은 가슴이 미어졌다. 땅에 떨어진 못 하나도 지나치지 않고 주워 쓰던 아버지였다. 돈을 모아 오직 아들 살게 해줘야 한다던 아버지. 둘째 딸은 시장에 아버지를 모시고 나가 새 신발과 도톰한 점퍼를 사 드리고, 가벼운 주머니 사정에도 시장바구니가 넘치도록 먹거리를 담았다. 처음으로 먼 길 찾아 딸 집에 온 아버지를 본 순간, 가슴 속 깊이 쌓여 있던 서러움은 눈 녹듯 녹아 들었다.

아버지는 국 한 숟가락을 입안에 떠넣기까지 국물의 반을 흘렸고, 국 한 그릇을 비우는 데 식은땀을 그만큼 흘렸다. 둘째 딸은 젊었을 때 아버지에게 매를 맞긴 했지만, 그때의 건장했던 아버지 모습이 차라리 낫았다고 생각했다. 눈앞에 앉은 한없이 초췌한 아버지의 모습을 꿈에도 생각해 본 적 없었다. 둘째 딸은 세월의 무상함에 가슴이 무너져 내려 아버지와 제대로 눈을 맞추지 못했다. 두 눈에 어린 눈물을 들킬까 봐, 그 눈물이 아버지를 더 초라하게 만들까 봐. 아버지는 서울에 있는 막내를 보고 가겠다며 며칠을 기다렸다. 무슨 깊은 걱정이 있는지 내내 얼굴빛은 어두웠고 정성껏 차린 식사도 잘 먹지 않았다. '막내는 언제 오냐?'며 지나가는 바람 소리에도 문밖을 내다보며 애를 태웠다.

아버지를 보러 천안 둘째 언니 집으로 가기로 약속한 날, 막내가 눈을 뜨니 병실 침대 위였다. 옆에 지키고 앉아 있던 옆방 언니가 덥석 막내의 손을 잡았다. 카페를 운영하던 옆방 언니는 그날따라 늦은 저녁 출근길에 집 앞 지하철 계단에 쓰러진 막내를 발견하고 가까운 병원으로 옮겼다고 했다. 막내가 깨어나기를 기다리며 보호자를 자처하고 있었다. 막내는 철 결핍성 악성빈혈에다 심각한 영양실조 상태라 한동안 입원해야 한다고 했다. 육식을 못 하고 바다에서 난 음식도 먹지 못하는 막내에게 어쩌면 예견된 병이었는지 모른다.

— 왜 고기와 생선을 못 먹게 되었어요.
— 살아 있는 생명인데 먹을 수가 없었어요.
— 죄책감 때문인가요? 그건 본인의 죄가 아니에요. 당연히 그럴 수 있어요. 자연의 섭리를 받아들여야 합니다. 그래야 살 수 있어요. 이 몸으로는 일반적인 생활은 고사하고 아기도 낳을 수 없어요. 서른이 되면 오십이 된 사람처럼 노화가 오고 말 겁니다.

막내는 담당 의사의 말에 펑펑 눈물을 쏟았다. 자분자분 설명하는 눈빛과 말투는 어린아이를 달래듯 다정했고, 무엇보다 본인의 죄가 아니라는 말이 그렇게 위로가 되었다. 살면서 누구도 그 말을 해주지 않았다. 예닐곱 살 때 집에서 키우던 닭을 잡는 광경을 목격하고 그날부터 고기를 입에 대지 않았다. 우리에 갇혀 있는 돼지나 소를 보는 것도 불쌍해서 눈길을 피했다. 소화불량에 걸린 것처럼 늘 묵직하게 불편했던 마음이 이제야 씻겨나가는 듯 가벼웠다. 막내는 의사 선생님의 따뜻한 위로를 받으며 다시 태어난 기분이 들었다. 그 기운만으로도 충분히 자신은 괜찮은 사람이라고, 내일부터는 더 강해질 거라고 믿어 의심치 않았다.

지금껏 그런 몸으로 막내는 회사 일을 마치고 집 가까운 커피숍에서 아르바이트 일을 해서 돈을 모았다. 가족들에게 좀 더 나은 사람이 되고 싶었고 폐를 끼치고 싶지 않아 알뜰히 저축했다. 옆방 언니는 그런 막내를 동생처럼 아꼈다. 막내는 옆방 언니가 쑤어준 죽을 먹었고 옆방 언니가 출근한 뒤에는 그녀의 남동생에게 보살핌을 받았다. 옆방 언니는 저녁에 출근하면서 막내의 방 안까지 죽과 약을 꼭 챙겨주라며 남동생에게 부탁했다. 막내는 어지럼증이 언제 재발할지 모르니 직장도 그만두고 쉬어야 한다는 의사 말에 겁이 났다. 아버지에게 갈 수가 없었다. 막내는 회사 일이 바빠 시간을 뺄 수 없다는 핑계를 댔다. 평소 "이 야윈 손목으로 뭐 해 묵고 살겠노?"라며 걱정하던 아버지에게 아프다고 말할 수는 없었다. 아버지는 조만간 고향 집으로 가겠다는 막내의 다짐을 받고 허망하게 돌아갔다.

몸이 회복되자 막내는 아버지와 약속한 대로 장기 휴가를 받아 고향 집으로 향했다. 막내가 고향 집으로 가기 위해 마산으로 가는 그날, 선이는 하루 종일 아버지 전화에 시달렸다. 아버지는 아침부터 전화를 걸어 "막내가 왔나?" 아직 안 왔다고 하면 한 시간 건너 똑같은 물음을 되풀이했고, 선이는 똑같은 대답을 해야 했다. 시간마다 걸려 오는 전화에 선이는 짜증이 날 지경이었다. 선이는 막내가 도착하자, 정성껏 준비한 저녁상을 차려내놓았다. 막내가 좋아하는 잡채에다 찰밥을 곁들인 먹음직스러운 음식이

한 상 가득했다.

― 저녁 먹고 자고 내일 집에 가라아.
― 아버지가 기다릴 텐데…. 막차 타고 들어가는 데 좋겠어.

막내는 막차를 타고 집으로 갈 생각이었으나 오랜만에 본 조카 환희가 찰싹 달라붙어 떨어지지 않아 마음이 약해졌다. 다 같이 둘러앉아 늦은 저녁밥을 한술 뜨기 시작했을 때였다. 전화벨이 요동쳤다. 역시나 아버지였다.

― 막내가 왔나?
― 아직 안 왔어예. 아부지, 막내는 내일 집으로 간답니더. 기다리지 말고 오늘은 빨리 주무시이소.

선이는 아버지가 밤새워 기다릴까 봐 막내가 왔다는 말은 하지 않았다. 막내는 아버지에게 바로 가지 않은 죄책감에 아버지 전화를 받지 못했다. 내일 아침이면 볼 테니까 스스로 달래며 곧 잊어버렸다. 밤이 깊도록 자매는 그간의 못다 한 이야기를 나누느라 잠잘 생각이 없었다. 정신없이 떠들다 보니 새벽 1시, 다시 한번 길게 전화벨이 울렸다. 아버지 전화라는 직감으로 서로 눈을 마주 보고 누가 받을 것인지 눈치를 살폈다. 그때까지 눈이 말똥말똥하게 끼어들어 놀고 있던 환희가 급히 뛰어가 수화기를 낚아챘다. 아뿔싸! 작은 손이 그만 수화기를 바닥에 놓치고 말았다. 전화기에 눈을 떼지 못하고 있던 선이와 막내가 동시에 손으로 입을 막았다. 선이가 달려가 떨어진 수화기를 집어 들었다.

뚜뚜뚜뚜….

전화는 끊겨 있었다.

아버지는 다가오는 오월이면 환갑이었다. "내 환갑에는 상다리가 부러지게 한 상 차려 잔치를 벌일 끼다이!"라는 말을 입에 달고 살았다. 부모가 일찍 죽어서인지 자신은 환갑을 넘기는 게 소원이었다. 그런 아버지는 자식에게 짐이 되지 않겠다는 신념도 확고했다. "뭐 하러 병원에 누워 돈을 갖다 바친다냐. 내는 그런 짓은 안 할 끼다. 자식들 피고름 빼먹는 짓은 절대로 안 할 끼구마이. 아파 죽었으면 죽었지!"라고 말하며 아버지는 병원에 입원시켜도 주삿바늘을 빼고 도망치는 위인이었다. "내 병은 내가 더 잘 안다아." 그렇게 고집부리며 단골 약국에서 독한 진통제를 한 뭉치나 사다 놓고 고통을 삼켰다. 아버지의 방에는 늘 약봉지가 수두룩했다.

의문의 전화가 끊긴 후 더는 전화벨이 울리지 않았다. 모두 잠자리에 든 지 몇 시간이나 지났을까? 새벽 일찍 전화벨이 울렸다. 선이가 냉큼 일어나 전화를 받았다. 고향 집에서 걸려 온 전화였다. "아부지가 쓰러졌다아! 빨리 오이라!" 다급한 오빠의 목소리가 젖어 있었다. 선이와 막내는 혼이 빠져나간 모습으로 뛰어나가 택시를 잡아탔다. 침묵의 시간은 길고 어두운 터널 안에서 멈춘 듯 더디게 흘렀다.

아버지는 방바닥에 떨어진 수화기 옆에 쓰러져 있었다고 했다. 그 말을 듣는 순간 선이와 막내는 새벽 한 시에 걸려 온 의문의 전화가 아버지였음을 확신했다. 가슴이 천 갈래, 만 갈래로 찢어져 나갔다. 소식을 듣고 달려온 큰어머니는 말했다.

— 니 아부지가 막내 오면 서울 따라갈 거라고 목을 빼고 기다렸다아, 고새

를 못 넘기고 가버렸네. 막내 따라 서울 가서 큰 병원도 가볼 거라 하더만.

막내는 비수에 꽂힌 듯 그 자리에 무너졌다. 아버지가 죽다니 믿을 수가 없었다. 아버지는 다른 자식들에게는 죄를 많이 지었다며 편애했던 막내에게 마지막을 의탁하고자 했다. 막내에게 옥이의 행방을 알아봐 달라 부탁한 것도 그런 마음에서였다. 아버지의 방에는 은색 담배 속지가 여기저기 흩어져 있었다. 담배 종이에는 비뚤비뚤 눌러쓴 김수옥, 김수옥, 김수옥, 종이마다 빼곡히 쓰인 그 이름, 옥이를 애타게 부른 흔적으로 가득했다.

살아생전 아버지는 막내에게 자신의 이름을 써 달래서 그대로 따라 썼었다. 그냥 그렸다는 게 맞을지도. 막내는 그런 아버지를 위해 한 칸씩 줄 쳐진 공책에 자음과 모음을 순서대로 적어놓고 아버지가 따라 쓸 수 있게 했다. 아버지는 자신을 위해 공책 한 권을 쓰는 것도 아까워 버려진 담배 종이를 뜯어내 두 손으로 쫙쫙 펼쳐 연필에 침을 묻혀 가며 글을 배웠다. 막내에게 공책과 필통을 선물 받은 아버지는 이제 막 초등학교 입학하는 아이처럼 두 손에 안아 들었다. 세상에서 제일 귀한 것을 받은 사람처럼. 자신의 이름을 쓸 수 있게 된 날, 아버지는 "내 이름이 이렇게 생겼구나!" 하며 벅찬 표정을 감추지 못했다. 아버지는 가족들의 이름과 집 주소를 따라 적느라 방바닥에 무릎을 접고 엎드려 시간 가는 줄 몰랐다. 막내가 도시에서 고등학교 다닐 때, 주말마다 집에 와서 내어준 숙제를 몇 배로 해놓곤 했다. 아버지는 시내에서 가게에 걸린 간판을 읽게 된 날, 새 세상을 만난 듯 신이 나 입을 다물지 못하고 눈꼬리를 올리며 웃었다. "내가 글을 알았으면 대통령도 해 묵었을 끼다!" 그러면서.

아비를 잃은 통곡 소리가 저 바다 멀리 하늘 높이 메아리쳤다. 막내는 물

한 모금 마시지 않고 자신을 벌했다. 상복을 벗어 태우고 일어서기까지 아무것도 입에 대지 않았고, 죽지 못해 살아 있었다. 선이는 아버지를 그리 보낸 건 막내 탓이 아니라 막내를 못 가게 붙던 자기 탓이라며 가슴을 쳤다. 아버지를 땅에 묻으며 통곡하는 막내 앞에 캄캄한 어둠 속 홀로 버려진 또 하나의 막내가 서 있었다. 막내는 눈물이 앞을 가려 아버지 없는 세상은 생각조차 할 수 없었다.

여행지에서 맡는 낯선 공기처럼 서울은 이제 낯설었다. 막내는 아버지 없는 세상에 밥을 먹고 출근해야 하는 설움을 견디지 못해 휴직을 택했다. 아버지 가는 길에 자신이 숨 쉬는 모든 시간을 오롯이 바치기로. 아버지가 구천을 떠돌 시간을 함께 떠돌기로 하고 짐을 싸서 떠난 곳이 바다였다. 강릉 겨울 바다. 눈 앞에 펼쳐진 바다는 하얀 포말을 일으키며 목이 터지라 울어도 그 울음을 삼켜주었다. 막내는 민박집에 머물며 매일 검은 원피스를 차려입고 바다에 나갔다. 겨울비가 내리는 날에도 비를 맞고 걸었다. 어느 날부턴가 민박집 아주머니의 근심 어린 눈꼬리가 따라붙었다. "뭔 일인지 몰라도 산 사람은 살아야지, 시간이 흐르면 다 잊어버리게 되니까 밥도 좀 푹푹 먹고…. 이러다 생사람 잡겠네. 불안해서 살겠나 어디." 막내는 살을 에는 차가운 바람에 자신을 내몰아 벌 받는 것이 차라리 덜 괴로웠다.

엄마가 바다에 빠져 죽은 후로는 바다에서 나는 음식도, 바다 언저리도 찾지 않았던 막내는 아버지가 죽은 지금은 바다에 서 있었다. 그것도 황량하디 황량한 겨울 바다에. 아버지를 떠나보내는 의식을 치르고 있다는 것을, 무의식이 시키는 대로 한 것이 결국 바다였다는 것을 깨달았다. '아버지' 하면 바다가 떠오르는 것은 그 삶이 바다 위에 있었기 때문이었다. 막내는 〈아빠는 마도로스다〉는 노래를 부르며 두 손으로 손 피리를 만들어 불던 아버지 모습이 생시처럼 느껴졌다. 흥겹게 부르던 아버지의 노래는 어딘가 모르게 구슬펐다. '아버지, 아버지가 좋아하는 바다로 저 멀리멀리 마음껏 떠다니세요. 아무 미련 두지 말고 훨훨. 하늘나라에서는 엄마랑 만나 편히 쉬세요. 내 걱정은 말고요.' 막내는 49일이 되는 날까지 바다에 나가 아버지를 만났다. 하루도 빠짐없이. 49일 마지막 날에는 칼바람이 얼굴을 때렸다. 막내는 살을 에는 아픔도 눈물도 바다로 떠나보내며 아버지와 작별 인사를 했다.

막내는 아버지를 보내고 선이 언니를 봐서라도 살아보자고 결심한 날, 불현듯 그곳으로 가야겠다고 생각했다. 아버지의 흑백영화 같은 청춘이 머문 곳, 막내가 태어났다는 그곳, 부산이었다. 49일을 떠돌다 찾은 선택지였다. 막내는 제 발로 찾아왔던 꿈의 도시 서울에서 혼자 살아갈 자신이 없었다. 아버지 없는 하늘이, 그 존재의 유무만으로 삶의 공기는 그렇게 달랐다. 막내가 다시 살기로 택한 그곳은 아버지 청춘의 발자취가, 막내가 첫울음을 터뜨렸다는 사하구 하단이었다.

아버지는 눈앞에서 사라졌지만, 그 존재는 사라지는 것이 아니었다. 중요한 것은 눈에 보이지 않아 마음으로 봐야한다는 어린왕자의 말이 떠올랐다. 막내는 연어가 회귀하듯 그곳으로, 선이 언니와도 가까운 그곳으로 마음이 향했다. 거기엔 둘도 없는 고향 친구 영숙이가 있었고 키다리 아저씨 같은 선생님이 계신 곳이기도 했다. 막내는 언젠가 아버지를 모시고 함께 살 집을 마련하겠다고 모으던 적금을 깼다. 그리고 그곳으로 향했다. 아버지의 숨결이 깃들어 있을 그곳으로.

9
IMF의 그늘

　바깥 날씨가 스산했다. 물기를 잃어 바싹 마른 낙엽은 골목 담벼락 밑으로 몰려 바람 부는 대로 휩쓸려가고 있었다. 막내는 이리저리 흩날리는 낙엽을 보며, 어디로 가야 할지 갈피를 못 잡는 자신을 닮았다고 생각했다. 막내는 넋 나간 사람처럼 터덜터덜 느릿느릿 걸었다.
　대구로 이사 온 지 한 해가 저물어갔다. 계절도 싱숭생숭한 만추의 끝자락이었다. 골목길에 뛰어놀던 아이들도 자취를 감추어버려 텅 빈 골목은 쓸쓸하기 그지없었다. 막내는 대구에 와서 지내는 동안 앞집에 사는 어린 남매와 시장통에 나가면 뛰어와 늘 붙어 다니는 말 못 하는 여자아이와 친구가 되었다. 두 친구 모두 부모가 버리고 떠나 늙은 할머니와 함께 살고 있었다. 앞집 여자아이는 초등 5학년이었는데 학교에 다니지 않고 다섯 살 난 남동생을 돌봤다. 시장통 여자아이는 말을 못 하지만 막내만 보면 씨익 웃으며 다가왔다. 얼마간은 바싹 붙어 따라다니다가 어느 날부턴가 뛰어와 유모차에 손을 얹고 함께 밀고 다녔다. 막내는 아이들이 다가오면 웃으며 아는 체를 했다. 함께 길을 걷고, 시장을 보고, 간식을 나눠 먹고 헤어지며 손을 흔드는 것 외 딱히 할 수 있는 일은 없었다.

그러던 어느 날 오후, 막내는 여느 날과 같이 말 못 하는 여자아이와 시장통을 걷고 있었다. 뒤에서 "새댁! 새댁!" 소리치며 할머니 한 분이 쫓아왔다. 할머니는 가쁜 숨을 몰아쉬며 "아이고, 새댁이 내 손녀딸과 다니는 걸 몇 번 봤제. 불러도 그냥 지나가길래 쫓아 왔네이."라고 숨넘어가듯 말했다. 손녀가 어느 날부터 과자봉지를 손에 들고 오길래 훔쳐 오는 줄 알고 매질했다면서. "말 못 하는 애가 악을 쓰며 손짓하는데 새댁이 들려 보냈다는 거였구먼." 그렇게 말하던 할머니는 줄 게 이것탁에 없다며 검은 봉지에 팔고 있던 채소를 두둑하게 담아 건넸다. 시장바닥에 앉아 하루 종일 채소를 팔아 생계를 책임져야 하는 할머니는 죽지 못해 산다고 했다. 자신이 얼마나 더 살지 모르는 판국에 이 손녀가 멍에라며 눈시울을 적셨다. 막내는 할머니가 잡은 두 손을 놓지 못하고 손녀가 한 살이라도 어릴 때 장애인 보호시설에 보내는 길도 있다고, 해줄 말이 그것밖에 없어 난감했다. 그리 말하고 있는 막내의 눈이 벌겠다. 막내는 경제위기가 닥쳐 부모와 떨어져 지내는 것도 모자라, 기본 교육인 초등학교마저 다니지 못하고 있는 이 아이들의 현실 앞에 가슴이 미어졌다.

막내는 갓 돌 지난 딸의 손을 잡고 걸었다. 딱히 갈 만한 곳이 있는 건 아니었다. 주택이 들어서 있는 골목길을 따라 무작정 걷고 있었다. 만삭인 몸은 곧 동생을 봐야 하는 어린 딸에게 엄마 품에 안기고 업힐 등마저 빼앗아 가 버렸다. 한창 호기심 많은 딸은 집게손가락을 가리키며 말했다.

– 이거 모야?
– 국화꽃이야.
– 이거 모야?

― 낙엽이야.

― 저어기 모지?

― 저 멀리 하늘이야. 오늘은 하늘이 흐리네.

빨간 베레모를 쓰고 빨간 티셔츠를 입은 딸아이는 까만 바탕에 흰 줄무늬가 있는 도톰한 재킷과 바지 차림이었다. 막내는 남의 시선에 신경 쓰지 않고 저렴한 가격에 좋은 옷을 골라 딸에게 입혔다. 한 푼이라도 아껴야 하니까.

매스컴에서는 나랏빚을 갚고자 온 국민이 '금 모으기 캠페인'에 동참할 것을 독려했다. 너도나도 장롱 깊이 보관하던 금반지를 들고나와 나라 살림에 보탰다. 막내도 나라 살림이 위기에 처했다는 불안함에 딸아이의 돌반지를 모두 모아 금 모으기운동에 동참했다. 일한 만큼 벌고 번 만큼 누릴 수 있는 상식적인 세상이 아니었다. 사람들의 마음은 움츠러들어 물건값 끝자리 수 하나에도 민감했다. 막내는 동네 마트와 대형 슈퍼마켓 세 곳을 돌아다니며 딸아이의 분유와 기저귓값을 꼼꼼하게 살폈다. 값을 비교하여 한 푼이라도 더 저렴한 곳을 찾아 물건을 샀다.

하루는 막내와 같은 골목에 세 들어 살던 옆집 아이 엄마가 찾아왔다. 같은 또래 딸아이를 둔 엄마라 가까워진 사이였다. 막내는 막 시장바구니를 내려놓고 정리하려는 참이었다. 옆집 아이 엄마는 낮은 소리로 조심스레 말을 꺼냈다.

― 물가가 비싸 이유식에 넣을 시금치를 못 사 먹이고 있습니더. 아이 먹이게 시금치 몇 줄기만 나눠주면 안 되겠습니꺼?

막내와 비슷한 나이의 아이 엄마는 무슨 죄라도 지은 사람처럼 고개를 푹 숙이고 사정했다.

― 그렇지예. 저도 아이 이유식 하려고 산 거라 조금만 있으면 됩니데이.

막내는 시금치 한 단을 반으로 나눠 아이 엄마에게 건넸다. 온갖 물가가 치솟았고, 어느 집이나 쉽게 구해 먹을 수 있었던 시금치는 금값이었다. 오르지 않은 물품이 없었고 생활필수품 사재기는 뉴스마다 단골 메뉴로 등장했다. 밀가루는 매장에 진열되기가 무섭게 싹 쓸어가는 통에 진열장에서는 찾아볼 수가 없는 품목이 되었다. "막내야! 아이 분유랑 기저귀는 많이 사놨나? 살 수 있는 대로 많이 쟁여놔라. 나라 꼴이 두슨 전쟁 난 것보다 더하다."라고 언니들은 전화기에 걱정을 붙들어 매고 살았다.

막내는 언니들의 걱정에 불안했지만 그렇다고 매일 뉴스에서 떠들고 있는 '사재기'에 합류하는 건 내키지 않았다. 사람들이 우르르 몰려가서 매대에 밀가루가 풀리자마자 앞다퉈 자기 카트에 싣느라 야단법석인 장면은 눈살을 찌푸리게 했다. 뉴스마다 사재기하는 광경이, 치솟는 물가로 불안한 시민들의 모습들이 방송을 탔다.

한국 경제를 이끄는 크고 작은 업체들이 줄줄이 문을 닫았다. 그 과정에 노사의 충돌은 유혈사태를 낳았고, 노동자들은 노임을 받지 못하는 일이 허다하게 벌어졌다. 하루아침에 직장을 잃은 가장들은 거리로 내몰렸다. 삶의 밑바닥으로 추락한 이들은 견디지 못해 스스로 몸을 내던지는 비보가 하루가 멀다고 전파를 탔다. IMF 경제위기 상황에 온 국민이 허우적거리며 슬픔의 도가니에 빠져 지냈다.

아버지가 죽고 난 뒤 부산에서 영숙이와 생활하던 막내는 눈코 뜰 새 없이 직장일에 매달렸다. 누구보다 일찍 출근하고 다른 사람이 다 퇴근한 후 마지막에 사무실을 나왔다. 교육사업을 하던 회사에서는 새로 개업하는 센터장에 막내를 앉혔고, 그곳에서 막내는 둘도 없는 동생인 미희를 만났다. 미희는 같은 고향 여고 후배였다. 대학에 다니면서 막내 밑에서 아르바이트로 일하다 졸업과 동시에 정직원이 되었다. 미희는 막내를 잘 따랐고 그래서 회사에 남았다. 동생이 없던 막내에게 동생이 하나 생긴 셈이었다.

막내는 주말이 되면 미희와 함께 부산에서 구산으로 선이 언니를 찾아갔다. 마침, 미희의 고향 집과 선이 언니 가구점은 걸어서 5분도 채 걸리지 않는 거리였다. 부산에서 구산을 오가며 두 사람은 더 내밀한 시간을 보냈다. 맏딸인 미희는 고생하는 엄마를 위해 뭐라도 도우려는 심성이 고운 효녀였다. 선이는 막내에게 회사 동료들과 먹으라고 넉넉하게 음식을 장만해주었다. 그맘때 선이와 태준은 막내를 결혼시키기 위해 사방으로 남편감을 물색했다. 그러다 태준은 먼 친척 소개로 자신과 이름도 살은 처지도 비슷한 또 다른 태준을 막내에게 소개했다. 막내는 세상에서 제일 믿고 의지하는 언니와 형부가 맺어준 태준과 결혼하기에 이르렀다. 친구 영숙이가 회사 휴가를 내고 막내의 결혼 준비를 도왔고, 동생 미희가 신부 부케를 받았다. 부모가 없는 막내의 예식 준비는 선이가 도맡아서 해냈다. 선이는 오래전 시집가던 날에 예단을 차리지 않아 당했던 수치를 기억하고서 막내에게는 백화점에서 맞춘, 분에 넘치는 예단을 준비해 보냈다.

막내는 영숙이와 같은 동네에 전셋집을 얻어 신혼살림을 차렸다. 그곳에서 첫아이를 낳았고 백일도 지나지 않은 지난해, 태준은 부산에서 대구로 발령이 났다. 태준은 어린 딸과 낯선 곳에서 지내야 하는 막내를 위해 회사 직원의 소개를 받아 안전하다는 집으로 이사를 하게 되었다. 그런 차에 IMF가 들이닥쳤다. 경제 흐름에 민감한 가구점을 하는 선이가 타격이 컸다. 막내는 선이가 힘든 상황이라고 둘째 언니에게 전해 들었다. 선이는 힘들어도 막내에게 아쉬운 소리를 할 사람이 아니기에 막내는 먼저 이야기를 꺼냈다.

— 언니, 요즘 힘들지? 내가 여윳돈이 좀 있으니 보낼게. 내는 돈 쓸 때가 하나도 없다아. 나중에 줘도 되니까 부담 갖지 다라아.

막내는 집을 줄여 이사한 덕에 전세를 얻고 남은 돈과 적금 든 돈을 헐어 모두 선이에게 빌려주었다. 선이가 하소연하지 않아도 선이가 얼마나 힘들지 뉴스만 봐도 뻔히 알 수 있는 세상이었다. 막내에게 선이는 그런 존재였다. 있는 것을 다 주어도 아깝지 않았다. 그런데 일 년도 채 되지 않아 남편은 서울 본사로 다시 발령이 났다. 갑작스러운 소식에 막내는 난감했다. 대구에 정착한 지 얼마 되지 않았는데 또 이사를 해야 한다니, 남편이 가고 싶어 했던 본사 발령이었지만 반갑지 않았다. 서울은 전세가도 높아서 선이 언니에게 빌려준 돈을 돌려받아야 겨우 살 만한 집을 구할 수 있는 형편이었다. 막내는 선이 언니에게 그 사정을 말하는 것이 그리도 힘겨웠다. 모두가 힘든 시국에 빌려준 돈을 돌려달라는 말을 차마 꺼낼 수가 없었다. 어떻게든 방법을 찾아보고자 했지만, 막내는 여윳돈 고두를 다 선이에게 주었기에, 전세를 얻을 만큼 큰돈을 구할 도리가 없었다. 혼자 끙끙 앓던 막내는 하는 수 없이 선이에게 사정을 말할 수밖에 없었다.

— 언니, 우리 서울로 이사 가야 한다네.

– 뭐라고? 갑자기 와?
– 본사로 발령이 나서 급하게 올라가야 한단다. 무슨 회사가 그리 급하게 말하는지.
– 서울은 방이 비쌀 것인데. 형부한테 니 돈을 돌려주라 하꺼마.
– 내년 일월까지 이사하면 되니까 급한 건 아이다.

어렵게 그 말을 하고 난 후, 막내는 자신을 한 대 때리고 싶었다. 당황하는 선이의 목소리에 묻어 있는 근심이 그대로 전해져 온 사방에 먹구름이 낀 듯했다. 막내는 자신도 선이도 어찌할 수 없는 이 상황이 야속하기만 했다. 전화를 끊고 막내는 가슴을 치며 울었다. 아무리 소리 내 울어도, 며칠을 울어도 무거운 돌덩이를 안고 사는 기분은 나아지지 않았다. 오히려 짓눌러 오는 갑갑함은 날이 갈수록 더할 뿐이었다.

그날 저녁, 막내는 설거지하면서도 온갖 상념들로 머릿속이 뒤죽박죽이었다. 급히 큰돈을 마련해야 하는 형부의 어두운 낯빛이 온통 머릿속을 가득 메웠다. 덩달아 걱정을 안고 있을 선이 언니를 생각하니 마음이 찢어질 듯했다. 눈물이 앞을 가렸다. 누구를 원망해야 할지 알 수 없었다. '이게 뭐람! 언니를 위한다는 게 오히려 궁지에 몰리게 했으니 이 현실을 도대체 어떻게 해야 하냐고!' 하고 속으로 소리치며 막내는 갑갑한 마음에 가슴이 터질 것 같았다. 막내는 설거지하다 말고 수도꼭지를 크게 틀어놓고 악 소리를 질렀다. 그래도 속은 뚫리지 않았다. 갑자기 뭐라도 하나 집어던지고 싶은 충동이 일었다. 순간 닦고 있던 접시를 내리쳤다. 하얀 파편이 싱크대를 벗어나 바닥으로 튀어 오르는 동시에 붉은 피가 막내의 손가락을 타고 흘렀다. 막내는 손가락을 싸안고 바닥에 철퍼덕 주저앉아 엉엉 울었다. 서러운 울음이 마구 터져 나왔다. 울음소리에 놀란 태준이 뛰어왔다. 그 찰나 전화벨 소리가 울려 퍼졌다.

10
마지막은 예고 없이

 여느 날처럼 한 아침이었다. 찬바람이 스산해지는 11월, 대지는 물기를 다 빼앗기며 말라가고 있었다. 이유도 없이 저마다의 가슴에 아련함이 파고드는 계절이기도 했다. 선이는 식탁을 치우고 싱크대에 매달려 설거지하느라 바삐 손을 움직였다. 태준이 가까이 다가온 줄도 모르고 인기척에 화들짝 놀라 뒤돌아보았다. "아직 안 내려갔어예?" 2층 살림집에서 1층 가게로 내려가는 계단을 턱으로 가리키며 선이가 말했다. 태준은 무엇을 잃어버린 사람처럼 고개를 숙이고 바닥을 두리번거렸다. 한참을 머뭇거리던 태준은 선이에게 다가와 엉거주춤 두 팔을 내밀었다.

- 한 번만 안아보자!
- 아침부터 와 그래예. 평소답지 않게 참 나….

 선이는 대수롭지 않게 돌아서 설거지를 마저 했다. 태준은 물러서지 않고 한 번 더 말했다.

— 한 번만 안아보자!

선이는 뒤에서 안으려는 태준의 팔을 거세게 뿌리쳤다. 쏟아지는 물이 아깝다는 듯이 그릇 헹구는 손길을 멈추지 않고서. 태준은 그 자리에서 어물쩍거리다 터벅터벅 계단을 내려갔다. 선이의 뒤통수에다 대고 맥없는 소리로 말했다. "내 멀리 배달 좀 다녀오꺼마." 하고.

선이는 돌아보지 않고 하던 일을 끝내기에 바빴다. 어젯밤 돈 문제로 언성을 높인 것이 미안해서 그런가 하고, 별생각 없이 잊어버렸다. 선이는 손님 맞을 준비를 하고 가게에 내려갔다. 태준은 없었다. 바닥에 물걸레질하고 남은 물기가 햇살에 반짝거렸다. 태준은 청소를 끝내놓고 배달을 간 모양이었다. 선이는 도로 맞은편 1호점으로 건너갔다. 그곳도 깨끗이 청소되어 있었다. 선이는 딱히 할 일도 없고 오가는 손님도 없어서 가게 두 곳을 오가며 마른 수건으로 가구들을 닦으며 시간을 보냈다. 태준이 평소에 얼마나 자주 손질했는지 도로변인데도 불구하고 먼지 한 톨 묻어나지 않았다. 아직 개시도 못 했는데 시간은 꾸역꾸역 한나절이 지나가고 있었다. 어느덧 점심시간이 가까웠다. 태준은 아직 돌아오지 않았다.

'이 사람이 어디 다른 지방으로 배달 갔나?' 선이는 기다리다 늦은 점심을 혼자 먹었다. 해가 기웃기웃 저물어갔다. 그때까지도 태준은 연락이 없었다. 가게에 다녀간 손님이라고는 개미 한 마리도 없었다. 태준을 기다리던 선이는 저녁때가 되어도 돌아오지 않자, '혹시 오가는 길에 어머니에게 들렀나?' 하고 생각했다. 가끔 가구 배달을 나갔다가 그런 적이 있었기에 선이는 시댁으로 전화했다. 어머님은 태준이 온다간다 아무 기별도 없었다고, 아들이 멀리 배달 갔거니 했다.

선이는 태준이 갈 만한 곳이 딱히 떠오르지 않았다. 늘 가구점에 붙박이처럼 지키고 섰던 사람이니 당연한 일이었다. 선이는 어디로 가는지 물어라도 볼 걸 뒤늦은 후회를 했다. '설마 곧 오겠지, 오겠지.' 하며 기다리다 보니 어느새 날이 어두웠다. 그날 밤이 늦도록 태준은 돌아오지 않았다. 하루 종일 가게에 매달려 있던 선이는 일정한 간격을 두고 울리는 수상한 전화를 받았다. 수화기를 들면 뚜뚜 기계음만 들리고 아무 말이 없었다. 그러고는 끊어버리는 통에 선이는 약이 올랐다. 또다시 전화벨이 울렸다.

— 여보세요.
— 뚜우 뚜우 뚜우
— 전화했으면 말을 해야지예. 벌써 몇 번째, 뭐 하자는 건지 모르겠네. 참나!

보이지 않는 상대방이 들으라고, 무슨 말이라도 하길 바라며 선이는 수화기에 대고 언성을 높였다. 선이의 말이 끝나기도 전에 전화는 끊겼다. 선이는 거칠게 수화기를 내려놓으며 애꿎은 화풀이를 했다. "도대체 어디까지 배달을 갔기에 이리 늦는단 말이고?"라고.

평소 장거리 배달은 배달업체를 불러서 보냈었다. 그러나 요즘은 나라가 금융위기를 맞아 어지러운 데다 가구거리는 쥐 죽은 듯 고요했다. 사람들의 발길이 끊기고 그나마 결혼을 앞둔 예비부부 덕에 근근이 입에 풀칠이나 하는 꼴이었다. 한 푼이라도 아껴야 하는 마음은 시린 공기만큼이나 사람을 움츠러들게 했다. 선이는 '설마 오겠지!' 하며 기다리다 잠깐 잠이 들었다. 똑딱거리는 벽시계가 새벽이 오고 있음을 알렸다. 자다 깨어난 선이는 다시 태준을 기다리던 현실로 돌아왔다. 선이의 마음 안에서 설마 하는 믿는 마음과 무슨 일이 있나 하는 의구심이 충돌하기 시작했다.

날이 밝자, 선이는 아침 일찍부터 태준의 소식을 알아낼 만한 곳에 차례대로 전화를 돌렸다. 아무도 태준을 봤다거나 소식을 아는 사람이 없었다. 도대체 어딜 간 거야? 애를 끓이며 기다림의 시간이 시작되었다.
'별일 없겠지.' 하던 마음은 어느새 화로 바뀌었다. 왜 연락도 한번 안 하는 거지? 이건 아니잖아! 화가 난 마음은 차차 두려움으로 변해갔다. 평소 태준의 성격에 집을 비우며 전화를 안 할 사람이 아니었다. 문득 선이는 귓가에 울리는 목소리에 머리가 하얘졌다.
'한 번만 안아보자!'
'한 번만 안아보자!'
태준이 어제 아침에 집을 나가기 전 내뱉은 그 말이 뇌리를 쳤다. 뇌리에 박힌 그 말은 꼬리에 꼬리를 물고 뱅뱅 돌았다.
'한 번만 안아보자!'
'한 번만 안아보자!'
태준의 눈빛이 그제야 선명히 떠올랐다. 눈물 머금은 듯 젖어 있던, 뭔가 할 말이 있는 듯 애절한 눈빛이었다. 그래서 더 외면해 버린, 그 눈빛이 이제야 가슴에 요동쳤다. 다급해진 선이는 경찰서에 전화를 걸었다. 숫자를 누르는 손끝이 바들바들 떨렸다. "경찰서지요. 사람을 찾습니더."라고 말하는 선이의 목소리가 자신도 모르게 갈라졌다. 선이는 '사람을 찾습니더.' 그 말을 내뱉는 순간 울먹이고 말았다. 아무렇지 않게 별일이야 있을까, 하며 기다리던 마음은 실종신고를 내는 순간부터 출렁이기 시작했다. 지하 깊숙한 곳에서 지하수를 퍼 올리듯 심장이 펌프질 해댔다.

– 찾는 사람 이름은요?
– 이태준입니더.
– 인상착의가 어찌 됩니까?
– 키 175에 보통 체격이라예. 베이지색 점프에 검은색 바지를 입고 있습니더.
– 나갈 때 특이 사항이 있었나요?
– 배달 간다고 흰색 트럭을 몰고 나갔어예. 혹시 인근에 교통사고 난 일이라도….

차마 내뱉지 못한 의구심이 입 밖으로 튀어나오고 말았다. 그때까지도 말이 씨가 될까 봐 '교통사고'라는 말을, 목구멍으로 꾸역꾸역 치밀어오르는 그 말을 스스로 누르며 금기어로 묶어두고 있었다. 혼란스러움은 점점 미궁 속으로, 두려움 속으로 선이를 몰아넣었다. 도대체 어디로 간 것일까? 무슨 일이 일어난 것일까? 왜 전화 한 통을 못 하는 것일까? 선이는 애간장이 타들어 갔다. 불길한 온갖 생각들에 사로잡혀 시간이 어떻게 가는지 몰랐다. 경찰서에서 무슨 소식이라도 올까 봐 전화기에 온 신경을 곤두세우고 매미처럼 붙어 있었다.

선이는 아들 환희에게는 티를 내지 않고 할 일을 하게 했다. 학교에서 돌아온 아들은 시계가 한 바퀴씩 돌 때마다 학원 가방을 바꿔 들고 나갔다. 선이는 멀리 있는 막내에게 전화하고 싶은 마음이 간절했지만 그만두었다. 막내는 만삭인 데다 서울에 집을 알아보느라 뒤숭숭한 판국이었다.

그날 밤에도 태준은 돌아오지 않았다. 전화기에 목을 맨 사람처럼 잠 못 드는 선이가 있을 뿐이었다. 기다림 속에 날이 또 밝았다. 선이는 수만 겁의 세월을 보낸 것처럼 요 며칠이 아득하게만 느껴졌다. 처음 태준의 부재를 인식하고 발을 구르던 조급함과 두려움은 소식을 기다리는 간절함 때문에 흐려진 듯했다. 오로지 기다림만 있을 뿐이었다. 선이는 제발 무사히 태준이 돌아오게 해달라고 빌고 또 빌었다. 돌아오기만 하면 아무 불평도 하지 않으리라, 주어진 대로, 이 힘든 시국을 함께 버텨가겠다고 눈물로 다짐했다. 답답한 마음에 삼십 분을 못 넘기고 매번 경찰서에 전화를 걸었다. 몇 해 전 죽기 전날, 막내를 애타게 기다리던 아버지처럼. 수화기 너머 경찰의 목소리는 어느새 짜증이 묻어 있었다. 확인하는 대로 연락하겠다는 말 외에 아무런 소식을 들을 수가 없었다. 도대체 태준은 어디로 숨어버린 것일까? 그렇게 또 어둠이 기웃거리고 있었다. 직장인들이 힘든 하루 일을 끝내고 집으로 돌아가는 시간, 마침내 전화벨이 울렸다.

— 이태준 씨 보호자 되십니까?
— 예에, 제가 집사람입니다.
— 경남병원으로 오셔서 신원 확인 바랍니다.

선이는 정신 나간 사람처럼 달려 나갔다. 손을 흔들어 택시를 잡아탔다. "아저씨 빨리 좀 가주이소. 사람이 위급합니더." 달리는 차 안에서 선이는 기도했다. 제발 살아만 있게 해달라고. 그 사람과 함께라면 어떤 고통도 다 이겨 낼 수 있다고.

11
목숨값

　태준은 밤새 뜬 눈으로 뒤척였다. 가게와 한 블록 뒤편 건물에 있는 작은 교회에서는 통성 기도를 하는지 짐승의 울음소리를 닮은 울부짖는 소리가 끊이지 않고 들려왔다. 그러다 또다시 무슨 소리인지 알아들을 수 없는 웅얼거리는 기도 소리가 밤하늘에 울려 퍼졌다. 무엇이 저들을 그렇게 간절하게 기도하게 만드는지 태준은 자신도 신에게, 어떤 절대자에게 한 번쯤 매달려보고 싶다고 생각했다. 그러면 사정이 좀 달라지려나.
　태준은 자리를 털고 일어났다. 방 안의 어둠에 익숙해지자, 창으로 기어든 여명 속에 옆으로 돌아누워 새우잠을 자듯 웅크린 선이의 실루엣이 드러났다. 태준은 도둑고양이처럼 몸을 웅크린 채 벽에 걸려 있는 운동복 바지와 점퍼를 주섬주섬 찾아 입었다. 그러다 언뜻 선이가 덮고 있는 이불속으로 파고들어 그대로 함께 잠들고 싶다는 유혹에 한동안 잠든 선이의 얼굴을 물끄러미 들여다보았다. 이대로 선이를 안고 한바탕 울음을 토해낸다면 답답한 속이 풀릴까? 그러고 싶다는 강한 유혹을 느끼며 갈등하는 태준과 달리, 선이는 아무것도 모른 채 고른 숨을 내쉬고 있었다. 태준은 무슨 생각을 하냐고 자신을 나무라듯 머리를 가로저으며 살며시 계단을 내려왔다. 문밖에서 누가 지켜보기라도 하듯 주위를 한번 휘둘러보고는 가게를 빠져나와 약수터로 향했다.

띄엄띄엄 가로등 불이 켜진 골목길을 벗어나 좁은 산길로 접어들자, 싸한 공기가 찌르르 폐 속을 찔러댔다. 익숙한 숲의 냄새가 잠시나마 평온함을 주었다. 건조한 날씨에 메마를 대로 말라비틀어진 나무껍질은 금방이라도 마른 비늘을 우두둑 쏟아낼 것만 같았다. 바람에 쓸려 떨어져 나갈법한 그것들은 무슨 영화를 보겠다고 간당간당 덜러 붙어 아직 그 존재를 부지하고 있는지, 태준은 자신도 끝까지 부여잡고 싶은 무언가가 남아 있을까 생각했다. 문득 활짝 웃는 어린 날의 환희 얼굴이 떠올랐다. 훌쩍 자라버린 요즘은 환희도 잘 웃지 않는다는 생각에 고개를 주억거렸다.

앞서가는 사람 중에는 새벽에 약수터를 오가며 낯이 익은 얼굴이 몇몇 보였다. 평소 서로 밝게 인사를 나누던 사람들이었다. 태준은 그마저도 부질없어 고개를 푹 숙이고 시선을 내리깔고 걸었다. 약수터에 도착하면 무의식적으로 하게 되던 맨손체조도 건너뛰었다. 점퍼에 달린 모자를 덮어쓰고 약수 받는 자리에 줄을 섰다. 태준은 차례가 되자 기계적인 동작으로 생수병에 약수를 가득 채우고 있었다. 무심코 평소보다 물통을 더 많이 챙겨왔다는 사실에 움찔했다. 집에 비어 있는 생수통을 고조리 챙겨 배낭에 가득 채워 담고 양손에는 큰 물통을 하나씩 들었다. 물맛이 좋다고 알려진 이곳 약수터는 사람들의 발길이 끊이지 않았다. 2호즘 가게로 이사한 후 태준은 하루도 빠짐없이 약수를 떠다 날랐다. 태준에게는 이 시간이 그나마 숨구멍을 틔게 해주는 시간이었다. 숲길을 조용히 걷다 보면 평정심을 되찾게 하는 힘을 느꼈었다. 태준은 산에서 내려오며 그날따라 무엇인가 두고 온 것 같은 허전한 마음에 발길을 멈추고 서서 몇 번이나 뒤돌아보곤 했다. 두 팔을 휘저으며 맨손체조를 하는 사람들, 줄을 서서 정성스레 약수를 받는 사람들로 숲은 여전히 활기찼다. 그 활기찬 기운에 끼어들지 못하고 태준은 혼자 처진 기분으로 터벅터벅 힘없이 걸었다. 그곳에 자신이 섞여 있는 그림이 그려지지 않았다.

어느새 희뿌연 하늘이 서서히 열리며 멀리 하얀 타일로 외벽을 감싼 2층 가구점이 보였다. 가게가 가까워질수록 태준은 가슴이 조여옴을 느꼈다. 좁은 산길을 내려와 집들이 들어선 골목길을 걸어 내려오자 큰 도로에는 시내버스가 운행 중이었다. 버스 안에는 새벽 일을 나가는 사람들인지 잔뜩 움츠리고 앉은 몇 사람이 보였다. 저들은 새벽부터 어디로 무슨 일을 하러 나가는 걸까? 무엇을 위해. 따뜻한 밥이라도 한술 뜨고 나왔을까? 눈앞에 펼쳐진 모습을 보며 태준은 야릇한 통증과 함께 슬픈 감정이 치솟아 올랐다. 어쩐지 이마저도 생경한 풍경처럼 느껴졌다. 넋 나간 사람처럼 뚜벅뚜벅 가게가 있는 도로로 접어들 때였다. 그때였다. 가게 건너 길모퉁이에 검은 물체가 어슬렁거리다 몸을 숨기는 것이 느껴졌다. 순간 태준은 뒤에서 누군가 목덜미를 잡아당기는 듯 온몸의 세포가 날을 세웠다. 쫓기듯 얼른 가게 문을 열고 들어서자 시커먼 어둠 속에 우뚝 선 가구들이 태준을 덮쳐올 것만 같았다. 정적이 도는 가게 안에 발을 들여놓기가 무섭게 이른 아침부터 전화벨이 울렸다. 태준은 가슴이 철렁 내려앉았다. 물통을 바닥에 내팽개치듯 내려놓고 황급히 수화기를 들었다.

　― 어이, 박 사장요, 알지예. 딱 오늘까지! 오늘 밤을 넘기면 어찌 되는지 두고 보면 알 것이고! 지켜보고 있으니 허튼짓 말고 약속 지키자고요!
　― 예에.
　― 지금 약수 받으러 다닐 한가할 때가 아닐 낀데…. 이따 오후에 가게로

갈 테니 알겠습니꽈?
- 아입니다. 제가 그리로 가겠습니더.
- 참말로? 이번에도 약속 안 지키면 얄짤없다 카이!

태준은 누가 듣기라도 할까 봐 주위를 둘러보며 소리를 낮춰 말했다. 전화를 끊고 한동안 그 자리에 멍하니 앉아 있던 태준은 온몸에 소름이 끼쳤다. 벌써 며칠째 전화로도 모자라 가게 주변을 얼씬거리고 있는 족속들이 징글징글했다. 모두 지옥에나 떨어져 죽어버렸으면 좋겠다고 생각했다. 한참을 웅크리고 있던 태준은 '이젠 갔겠지.' 확신이 든 후에야 일어서 물통을 2층 살림집으로 옮겨 놓았다. 태준은 '이 정도 물이면 둘이 얼마 동안 먹을 수 있으려나?' 속으로 가늠해 보는 자신을, 그런 자신을 지켜보는 또 다른 태준이 비웃고 있다는 것을 알았다.

'아직도 미련이 남았나? 산 사람은 어떻게든 살 것을 누가 누굴 걱정하고 있단 말인가?' 태준은 들고 온 물통을 현관 바닥에 조용히 내려놓았다. 주방 쪽에서 선이가 아침 준비를 하는지 달그락거리는 소리가 들렸다. 태준은 발소리를 죽여 환희가 잠든 방문을 살며시 열고 들어갔다. 어젯밤 일이 가시처럼 걸려 있었다.

어젯밤, 태준은 계단을 내려오는 발걸음 소리에 움찔 놀랐다. 선이었다. 태준은 선이를 보자 눈을 마주치지 못하고 고개를 숙였다. 선이는 계단을 내려가다 중간쯤에 선 채로 태준을 향해 말했다.

- 막내 돈을 빨리 갚아야 하는데 언제까지 될 것 같습니꺼?
- 요즘 손님이 없어서 큰돈을 만들기가 쉽지 않네이.

태준은 기어들어 가는 목소리로 말했다. 선이가 짜증이 났는지 언성을 높였다.

- 지난달부터 미리 말했는데 동생 돈부터 보내야지예. 서울에 방을 구했다는데 우리가 돈을 줘야 잔금을 치를 거 아입니꺼? 엊그제도 큰 장롱을 팔았는데, 왜 안 줍니꺼?
- 그게…. 딴 데 들어갈 게 좀 급해서…. 내도 다 알고 있으니, 좀만 더 기다리면 보낸다 해라.
- 언제까지예. 다른 것보다 동생 돈부터 해줘야지 자기 동생 아니라고 그랍니꺼? 날도 추운데 어린애 데리고 서울 가서 방도 없으면 어쩌라고.
- 내가 왜 모르겠노. 절대로 처제 길바닥에 나앉게는 안 할 끼다아.

선이는 무엇이 그리 서러운지 울먹였다.

- 지금 이게 사는 깁니꺼? 아무리 아끼고 아껴도 안 되는 기라예. 내가 못 묵고 추워도 됩니더. 딴 거 모르겠고 막내 돈은 빨리 구해 주이소. 나 같으면 진즉에 이 가게를 넘기고 제부네 회사에 취직했을 겁니더. 기술도 있겠다, 월급도 많이 준다더니만. 이리 버티고 앉아 돈을 다 까먹고 있으니 한창 먹을 나이에 환희만 불쌍하지, 맛있는 것도 제대로 못 먹이고.
- 처자식 고생 안 시키고 먹을 걱정 안 하게 해야 하는데 미안하게 됐다 이. 내가 다 못난 탓 아니겠나. 환희 엄마 볼 면목이 없네이.

태준은 계단에 서 있는 선이를 바라보던 차에 계단을 딛고 내려오려는 발끝을 보았다. 환희였다. 난간에 가려 얼굴은 보이지 않았지만 아래로 내려오던 두 발은 잠시 멈춘 뒤, 뒷발꿈치를 들고 다시 뛰어 올라가 버렸다. 그 모습을 보는 순간, 태준은 송곳에 찔리듯 찌르르 가슴이 아렸다. 환희마저 고충을 겪게 할까 봐 앞이 깜깜했다. 어둠 속에 갇혀 길이 보이지 않았다. 조카의 빚을 갚느라 급전을 쓴 것이 이렇게 큰 문제가 될 줄 몰랐다.

지난겨울 어느 날, 집을 나가 몇 년째 행방을 감춘 큰조카가 다급한 목소리로 전화했었다.

— 삼촌! 나 좀 구해줘요! 제발 좀 살려 주이소.
— 무슨 일이고? 도대체 어디 있는데?
— 업소에 붙들려 있습니더. 빚을 갚지 못하면 평생 여기서 일하다 죽어야 한다고. 도망치다 잡혀서 맞아 죽을 뻔했어예. 300만 원을 갚으면 보내 준답니더. 삼촌, 제발 나 좀 살려 주이소!

태준은 큰조카를 모른 척할 수 없었다. 2호점을 내면서 이미 돈을 끌어다 쓴 데다가 수입이 예전 같지 않아 당장에 그만한 돈이 수중에 없었다. 가구점이 이전보다 어려워지면서 그만두게 된 직원이 돈이 필요하면 연락하라고 했던 말이 퍼뜩 스쳤다. 태준은 그에게 연락해 돈을 구할 수 있었다. 그때까지도 이자가 이렇게 빨리 불어나는 돈인 줄은, IMF 사태가 이리 길어질 줄은 꿈에도 몰랐었다. 매달 번 돈으로 선이 몰래 이자를 내기도 급급해서 원금은 아예 손도 대지 못하고 있었다. 이자를 못 갚으면 이자에 이자까지 붙어 눈덩이처럼 불어났다. 외환 위기가 이렇게까지 오래, 삶의 밑바닥까지 덮칠 줄은 모르고 한 일이었다. 그때까지도 금방 빚을 갚을 수 있겠다고 생각했다. 돈을 빌린 사채업자에게 이자 내는 기일을 한 번이라도 어기면 온갖 험악한 말과 협박에 시달렸다. 요즘 들어 이자를 한 푼도 못 내고 있었다. 그들은 급기야 가게 주변을 어슬렁거리며 압박을 가했다. 태준은 사람답게 사는 길을 포기하고 싶은 적이 한두 번이 아니었다. 엎친 데 덮친 격으로 막내 처제가 서울로 이사하게 되어 빌린 목돈마저 게워 내야 할 판이었다. 태준은 속이 시꺼멓게 타들어 갔다.

태준은 몸을 낮춰 잠든 환희를 살포시 안아보았다. '착한 내 아들! 잘 자라주어 고맙다.'라고 속엣말을 했다. 어젯밤 아래층에서 엄마와 아빠가 하는 이야기를 우연히 듣게 된 아이는 들었다는 사실을 모른 척하느라 다시 자기 방으로 들어간 것이라고 태준은 생각했다. 부모가 곤란해할까 봐 눈치 볼 줄 아는, 부모의 마지막 자존심을 지켜줄 줄 아는 아이로 커버린 환희가 가여웠다. 태준은 이불을 끌어 올려 덮어주며 잠든 환희의 얼굴을 손끝으로 어루만졌다. '꿈 많은 너를 위해 나는 무엇을 해야 최선을 다한 아빠가 될까? 제발 좋은 기억만 간직하고 살렴.' 태준은 뜨거운 눈물을 삼키며 방을 나왔다.

태준은 아침을 먹는 둥 마는 둥 했다. 갑자기 무언가가 목구멍에서 울컥 치밀었다. 이런 아침이 다시는 오지 않을 거라는 예감이 사실처럼 다가왔다. 돼지고기 한 점이나 참치를 넣어 먹던 김치찌개는 멀건 국물만 흥건했다. 정성이 들어가지 않은 음식이라고 선이가 싫어했던 달걀프라이도 감사하게 먹어야 했다. 말라비틀어진 김 조각이 차려진 밥상은 근래 바뀌지 않는 고정메뉴였다. 밥상 앞에서도 태준은 늘 죄인이 되었다. 모두가 능력 없는 자신의 탓이라 여기면서도 한편으로 억울한 생각이 고개를 쳐들었다.

이게 다 무엇 때문일까? 태준은 캄캄한 새벽에 일어나 가족의 건강을 위해 약수를 떠다 나르고, 종일 가게에서 손님을 맞고, 가구를 배달하고, 어두워지면 저녁을 먹고 잠이 들었다. 그런 단순한 생활에도 감사하고 행복했었다. 사채업자의 돈을 빌려 쓰기 전까지는 이런 고통에 시달릴 줄은 꿈에도 몰랐다. 태준은 억울하다고 속으로 소리쳤지만, 한번 엎어진 물은 되돌릴 수 없다는 사실을 받아들였다.

가구점은 찾아오는 손님들의 발길이 끊긴 지 오래되었다. 나라가 금융위기에 처하면서 가구거리에는 찬 바람이 불다 못해 꽁꽁 얼어붙은 상태였다. 이따금 결혼을 앞둔 예비부부들이 들렀지만 그나마 돈 번은 이자를 갚기에도 급급했다. 갚는다는 표현보다는 갖다 바쳐야 했다. 태준은 어렵사리 번 돈을 사채업자 입으로 들어가는 것이 분하고 원통했다. 하지만 이자를 못 갚는 날에는 사람 취급은 고사하고 험악한 협박 전화에 시달려 치가 떨렸다. 자신이 이 세상 밖으로 점점 소멸해 가고 있다는 비참함에 무릎을 꿇었다. 그들이 시도 때도 없이 숨통을 조이는 바람에 지칠 대로 지쳐 어디론가 숨어버리고 싶었다. 가족이 없었다면 백번도 더 그랬을 터였다.

그날 아침에도 태준은 습관처럼 가게 청소를 했다. 2층에서 가방을 메고 내려오는 환희의 얼굴을 똑바로 바라보지 못하고 물걸레질하는 척 고개를 떨구었다.

― 아빠! 학교 다녀오겠습니다!
― 응, 그래! 차 조심하고.

태준은 등교하는 환희를 돌려세워 힘껏 끌어안고 싶었다. 얼굴을 맞대고 볼을 비비며 머리를 쓰다듬고 싶다고 생각했다. 녀석의 얼굴에 눈물을 떨굴 게 뻔하여 차마 그러지 못했다. 가게 입구에 서서 점점 작아지는 환희의 뒷모습을 가슴 깊이 새겨 넣었다. 얼음처럼 차가운 볼을 타고 뜨거운 눈물이 쏟아졌다. 환희의 뒷모습이 보이지 않자, 태준은 몇 발짝 더 앞으로 걸어 나가 기린처럼 고개를 쭉 뺐다. '저 아이를 제발 잘 보살펴달라'고 하늘에 대고 빌고 또 빌었다.

태준은 2층으로 올라가 선이를 한 번 더 불러볼까도 생각했다. 마지막 지푸라기라도 잡고 싶은 심정이었다. 좀 전에 이미 핀잔을 당한 통에 또다시 거절당할까 봐, 발소리를 죽여 2층 계단을 올라갔다. 선이는 집안일을 끝내고 씻는 모양인지 욕실에서 물소리가 들렸다. 태준은 돌아서 가게로 내려왔다. 발걸음이 떨어지지 않아 다시 한번 가게를 휘둘러보았다. 어젯밤 정리해 둔 책상을 물끄러미 바라보다 막내 처제와 동서인 태준을 떠올렸다. 동서 태준에게 전화할까, 망설이다 그만두었다. 동서 태준은 "형님, 금융위기로 나라가 어지러운데 가구점을 붙들고 있으면 뭐 하겠습니까? 우리 회사 하청 업체인데 형님 목공기술이 좋으니 알아봐 드릴게예."라고 했었다. IMF를 겪으며 가구점이 어려워지자, 가구점을 접고 인테리어회사에 취업하는 게 어떻겠냐고, 마침 아는 업체가 있어 소개해 주겠다고. 태준은 몇 번이나 마음이 흔들렸던 게 사실이었다. 그러나 태준은 자유의 몸이 아니었다. 사채업자들은 모르는 게 없었다. 아이가 어느 학교에 다니는지, 선이의 친정집이 어디서 가게를 한다는 사실까지도 알아내 돈을 갚지 않으면 가족들이 무사하지 못할 거라고 협박을 해댔다. 가구를 하나 팔기라도 하면 어찌 알고 나타나 그 돈을 낚아채 갔다. 가진 건 몸뚱이 하나밖에 남지 않더라도 그 몸뚱이를 팔아서라도 놈들은 돈을 앗아갈 위인들이었다. "남의 돈을 빌렸으면 돈을 갚아야지! 어데 날짜를 어깁니꽈! 내일까지 안

갚으면 가게를 확 엎어버릴 테니 좋은 말로 할 때 갚으쇼이." 허구한 날 협박에 시달려오던 태준은 살고자 하는 희망을 놓았다. 막내동서가 있는 곳으로 떠나버리면 어떨지 하는 생각을 안 해본 것은 아니었다. 그러나 빌린 돈을 갚지 않고서는 이 바닥을 뜰 수가 없었다. 놈들에게 통하지 않는 방법이었다. 무엇보다 직장을 소개해 준 막내동서마저 피해를 보게 될지도 몰랐다. 그리될까 봐 두려워 태준은 한 가닥 희망마저 접었다. 사채를 쓴다는 것이 목숨을 저당 잡히는 살벌한 짓인 줄은 몰랐었다. 알았다면 절대 기웃거리지 않았을 것이다. 태준은 불어나는 이자 때문에 원금을 갚을 엄두도 못 내게 하여 평생 피를 빨아먹겠다는 악랄함에 치를 떨었다. 죽어야만 끝날 일이라는 생각밖에 들지 않았다.

태준은 가게 안에서 일을 처리하던 의자에 앉아 보았다. 어젯밤, 외상을 못 갚아 미안하다고 거래처마다 전화하느라 책상 위에는 전화번호부가 그대로 놓여 있었다. 책상 위에 놓여 있는 서류 파일들을 정리해 제자리에 꽂아두었다. 책꽂이 한쪽 끝에 반으로 접어 모아 둔 지로용지에 눈길이 멈췄다. 대금을 내지 못한 전기세, 수도세, 전화비 청구서 몇 달 치가 쌓여 있었다. 한쪽에 밀쳐두었던 검은 색 표지의 외상장부를 보니 어제 걸려 왔던 결제 대금 독촉 전화가 떠올랐다. 전화벨이 울어댈 때마다 돈을 내라는 소리뿐이었다. 태준은 땅이 꺼지라고 한숨이 터져 나왔다. '환희 엄마가 보게 되면 얼마나 놀랄까?' 하지만 언젠가는 보게 될 것을 알기에 보관해 두는 것이 맞는 일이었다. 보험을 든 증서와 은행거래 통장, 인감도장도 가지런히 눈에 띄게 서랍 한가운데 넣어두었다. 태준은 밀린 청구서들을 보며 날이면 날마다 지옥 같은 날이 반복되리라는 생각에 숨이 막혀왔다. 이런 삶을 사는 게 무슨 의미가 있나? 남의 돈을 썼으면 갚아야 하는 것이 옳았다.

그게 맞다는 것을 알지만 당장 내줄 돈이 없다는 것이 죄라면 죄였다. 외환 위기가 이토록 삶을 휘저어 놓을 줄 누군들 알았겠냐만 대비 못 한 자신이 죄인이었다. 지나간 일을 들먹여봤자 다 부질없었다. 억장만 무너져 내릴 뿐. 더 나아질 어떤 방법도 떠오르지 않았다. 태준은 뭔가 각오한 듯 숨을 크게 가다듬고 전화를 걸었다.

— 어이! 이 사장이 먼저 전화를 다 주시고! 돈은 다 준비됐능교?
— 오후에 거래처에 들러 돈을 받아 갈 테니 가게에는 찾아오지 마시라고 전화했습니다. 거리가 좀 먼 데라서 오늘 안으로는 찾아가겠습니더. 약속합니더. 그러니 제발 가게 근처에는 얼씬거리지 마이소. 부탁입니더.
— 돈만 준다면야 갈 일이 뭐 있겠어. 돈만 갖다주면 된다 카이!

그때까지도 선이는 2층에서 내려오지 않았다. 태준은 벌떡 일어나 뒤도 돌아보지 않고 가게를 나왔다. 그러고는 차에 올라 시동을 걸었다. 이제 막 나온 이웃들이 가게 셔터를 올리기 시작하는 시간이었다. 태준은 이웃들의 눈을 피해 달아나듯 가구 골목을 빠져나왔다. 막상 어디로 가야 하나 막막했던 태준은 가게에서 최대한 멀리 벗어나리라 마음먹고 도로를 달렸다. 속도가 붙는 만큼 눈물도 주체할 수 없이 쏟아졌다. 머릿속에는 온갖 목소리들이 뒤엉켜 맴돌았다.

— 오늘까지! 오늘 안에 못 갚으면 가게고 나발이고 다 엎어 버릴 테니 알아서 하쇼이!
— 막내 돈은 어찌할 겁니꺼? 다른 것보다 내 동생 돈부터 해줘야지 자기 동생 아니라고 그랍니꺼? 이 추운데 어린애 데리고 낯선 서울 가서 방

도 없으면 어쩌라고.
- 애비야! 아부지가 많이 아프다. 큰 병원에 모시고 가야겠는데…. 애비가 좀 다녀가거라.
- 삼촌! 이번 달에도 이자를 못 내서 놈들한테 쫓기고 있어예. 한 번만 딱 한 번만 더 도와주이소. 진짜 이번이 마지막이라예.
- 외상이 몇 달째 밀려 이제 더 이상 외상으로 물건을 못 줍니더. 일부라도 갚아 주이소.

태준은 멍하니 운전대를 잡고 흐르는 눈물을 그대로 내버려두었다. 눈물이 볼을 타고 점퍼 위에 뚝뚝 떨어지더니 바지를 뚫고 맨살에 차갑게 스며들었다. '그 돈 다 갚게 해준다고! 나 하나 사라져 모든 게 다 해결된다면야 기꺼이.'라고 속에서 아우성치고 있었다.

태준은 평생 끝날 것 같지 않은 생지옥에서 벗어나 아무것도 들리지 않는 어둠 속으로 숨고 싶었다. 정말이지 벗어나고 싶었다. 부질없게도 열심히 살아온 세월에 비하면 모든 걸 다 잃는 일은 한순간이라고 생각했다. 그렇게 생각하니 그 길만 보였다. 그 길만이 유일하게 자신이 선택할 수 있는 최선의 길이라고 확신했다. 죽어야만 탈 수 있는 사망보험금과 조의금이면 급한 불은 끌 수 있겠지. 죽어야 끝난다는 사채의 고리를 끊어내겠지. 선이와 환희의 얼굴이 눈앞을 가로막았다. '환희 엄마! 나 혼자 이리 가서 미안하데이. 환희랑 당신을 살리려면 이 방법밖에 없다아. 너거는 살 수 있을 끼다. 우리 환희 잘 부탁한데이.' 태준은 하염없이 쏟아지는 눈물만큼 이 길이 최선이라는 믿음이 확고해졌다. 남은 가족들은 막내 처제와 동서 태준이 뒤를 봐줄 거라고 자신을 다독였다. 그들을 믿었다. 믿기에 조금은 덜 아팠다. 태준은 조용히 잠들 생의 마지막 장소를 향해 차를 몰아가고 있었다.

12
젊은 미망인

    선이는 무슨 정신으로 병원에 도착했는지 몰랐다. 택시에서 내리자마자 출입문을 열고 한달음에 뛰어들었다. 선이가 발을 내디딜 때마다 슬리퍼 끄는 소리가 타닥타닥 실내에 울려 퍼졌다. 대기실에 앉아 차례를 기다리던 사람들의 날카로운 시선이 선이의 등에 꽂혔다. 선이는 목이 메어 거친 숨을 헐떡거리며 다짜고짜 접수대에 대고 울먹이며 말했다.

    ― 이태준 씨 신원 확인하라는 연락 받고 왔습니다.

    반쯤 넋이 나가 허둥대는 선이의 말을 들은 사람들은 그제야 곱지 않은 눈길을 거두었다. 뭔가 일이 잘못되었다는 낌새를 누구라도 알아차릴 수 있는 행색이었다. 사람들은 이내 안내받은 병실로 달려가는 선이를 따라 자연스레 고개를 돌렸다. 그들은 어쩔 줄 몰라 눈을 허둥거리며 끌리는 신발 때문에 잰걸음으로 달려가는 선이를 이제는 딱하다는 눈빛으로 바라보았다.

선이가 들어선 병실 어느 곳에도 태준의 얼굴은 보이지 않았다. 흰 벽으로 둘러싼 차가운 병실은 덩그렇게 놓인 침대마저 온통 하얀 시트로 덮여 있었다. 누구 하나 움직이거나 소리를 내지 않았다. 침대맡에 붙은 환자의 이름과 새겨진 숫자만이 그가 누구인지를 말해 주었다. 정신이 혼미해진 선이는 길 잃은 아이처럼 울먹이며 주위를 두리번거렸다. 카키색 점퍼 차림을 한 경찰이 가리키는 침상에는 하얀 시트를 머리끝까지 덮어쓴 누군가가 누워 있었다. 하얀 시트를 들어 올리는 순간 선이는 두 손으로 입을 가렸다. 반쯤 감긴 눈의 태준이 누워 있었다. 태준의 입술이 푸르다 못해 거무스름했다. 태준을 알아본 선이의 두 입술이 제어장치가 고장 난 기계처럼 아래위로 덜덜거렸다. 선이는 달려들어 태준의 가슴에 얼굴을 묻었다. 태준의 싸늘한 뺨이 선이의 얼굴에 닿았다. 태준은 숨을 쉬지 않았다. 선이는 태준의 얼굴을 들여다보았다. 도저히 그가 죽었다는 것이 와닿지 않았다. "이게 무슨 일이고? 당신이 와 여기 누워 있는데. 눈 좀 떠 보이소! 환희 아빠! 환희 아빠! 제발 눈 좀 떠 보이소!" 선이는 태준을 흔들어 깨웠다. 믿을 수가 없었다. 태준이 죽었다니, 죽어서 이 병실에 누워 있다니…. 선이는 차갑게 굳어버린 태준을 붙들고 오열했다. 뜨거운 눈물로 태준의 차가운 몸을 녹이기라도 할 기세였다. 병실 안에는 선이의 울음소리만이 부메랑이 되어 떠돌았다. 바닥에 주저앉아 땅을 치며 목 놓아 울던 선이는 자신이 왜 여기서 울고 있는지 멍해졌다가 다시 울기를 반복했다. 태준은 여전히 하얀 시트를 덮어쓰고 누워 있었다.

— 산 아래 있는 월영 아파트 주차장에 이틀째 같은 차가 꼼짝없이 주차해 있었답니다. 이상하게 여긴 주민이 들여다보니 사람이 잠들어 있었다네요. 날도 찬데 노크해도 아무 응답이 없어서 신고했답니다.

월영 아파트는 가구점과 20여 분 거리에 있었다. 생의 마지막 밤을 홀로 이 차 안에서, 그것도 집과 가까운 곳에서 안전띠까지 매고 꼿꼿하게 앉아 맞았다니. 선이는 주먹 쥔 손으로 가슴을 쳐대며 소리 내 울었다. 바닥에 엎드린 채 흐느끼는 선이를 간호사가 부축하여 의자에 앉혔다.

— 그만 우시고 정신을 좀 차리세요. 장례 절차는 어떻게 진행하시겠어요?
— 예에? 장례 절차요? 내는 잘 모르겠습니더. 이 일을 어째야 하는지.

눈물 머금은 선이의 눈이 겁에 질려 멀뚱거렸다. 옆 건물에 병원 장례식장이 있다고, 이곳에 시신을 계속 둘 수는 없으니, 가족들에게 알려서 빨리 결정하라는 간호사. 그녀는 태준을 아무 거리낌 없이 시신이라고 했다. 그 한마디에 태준은 생명을 다한 시신이 되어버렸다. 태준의 장례식을 치러야 한다니, 이 일을 의논해야 한다니 선이는 제일 먼저 막내 얼굴이 떠올랐다.

그 시간 막내는 싱크대 바닥에 주저앉아 붉은 피가 흐르는 손가락을 붙들고 울고 있었다. 그 찰나 전화벨이 울어댔다. 막내는 놓치면 안 될 기차표처럼 받지 않으면 안 될 전화라는 직감에 급히 달려가 수화기를 들었다. 대뜸 전화선을 타고 흐느끼는 소리가 들려왔다. 분명 선이 언니의 목소리였다.

— 언니, 와? 무슨 일이고?
— 니 형부가 죽었다. 죽었다 한다.
— 그게 무슨 소리고? 언제? 왜?
— 나도 모른다. 지금 병원에서 확인했다. 죽었다 한다. 죽었다 한다.

선이는 울다 지친 아이처럼 잠긴 목소리로 웅얼거렸다. 막내는 말을 잇지 못하고 수화기를 든 채 어어 소리 내 울었다. 가슴 밑바닥 오장육부가 꿈틀대며 슬픔을 게워 올렸다. 형부가 어찌 저세상으로 갔단 말이지? 그 착한 사람을 도대체 왜?

막내는 울컥울컥 가슴을 내리치는 슬픔을 감당하지 못해 숨이 컥컥 막혔다. 전화기를 타고 들려오는 막내의 울음소리에 울다 지친 선이의 슬픔은 또다시 출렁였다. 한동안 말을 잇지 못하고 두 사람만은 오열했다. 수화기를 든 막내의 손가락에서는 아직도 피가 흐르고 있었다. 한 차례 파도가 지나가듯 울음을 토해내던 막내는 뭔가 결심한 듯 자리를 박차고 일어났다. 이러고 있을 때가 아니었다. 언니 혼자 감당하기에는 너무 큰 슬픔이었다. 빨리 언니 곁으로 가야 한다는 생각에 허겁지겁 아이의 옷을 챙겨 넣으며 가방을 쌌다. 내가 지금 그리로 갈게. 빨리 갈 테니 조금만 기다려.

어둠이 깔린 고속도로를 달렸다. 빗발치는 빗줄기가 화살처럼 날아와 차창에 부딪혔다. 무슨 정신으로 그 먼 길을 달렸는지 차창에 비친 막내의 두 눈은 한 대 맞아 부풀어 오른 복싱선수의 그것과 흡사했다. 요 며칠 짙은 안개 속에 갇힌 듯 무겁고 답답했던 체증이 무언의 신호였을까? 막내는 난데없는 형부의 부고가 뭔가 석연치 않다는 불길한 예감을 지울 수 없었다. 차가 장례식장에 도착하자 막내는 만삭의 몸을 이끌고 흩뿌리는 빗속으로 뛰어들었다. 사람들 틈을 헤집고 장례식장 입구에 들어서자, 국화꽃 무더기에 파묻혀 웃고 있는 태준의 얼굴과 맞닥뜨렸다. 태준은 액자 안에 갇혀 해맑게 웃고 있었다. 저리도 환하게 웃을 줄 알던 사람이 죽었다니 도저히 믿을 수 없었다. 막내는 향이 피어오르는 제단 아래, 거리가 바닥에 닿도록 고개를 숙이고 쪼그리고 앉은 두 사람을 보았다. 텅 빈 장례식장 한구석에 검은 상복을 입은 그들의 처지가 남편을 잃고, 아빠를 잃은 상주임을 말해주었다.

 막내가 들어서자, 선이와 환희가 고개를 들었다. 선이의 모습이 무슨 대역죄를 지은 죄인처럼 황망해 보였다. 검은 상복을 입은 언니와 조카를 눈앞에 마주하니 막내는 가슴이 쩌릿쩌릿 저렸다. 서른여섯 아직 새파란 나이에 미망인이 된 선이와 아빠를 잃은 열한 살의 환희, 장례식장의 상주 자리를 지키고 선 두 사람의 모습이 그리 처량해 보일 수가 없었다. 막내는 끝도 모를 슬픔이 차올라 조카를 안고 오열했다. '내가 엄마를 잃은 나이에 이 아이도 아빠를 잃었구나.' 생각하며. 환희는 울지도 못하고 멍하니 서 있다가 그제야 소리 내 울었다. 막내는 그런 조카를 보니 어릴 적 자신을 보는 듯했다. 엄마가 죽었는데도 울지 못하고 사시나무 떨듯 떨고 서 있었던 어린 날의 기억. 죽음을 알기에는 너무 어린 나이였다. 부모가 죽을 수 있다는 걸 상상도 못 할, 더구나 그 죽음을 받아들이기에는 너무 가혹한. 삽시간에 장례식장은 울음바다가 되었다.

 조문객들이 하나둘 들어서고 장례식장 내 식당 안에도 사람들이 웅성거렸다. 테이블을 마주하고 앉은 사람들 틈에서 누군가 낮은 소리로 쑥덕대는 소리가 들렸다.

 ― 와 죽었다 하노?
 ― 장사가 안되니 빚에 쪼들려 돈 때문에 죽었다 하더만.
 ― 아이고 세상이 말세다. 이놈의 IMF가 사람 잡네.

경찰조사에서 태준은 의문사로 판정이 났다. 자살의 흔적도 타살의 흔적도 찾을 수 없었다. 사람을 두 번 죽인다는 시어른의 반대로 부검은 이루어지지 않았다. 선이는 굳게 다문 입술을 한 번도 열지 않았다. 텅 빈 눈으로 한 곳을 응시할 뿐. 비현실적인 그 풍경 속에 자신이 서 있다는 사실이 믿기지 않을 뿐이었다. 장례식장 분위기는 싸늘했다. 한창 젊은 나이에 온 가족의 기둥이었던 사람이 모두를 등지고 혈혈단신으로 떠나버렸으니 더욱 그랬다. 운명이라는 검은 너울을 뒤집어쓴 종착지에 아가미를 벌리고 선 죽음이 기다리고 있을 뿐이었다. 태준은 선이를 만나 행복하게 살다가 IMF라는 불행을 짊어지고 홀로 어둠의 세계로 숨어버린 것인지도 몰랐다.

태준을 떠나보내며 울부짖던 선이는 한동안 일어나지 못했다. 현실 감각을 잃은 채 태준의 마지막 순간을 상상하며 기억의 테이프를 되돌렸다. 태준이 죽음을 결심하기까지 어떤 심정이었을까? 무슨 일을 겪었을까? 그의 따뜻한 가슴이 싸늘하게 식어갈 때까지 날카로운 칼에 얼마나 수없이 베였을지, 얼마나 고통에 시달렸을지. 선이는 살겠다고 밥을 먹을 수도 편히 잠을 잘 수도 없었다. "이러다 큰일이 나겠네. 환희를 봐서라도 기운을 차리고 일어나야제." 언니들과 막내가 선이 곁에 남아 함께 지냈다. 언니들이 죽을 쑤어 선이를 일으켜 억지로라도 몇 숟가락 떠먹였다. 선이는 멀뚱멀뚱 천장을 바라보다 한없이 울다가 지쳐 잠이 들기도 했다. 선이가 잠시라도 잠이 들 때는 모두 까치발을 하고 다니거나 움직임을 멈췄다. 선이는 태준을 다시 볼 수 없다는 슬픔에 그 사람을 자신이 죽게 했다는 죄책감에 가슴을 쳤다.

"내가 그 사람을 죽였다아. 마지막에 집을 나가면서 한번 안아보자고 할 때, 따뜻하게 받아줬더라면 아무 일 없었을지도 모른다아. 내가 내치는 바람에…. 내가 죄인이다. 사람을 그리 죽게 만든 내가 어찌 살겠노. 나는 더 이상 못 살겠다. 나도 그냥 따라 죽었으면 좋겠다."라고 선이가 한탄하자, 아들 둔 엄마가 그게 할 말이냐며 언니들은 선이를 얼렀다가, 호통쳤다가 결국은 또 함께 울었다. 어린 아들과 살아내야 할 선이의 앞날이 벼랑 끝에 매달린 한 송이 꽃잎처럼 애달프기만 했다. 형제자매들은 선이가 빚을 청산하고 다른 곳으로 가 새출발하기를 바랐다. 뭔가 길이 보일 듯도 한데, 선이는 태준과 함께 지낸 그곳을 떠날 수 없다고 고집을 부렸다.

- 내가 어찌 여기를 떠날 수 있겠노! 환희 아빠가 찾아올지도 모른다아. 나한테 아무 말도 없이 갈 리가 없는데, 내는 아무 말도 들은 게 없는데, 여기서 기다릴 끼다아. 아무 데도 못 간다아. 환희 아빠가 꿈에서라도 찾아올 때까지!

선이는 단호했다. 그 집은 태준이 살아 있는 동안 세 가족의 숨결이 고스란히 묻어 있었다. 태준이 가게를 오가던 발자국, 그의 체취가 채 마르기도 전에 그 집을 떠날 수가 없었다. 그 집은 태준의 마지막 흔적이자, 세 가족이 쌓은 추억의 공간이었다. 결국 선이는 그 집에 그대로 남기를 택했다.

유난히도 추웠던 그 겨울, 여태 겪어본 적 없는 가시밭길을 맨 발로 걸어가야 하는 선이 언니를 지켜보며 막내는 두 손 모아 빌었다. 남은 사람이 고통 속에 헤매지 않기만을. '선이 언니, 환희야! 너무 무서워하지 마. 내가 지켜줄게.' 막내는 두 사람을 절대 모른 척하지 않겠다고 하늘에다 맹세했다.

13
빨간 크리스마스

막내가 서울로 이사하는 날에는 추적추적 비가 나렸다. 막내는 미망인이 되어버린 선이 언니를 홀로 두고 멀리 떠나야 한다는 사실에 고개를 저었다. 거부할 수 있으면 그러고 싶었다. 막내는 운전석 옆자리에 앉아 창밖을 보며 눈시울을 적셨다. 태어난 지 한 달 남짓한 어린 딸을 안고서. "아직 몸도 성치 않을 건데 하필 이 추운 날 비가 내리네. 비 올 때 이사하면 잘 산다더라. 서울 가더라도 한 번씩 보러 온나이. 친정이라 생각하고." 막내가 세들어 살던 1층 주인집 아주머니는 작은 꾸러미를 내밀며 작별 인사를 건넸다. 종이봉투에 얌전히 들어앉은 군고구마와 삶은 달걀의 온기가 스며들었다. 막내는 이별의 순간은 늘 난감하다고 느꼈다. 차창 밖을 떠나지 못하고 서슬 퍼런 추위에 비를 맞고 섰던 아주머니 내외가 어쩔 수 없다는 듯 식당 안으로 뛰어들었다. 고개를 내밀어 손을 흔들던 막내의 시선이 백미러에 멈췄다. 멀찌감치 전봇대 뒤 반쯤 몸을 숨긴 여자아이가 서 있었다. 길 건너 지하방에 살고 있는 어린 남매, 누이 지우였다. 지우는 두 손으로 연신 눈물을 훔치며 울고 있었다. 멀리서도 훌쩍이는 소리가 들릴 정도로 서럽게.

며칠 전 막내는 지우에게 따로 작별 인사를 고했다.

- 아줌마가 멀리 이사 가야 해서 앞으로 못 보게 되었네.
- 저도 아줌마 따라가면 안 돼요? 제가 아이도 돌보고 청소도 잘할 수 있어요. 그냥 같이 살게만 해주세요. 전 밥도 많이 안 먹고 말 잘 들을게요.

지우는 자신을 제발 데려가달라고 울며 매달렸다. 어린 남동생은 할머니가 보면 된다고 연막을 치면서. 막내는 마음이 흔들렸다. 어찌 세상이 이 모양인지, 아버지라는 어른이 저 어린것들을 거리를 떠돌게 내버려두는 현실이 원망스러웠다. 막내는 진지하게 이 문제를 남편 태준과 의논했다.

- 누이 지우만이라도 우리가 데려가면 안 될까?
- 누군가를 거둔다는 게 그리 간단한 문제가 아니야. 당장에 학교도 보내야 할 텐데 회사 이동이 당분간 어떻게 될지도 모르고. 우리 애들도 둘 다 어린데 감당할 수 있겠어?

태준은 냉정하게 생각해야 한다고 했다. 한치도 앞을 내다볼 수 없는 IMF 시국에 어린 두 딸을 안고 낯선 도시로 향하는 가장의 막연한 두려움을 막내가 알 리 없었다. 막내는 여자아이에게 데려갈 수 없다는 말을 꺼내기가 그리 힘이 들었다.

대구에 이사와 살면서 정이 든 아이들이었다. 철 지난 옷을 입고 거리를 헤매고 다니는 어린 남매는 늘 손을 꼭 잡고 다녔다. 막내는 남매를 집안에 들여 딸과 함께 간식을 먹이고 책을 읽어주며 시간을 보내는 일이 많았다. 남매는 아버지의 사업이 망하자, 엄마가 도망을 가는 바람에 아버지가 할머니 집에 맡겨 놓고 간 지 몇 달이 지났다고 했다. 여자아이는 아버지가 데리러 올 거라고 힘주어 말하곤 했다. 막내는 무더운 여름날 긴 옷을 입고 땀에 젖어 벗겨지는 고무신을 질질 끌며 걷는 남동생에게 여름샌들을 사주었다. 남매는 아침 해가 뜨고 태준이 회사에 출근한 뒤, 어김없이 대문 앞에 찾아와 막내가 나오기를 기다리며 서성거렸다. 그렇게 정든 세월이 벌써 1년이 되어갔다. "기다리면 아빠가 꼭 데리러 오실 거야. 동생 잘 돌보고 아버지를 졸라서라도 학교는 꼭 다녀야 해. 학교 못 가는 동안에도 책을 놓으면 안 돼. 동생에게도 읽어주고." 막내는 지우를 보며 어린 시절 엄마를 잃고 옥이를 돌보며 자주 울었던 자신을 떠올렸다. 그 시절 용기를 주었던 『플란다스의 개』와 『키다리 아저씨』를 지우에게 선물했다. 막내는 멀리서 울며 서 있는 지우를 똑바로 바라볼 수가 없어 눈길을 돌렸다. 주체할 수 없는 눈물이 차가운 뺨 위로 쏟아졌다. 지우가 아버지를 만나 학교에 돌아갈 수 있기를, 데려가지 못하는 자신을 원망하진 않기를 바랄 뿐이었다.

서울 생활은 녹록지 않았다. 태준이 회사 상사에게 급전을 구해 얻은 전세방은 방 두 칸이 딸린 연립주택이었다. 대문 앞에 주차한 차는 밤사이 백미러가 박살 나는 수난을 겪었다. 주차시설이 턱없이 모자라는 골목마저 텃세를 부리는 꼴이었다. 낯선 서울 공기만으로도 주눅이 든 이방인들에게. 막내는 급하게 빌린 돈을 갚느라 허리띠를 졸라매고 씀씀이를 줄였고, 태준은 꼭두새벽에 나가서 어두운 밤이 되어서야 집으로 돌아왔다. 말이 본사 발령이었지 문제가 발생한 현장을 쫓아다니며 수습하느라 휴일에도 전화통에 불이 났다. IMF사태로 경기가 침체하여 건설 현장마다 수급에 차질이 생겼다. 먼 지방으로 출장을 가는 날이 잦았다. 그런 날에는 어린 두 딸을 싸안고 가족 모두가 함께 출장길을 떠났다. 무거운 공기가 내려앉은 도시는 사람들의 표정마저도 굳게 만들었다. 위축된 마음으로 어린 두 딸을 돌보느라 막내는 늘 지쳐 있었고, 눈코 뜰 새 없이 회사 일에 쫓기는 태준도 마찬가지였다. 그렇게 정신없이 시간은 흘렀다. 힘든 생활이었지만 일어서고자 함께 마음을 모아 분투했다.

막내가 떠난 후 선이는 혼자 울부짖는 날이 허다했다. 살아온 날들에 억울함이 쌓여갔고 급기야 그 마음을 몰라주는 가족들을 원망하기에 이르렀다. 멀리 있는 형제들에게 신세 한탄을 하는 일이 잦았다. 가만히 들어주고 위로해 주던 가족들도 어느덧 지쳐 갔다. 형제들은 날이 갈수록 악을 써대는 선이의 전화를 두려워하고 피하다 결국엔 외면하게 되는 지경에 이르렀다. 막내는 혼자 서러워 우는 선이에게 갈 수가 없어 더 가슴이 아팠다. 누가 뭐래도 자신은 선이를 이해해야 한다고 생각했다. 아무도 몰랐다. 선이가 악을 쓰며 울부짖던 그것이 외롭고 아프다는 외침, 나 좀 봐달라는 신호인 줄은.

나아질 기미가 없는 정국에 사람들은 저마다 움츠러든 어깨를 펼 날이 없었다. 서울로 이사 온 후 서러운 세월은 어느덧 두 해가 지나가고 있었다. 온 나라가 우울하고 어려운 시기임에도 막내는 시부모님과 선이에게 다달이 적으나마 잊지 않고 생활비를 보냈다.

하루하루를 살아내기에도 벅찬 막내는 그 와중에 제일 아끼는 후배 미희를 잃고 힘들어했다. 미희는 아버지의 파산으로 집에 노란 딱지가 붙자, 정든 집에서마저 쫓겨나게 된 엄마를 지키느라 강제 결혼했다. 큰딸인 미희의 결혼축의금은 그 집을 지켜냈다. 급하게 결혼한 미희는 생활고와 산후우울증에 시달리다 결국 아파트 옥상에서 제 몸을 던져 그 고통을 끊어냈다. 다음 날 막내에게 오기로 약속해 놓고 그 밤을 버티지 못해 저세상 사람이 되었다. 미희는 죽기 전 백일도 지나지않은 어린딸에게 "날 말라 죽이려고 시도때도 우냐? 죽어버려!"라고 악담을 쏟아놓곤 했단다. 둘째를 낳고 산후후유증이 심한 막내는 아이를 낳아야만 고칠 수 있을 지경의 몸이었다. 그런 막내는 미희의 죽음으로 낭떠러지로 곤두박질 쳤다. 비극적으로 세상을 등진 엄마도 미희와 같은 그런 심정이었을까? 엄마라는 여자의 삶이 안타깝고 서러워 가슴이 미어졌다. 막내는 미희에게 최선을 다하지 못한 죄책감에 자신을 책망하며 울부짖었다. 태준은 일상생활조차 버거운 막내를 위해, 어린 딸들을 출근할 때 어린이집에 맡기고 어두운 퇴근길에 집으로 데려왔다. 아침마다 집을 나서며 보채는 세 살배기 동생을 다섯 살밖에 안 된 큰딸이 손을 잡고 이끌었다. 동생을 달래며 의젓한 모습을 보이던 큰딸은 태준과 떨어지자 그렁그렁 눈물이 고인 눈으로 뒤돌아보곤 했다. 어린이집에 들어서는 딸아이의 뒷모습을 바라보는 태준의 눈이 시렸다.

엎친 데 덮친 격으로 태준의 회사는 1차 부도를 맞는 위기에 처했다. 태준은 어음을 막느라 두 발이 닳도록 은행으로, 채권단을 만나러 쫓아다녔다. 하나를 해결하면 다음 건이 또 아가리를 벌리고 도사리고 있었다. 태준은 회사가 부도날 위기에 처하자, 앞이 캄캄했다. 심심이 온전하지 못한 막내에게 말할 수 있는 형편도 아니었다. 태준은 날마다 잠들기 전 같은 생각을 했다. 내일 아침 해가 뜨는 것이 두렵다고. 어둠 속으로 꺼져가는 자신을 느끼며 몇 해 전 세상을 등진, 동서 태준이 부쩍 그리웠다. 그 형님의 심경이 이랬을까 싶었다. '형님, 참 갑갑하고 힘드네요. 시국은 나아질 기미가 없고, 자식들은 어리고, 어디 말할 데도 없어 답답합니다. 형님도 그랬 겠지요? 정말 이대로 눈을 감고 싶네요.'라고 태준은 혼잣말을 되뇌었다. 자신이 잘못되면 얼마가 있어야 남은 가족들이 편하게 먹고 살 수 있을지를 생각해 보곤 했다.

그러던 어느 날 저녁, 막내는 낯선 전화를 받았다.

- 이태준 차장님 댁인가요?
- 네, 맞습니다만.
- 오늘 퇴근할 때 밤길 조심하라고 전해주세요. 더 이상 참지 않을 겁니다. 오늘 중 답변 주지 않으면 큰 변고를 치를 테니 미리 경고하는 겁니다.

막내는 심장이 벌렁거리고 손끝이 떨려왔다. 아침에 태준이 했던 말이 떠올랐다. 회사 어음을 막아야 해서 지방으로 출장 간다고 했었다. 막내는 위협을 느꼈지만, 또박또박 힘주어 말했다.

- 남편은 회사 부도를 막기 위해 두 발로 뛰고 있어요. 어떻게든 해결하려고 하지, 일부러 피해주려고 하진 않을 겁니다. 믿고 조금만 기다려 주세요. 그리고 회사 일로 집으로 협박 전화하는 것은 아니지 않나요? 한 번 더 이런 일이 생기면 저도 조처를 하겠습니다.

막내는 수화기를 내려놓고 한동안 가슴을 안고 진정시켰다. 이 사실을 태준에게 알려야 할지, 어떻게 대처해야 할지 망설였다. 하도 험한 꼴을 자주 겪는 세상인지라. 한편으로는 채권자의 입장도 얼마든지 억울할 수 있겠다 싶어 태준이 돌아오면 자초지종을 들어보리라 마음먹었다.

　막내는 일차 부도 소식을 접한 뒤로는 새벽에 출근하는 태준을 따라 함께 집을 나섰다. 태준의 차는 집 앞 골목에 주차했다가 밤새 몇 번 긁히고 백미러가 부서지는 진통을 겪었다. 그 뒤로 막다른 골목을 백 미터는 걸어 올라가야 하는 인근 초등학교 운동장에 주차했다. 주차한 곳으로 가는 가파른 오르막길을 걸으며 막내는 거친 숨을 내쉬었다. 막내는 매일 혼자 어둠 속에 이 길을 걸었을 태준이 얼마나 외로웠을까, 생각했다. 태준의 축 처진 어깨가 안쓰러웠다. 엄마가 저세상으로 떠난 뒤 외로워 보이던 아버지의 어깨가 생각났다. 막내는 태준의 손을 슬며시 잡았다. 새벽 찬 공기에 맞잡은 손의 온기가 태준에게 스며 들었다. 막내는 둘이 함께라면 뭐든 할 수 있을 거라고, 혼자 힘들어하지 말라고 태준을 다독였다. 태준은 나란히 걷는 새벽 골목길에 어둠이 걷히고 빛이 쏟아지는 듯 발걸음이 가벼웠다. 스멀스멀 피어오르는 불씨를 느꼈다. 단지 함께라는 거, 헤쳐 나갈 수 있다는 그 한마디를 들었을 뿐이었는데. 태준은 막내의 손을 가만히 점퍼 호주머니 속에 넣어 감쌌다.

　태준은 막내가 웃는 모습을 보는 게 제일 행복하다고 말하는 사람, 큰 욕심 내지 않는 그런 사람이었다. 가장이라서 모든 식구를 행복하게 해야 할 의무가 있는 것처럼 모든 걸 혼자 책임지려 했다. 하지만 막내의 생각은 달랐다. 가족으로 선택받은 누구나 서로의 행복을 위해 마음의 소리에 귀 기울여야 한다고, 함께 헤쳐 나가야 한다고 생각했다. 받는 게 당연하다고 느끼게 되면 감사함을 잊게 되니까. 막내는 여태 태준이 들인 정성이 고맙고 미안해서 어떻게든 다시 마음을 다잡았다.

　한바탕 태풍이 지나간 것 같은 그해 태준은 고용보험을 받는 기간 동안 새로운 일을 찾아 나섰다. 직장을 잃고 어느 때보다 힘든 시절임에도 그 겨울, 막내는 두 딸과 함께 크리스마스트리를 장식하고 반짝이는 조명을 매달았다. 딸들은 루돌프 사슴뿔이 달린 머리띠와 빨간색 원피스를 선물로 받고는 품에 안고 콩콩 뛰었다. 비록 좌판 매대에서 산 것이지만 아이들에게는 최고의 선물이었다. 태준은 빨간 장미꽃 한 다발을 막내에게 안겼다. 막내가 케이크에 촛불을 붙이자, 딸들은 손뼉을 치며 함성을 질렀다. 태준은 삼각대를 세우고 카메라 타이머를 맞춘 다음, 그들 속으로 뛰어들었다. 코에는 빨간 사슴코 장식을 달고서. 사각 렌즈에 막내와 어린 딸들을 두 팔에 껴안은 태준이 활짝 웃고 있었다. 온전한 가족사진을 남겨 서로를 축복하는 시간. 금방 출력한 폴라로이드 사진에는 막내의 품에 빨간 조끼를 입은 어린 사내아이가 안겨 있었다. 온갖 시련을 뚫고 새 생명이 탄생한 그 해, 태준은 자신의 곁에 옹기종기 모여 있는 가족들이 선물 같았다. 이들을 지켜내리라는 결의가 심장 밑바닥에서 붉게 솟았다.

14
악몽

환희가 초등학교를 졸업하는 날이 가구점에서 보내는 마지막 날이었다. 태준이 떠나고 그곳을 지키던 선이는 더 이상 버틸 재간이 없었다. 죽은 태준이 찾아오기라도 할 것처럼 기다렸다. 전세금을 다 깎아 먹을 때까지도 미련을 버리지 못하고서. 태준이 죽고 없는데 그곳에서 기다리는 것이 무슨 의미가 있을까? 선이는 그 집을 떠나면 태준과 영영 끈이 떨어질 것만 같아 차마 떠날 수가 없었다. 하루아침에 아버지를 잃고 환경마저 바뀌면 환희가 기죽을까 봐서 걱정이기도 했다. 가족들은 그런 선이를 이해하지 못했다. "벌이도 없는 가구점을 뭣 하러 짊어지고 앉아 있는 돈마저 까먹나? 애 데리고 살 궁리를 해야지. 정신을 차려도 모자랄 판에 허구한 날 저러고 있으니…"라고 한심한 듯 말했다. 어쩌다 돈이 필요해 선이가 아쉬운 부탁을 할 때면 형제들은 구걸하는 사람 취급하며 훈계를 해댔다. 선이는 사는 게 구차했다. 자신이 가족들을 위해 어떤 고생을 하고 살았는데 그 생각을 하면 서러움이 북받쳤다. "내가 홀아버지 모시고 가게를 하며 언니, 오빠들 시집 장가 다 보내고 그 고생하며 살았는데 어떻게 나한테 이리 모질게 하나! 내가 서방 없고 가진 게 없다고 함부로 취급하냐고! 나는 억울하다. 나는 너무 원통하다!"라고 선이는 목소리를 높였다. 지난날을 들먹이기 시작하면 형제들도 저마다 억울한 건 다 마찬가지가 되었다. 서로 언성을 높이다 스스로 상처를 입었다. 감정의 골은 홍수로 팬 고랑처럼 깊어만 갔다.

2년을 버틴 가구점을 폐업하고 남은 건 장롱 두 짝과 제사 용기들, 형제들과의 불화였다. 형제들이 뭐라고 하든 선이는 태준의 제사에 쓸 제사용품에 돈을 아끼지 않았다. 그 덕에 이삿짐 절반이 제사에 쓰이는 큰 상과 목기들이었다. 작은 트럭 하나에 옹색한 짐을 싣고 선이는 눈물 젖은 눈으로 뒤돌아보았다. 정든 집을 떠나야 하는 슬픔보다 태준을 이곳에 두고 떠나는 것 같아 가슴이 무너졌다. 선이가 이사하던 날, 옆 가게 욱일 체육복 아주머니와 이웃 사람들은 한데 나와 눈시울을 붉혔다. 그들은 젊은 과부와 어린 아들의 초라한 이삿짐 앞에 할 말을 잃은 표정이었다. 그 무리에 친정이든 시댁이든 가족들의 모습은 한 명도 찾아볼 수 없었다.

"환희 엄마! 어디를 가든 잘 살아야 한다이. 정리되거든 꼭 연락해라." 욱일 체육복 집 아주머니는 선이의 두 손을 꼭 잡고 힘주어 말했다. 선이의 눈이 그렁그렁했다. 욱일 체육복 집 아주머니는 선이 곁에 고개 숙이고 있는 환희를 껴안으며 어깨를 토닥였다. "환희야! 가서도 씩씩하게 지내고 이제 네가 엄마를 잘 보살펴야 한다이, 알았제. 이건 중학교 입학할 때 보태쓰거라이." 욱일 체육복 집 아주머니가 준비해 온 봉투를 환희의 점퍼 주머니에 가만히 넣어 주었다. 다른 이웃 어른들도 입학선물이라며 용돈을 건넸다. 환희는 생각지도 않게 여기저기 건네받은 봉투를 들고 어쩔 줄 몰랐다. 손을 어디 두어야 할지 난감했다. 선이는 눈물이 앞을 가렸지만, 비참해진 모습을 보이기 싫어 서둘러 차에 올라 그곳을 벗어났다. 어디로 이사 하는지 아무에게도 알려주지 않았다. 차마 사실대로 말할 수가 없어 대충 어디 근처라고만 둘러댔다. 가구점이 점점 멀어졌다. 선이는 하얀 타일이 빛나는 이층 가구점을 뒤돌아보았다. 가구점 벽이 흔들리듯 흐렸다. 선이는 멀어져가는 가구점을 응시하며 속엣말을 했다. '환희 아빠, 어째 한 번도 안 나타나는지, 기다리다 지쳐 이제 나도 떠납니더. 향을 피울 테니 그리로 찾아오이소.'라고 선이는 태준에게 이제 그곳에 우리는 없노라고 고했다.

그렇게 기어든 곳은 시내에서 한참을 벗어난 산 아랫마을이었다. 큰 도로에서 다리를 건너 구불구불한 골목 몇 블록을 거쳐야 마을 입구가 나타났다. 마을 입구에서 올려다보면 산언덕에 빼곡히 들어 찬 집들이 그대로 쏟아져 내릴 것만 같았다. 재개발이 되지 않아 다 쓰러져가는 판잣집과 다닥다닥 붙은 쪽방들이 전쟁을 치른 폐허를 연상케 했다. 생기를 잃은 삭막한 기운이 마을을 점령하고 있었다. 선이는 가파른 언덕을 걸어 집으로 가려면 몇 번은 멈춰서서 숨을 골라야 했다. 연탄재가 쌓여 누가 누구 집인지 경계도 알 수 없는 골목은 서로 어깨를 비껴가야 할 만큼 좁았다.

그 좁은 골목 세 번째 집, 파란색 양철 쪽문을 단 집이 선이가 환희를 앞세워 간 집이었다. 집이라기보다는 골방 한 칸에 연탄아궁이가 딸린 부엌 하나가 고작이었다. 파란 쪽문 옆에 붙은 재래식 변소는 문이 떨어질 듯 말 듯 달랑거려 볼일을 보려면 문고리를 잡고 있어야 하는 불편을 겪었다. 옷에 붙은 암모니아 냄새는 한동안 빠지지 않았다. 무엇보다 환희는 추운 날 부엌에 쪼그리고 앉아 허리를 굽혀 머리를 감아야 하는 게 고역이었다. 김이 뿌옇게 서리는 부엌은 한데나 다름없었다. 환희는 더운물로 마음껏 씻을 수 있었던 이전 집이 사무치도록 그리웠다. 그곳 생활도 힘겹다고 여겼는데 이곳에 와보니 가구점 이층집은 천국이었다고 여겼다. 환희는 이전 집으로 돌아가고 싶었다. 그게 가능하기나 할지 알 수 없다는 사실이 두렵고 슬펐다.

이사한 후 선이는 방문 밖을 나서기가 두려웠다. 무슨 일을 하며 살아가야 할지 막막했다. 당장에 하루를 먹으면 내일 먹을 것을 걱정해야 할 지경이었다. 어떤 날은 연탄을 구하지 못해 냉방에서 잠을 자기도 했다. 집에 있는 요와 이불을 다 끌어다 깔고 머리까지 덮어쓰고 달려드는 냉기와 싸워야 했다. 절약이란 말은 사치였고 비참한 생존이 있을 뿐이었다. 찐 감자를 한 솥 삶아 놓으면 학교에서 돌아온 환희는 감자로 허기를 달랬다. 심신이 무너질 대로 무너진 선이가 매달리는 것은 절에 올라가 불공을 드리는 일이었다. 선이는 태준이 죽고 난 뒤 더 열심히 절에 다녔다. 가끔은 오래전부터 알고 지내던 점집을 하는 보살 아주머니를 따라 멀리 방생을 가거나 일손을 도우러 가기도 했다. 선이는 시장을 봐서 굿상에 놓을 과일을 다듬고 상 차리는 일을 도왔다. 이 일은 하루 일당을 버는 것 외에도 고사를 지낸 후 남은 떡과 과일, 쌀과 고기 등 음식들을 가져와 한동안 먹거리를 해결할 수 있었다. 살아갈 길이 막막한 선이의 사정을 딱하게 여긴 보살 아주머니의 배려 덕분에 가능한 일이었다. 두 입에 풀칠조차 막막한 선이는 엄마 생각이 절로 났다. 없던 시절, 육 남매를 먹이고 키우느라 아침에 눈 뜨면 쌀독을 들여다보고 한숨짓던 엄마, 방위성금을 제때 못내 창피해서 학교에 못 가겠다고 엄마를 향해 돌을 던졌던 어린 시절 자신의 모습이. 그때 엄마는 속으로 얼마나 울었을까?

얼어붙은 겨울은 왜 더디 가지도 않고 마음을 더 오그라들게 만드는지 선이는 봄이 오기만을 기다렸다. 걸레질 몇 번 쓱쓱 문지르면 청소가 끝나는 좁은 방에 할 일도 마땅찮은 날, 전화벨 소리가 봄소식처럼 반가웠다. 욱일 체육복 집 아주머니였다.

    – 환희 엄마! 어찌 지내노?
    – 그냥 그리 지냅니더.
    – 당장 벌어 먹고살아야 하는데 우리 집에 와서 얼굴도 보고 집안일도 좀 도와주고 하면 어떻겠노? 엉뚱한 데 가서 고생하는 것보다 낫지 않겠나?

선이는 보살 아주머니를 따라다니는 것만으로는 수입이 일정하지 않아 다른 일을 찾아야 한다고 생각하던 차였다. 당장 할 수 있는 일이 무엇인지 알 수 없어 막막한 때였다. 손에 남은 돈은 한 푼도 없었고 어쩌다 몇 푼 버는 것과 다달이 막내가 보내는 돈으로 근근이 버텨내고 있는 형편이었다. 환희가 중학교에 다니기 시작하면서 드는 돈도 먹는 양도 늘기만 하고 가진 것이라곤 줄기만 했다. 그렇게 시작하게 된 남의 집 일이 주변에 알음알음 소개로 몇 집을 맡아 생활을 이어갔다. 대부분 이전에 가구점을 할 때 알고 지냈던 사람들이었다. 선이는 먹고살아야 했기에 그 사람들 앞에서 비참함도 억눌렀다. 환희를 위해서는 무슨 일이라도 참고 이를 악물고 일했다.

그러던 어느 날, 이른 아침부터 전화벨이 울렸다. 욱일 체육복 집 아주머니에게 소개받아 일하던 병원 원장 집에서 화재가 발생했다고 빨리 와달라는 전화였다. 멀쩡했던 텔레비전이 까맣게 타들어 내려앉았다고 했다. 아침 일찍부터 호출을 받은 선이를 맞이한 것은 시커멓게 그을린 장롱과 그릇과 집기류, 가전제품 등이 진열된 지하창고 앞이었다. "오늘부터 집안일은 안 해도 되니 이것들을 닦아서 이전처럼 만들어 놔요. 점심은 여기로 배달시켜 줄 테니." 그 집 사모님이 하인에게 명령하듯 손짓하며 말했다. 선이는 수돗가에 쭈그리고 앉아 종일 그을린 재를 벗겨내느라 씨름했다. 쇠 수세미로 빡빡 닦아내고 부드러운 수세미로 또 한 번 문질러도 그을림은 쉽게 제거되지 않았다. 독한 세제 냄새가 코끝을 찔렀다. 선이는 검은 재를 닦아내느라 시간 가는 줄 몰랐다. "여기 짜장면 왔어요." 쪼그리고 앉은 선이 앞에 짜장면 한 그릇이 턱 던지다시피 놓였다. 선이는 그 자리에 앉아 허기를 채웠다. 어둠이 내릴 때까지 꼼짝없이 반복되는 그 일을 며칠 쉬지 않고 하다 보니 선이는 맥이 풀렸다. 손목에 힘을 쓰지 못하고 온몸은 쇳덩이같이 무거웠다. 그런 선이를 지켜보던 경비아저씨는 혀를 끌끌 찼다.

― 어휴, 그 참! 해도 너무 하네. 저 많은 그을음을 다 닦아냈는데 흰 셔츠는 세탁소에다 맡기지. 그 몇 푼 한다고 사람을 저리 생고생시키나?

그 집 사모님은 선이가 말끔하게 닦은 물건들을 안으로 들여놓고 그 자리에 새까맣게 그을린 남편 셔츠와 두 아들의 교복 셔츠를 모아 던져 놓았다. 선이는 말없이 큰 대야에 세제를 풀어 손으로 깃을 문지르고 거품을 내어 셔츠를 주물럭주물럭 빨았다. 본래의 흰색을 되찾고야 말겠다는 일념으로. 시커먼 거품이 흘러넘쳐 몇 번이고 물을 바꿔 헹궈내야 했다. 추운 겨울 손이 시리고 발이 시린 건 둘째 치고 손목이 빠질 듯이 저렸다. 아픈 것을 호소하기에는 이미 때는 늦어버렸다. 선이는 주인 여자가 던져 놓으면 던져 놓는 대로 기계처럼 척척 닦았다. 평소보다 늦은 시간까지 일은 끝나지 않았다. 그 집 사모님은 화재보험을 들어뒀기에 보상금을 많이 받을 수 있었다고 자랑하며 함박웃음을 지었다. 그런데도 수고했다거나 수당을 얹어주기는커녕 "내일도 좀 일찍 나와요."가 인사였다. 선이는 속으로 울화가 치밀었다. 몇 번이고 박차고 나오고 싶지만, 하루 벌어 하루를 버텨야 하니 그럴 수가 없었다. 그런 날은 녹초가 되어 눈물을 머금고 택시를 타야 했다. 아침부터 늦은 밤까지 일하고 삼만 원을 받아 늦은 밤에 버스도 아닌 택시를 타면 허탕이었다. 택시비를 내고 두 식구가 당장 먹고 써야 하는 필수품을 사기에도 부족했다. 허름하다고 월세가 낮은 것도 아니었다. 내일을 알 수 없는, 오늘 하루도 살아내기 벅찬 하루살이. 너덜너덜한 육신을 이끌고 집에 도착하면 밤이 깊었다. 환희가 학교에서 돌아와도 엄마가 없는 집, 선이가 늦는 날에는 보살 아주머니에게 환희의 저녁밥을 부탁했다. 보살 아주머니 집은 학교와 집 중간쯤이라 걷다 허기진 환희는 어쩔 수 없이 그곳에서 한 끼를 때우고 집을 향해 또 걸었다. 선이는 하루하루가 벼랑 끝에 선 기분이었다. 불안한 마음은 어디에도 마음을 붙이지 못하고 바람 앞에 촛불처럼 일렁거렸다. 사방이 온통 시커먼 장벽으로 둘러쳐져 꼼짝할 수가 없었다. 숨이 막혔다.

  그날 밤 선이는 악몽에 시달렸다. 검푸른 바닷속을 헤엄쳐 엄마를 쫓고 있었다. '엄마! 엄마! 제발 멈춰봐요! 나 좀 보라고! 왜 도망만 가는데! 한 번만 뒤돌아 나 좀 봐줘! 제발요.' 엄마는 더 깊은 곳으로 헤엄쳐 달아났다. 선이는 턱까지 차오르는 숨을 헐떡이며 엄마를 쫓고 있었다. 엄마는 옥이의 손을 잡아끌며 빛의 속도로 침잠해 갔다. 선이는 도저히 따라잡을 수가 없었다. 목이 터지라고 엄마를 불렀다. 꿈속에서도 목소리가 나오지 않는 자신을 느꼈다. 온몸에 묵직한 돌멩이를 매단 듯 물속에서 뭔가가 끌어당겼다. 선이는 발버둥 치며 겨우 물속에서 빠져나왔다. 얼마나 진을 뺐는지 기진맥진하여 꼼짝할 수가 없었다. 몽돌몽돌한 돌밭에 널브러져 한참을 그렇게 헐떡거렸다. 차가운 몸을 일으켜 세우느라 선이는 고개를 들었다. 그때 숲으로 난 오솔길에 우두커니 서 있는 검은 물체를 보았다. 선이를 바라보고 있었다. 아니, 저 사람은…. 꿈에서라도 보고 싶었던 태준이 거기 서 있었다. 반가움에 선이는 뛰어가 태준을 붙들려고 했다. 검은 그림자처럼 뒷모습만 보이던 태준은 아무리 불러도 얼굴을 보여주지 않았다. '환희 아빠! 나 좀 봐요. 뭐라고 말 좀 해봐요. 제발 얼굴 좀 보여줘요! 왜 아무 말도 안 하는 건데요. 뭐라 말 좀, 목소리 좀 들려줘요! 환희 아빠! 환희 아빠!' 선이가 애타게 불러도 태준은 한 번도 돌아보지 않고 뿌연 안개 뒤로 숨어버렸다. 그러고는 숲으로 사라져 버렸다. 어디로 간 것일까? 선이는 옷깃이라도 잡으려고 헛손질하며 울고 또 울었다. 목소리가 나오지 않아 꿈속에서도 자신이 살아 있는지 죽은 것인지 알 수가 없었다. 바윗덩이 같은 몸은 그 자리에서 꼼짝하지 않고 얼어붙었다. 선이는 목 놓아 엉엉 울었다. 왜 엄마는, 태준은 나를 버리고 가버리는 걸까? 내가 죽도록 보고 싶어 하는 저 사람들은 왜 나를 못 본 척 도망가는 걸까? 한번 눈길도 주지 않고 한마디 말도 없이 그들은 홀연히 사라져 버렸다. 선이는 악을 쓰며 태준을 불렀다. 악에 받쳐 소리를 지르다 잠결에도 꿈이라는 걸 느꼈다. 선이는 엄마와 태준을 쫓아가느라 지칠 대로 지쳐 바람 빠진 풍선처럼 꺼져가고 있었다. 얼음 위에 누운 듯 온몸에 찬기가 몰려왔다. 추웠다. 얼어 죽을 것 같았다. 죽은 선이 앞에서 울고 있는 환희가 보였다. '난 죽어가고 있는데 우리 환희는 어떡해. 이제 나는 죽는가 보다. 환희야! 환희야!' 선이는 목소리가 나오지 않아 더 크게 소리쳤다. '제발, 환희야!'

환희는 이불을 젖히며 벌떡 일어나 더듬더듬 엄마의 손을 찾았다. 엄마의 뭉툭한 손이 만져졌다. 환희는 재빠르게 엄마의 손목에 엄지손가락을 갖다 대었다. 숨을 죽이고 맥박을 찾으려고 온 신경을 쏟았다. 놀란 가슴은 쉴 새 없이 콩닥거렸다. 엄마가 죽었을까 봐 두려웠다. 티라노사우루스의 아가리처럼 날카로운 이를 드러낸 어둠이 금세라도 쥐구멍만 한 방 안을 삼켜버릴 것만 같았다. 무서웠다. 눈앞에는 아무것도 보이지 않았다. 환희는 엄마의 맥박이 뛰는지 어쩌는지 알 수가 없었다. 엄마를 흔들어 깨웠다. "엄마! 엄마!" 하고 불러도 아무 반응이 없었다. 엄마의 몸은 온통 땀에 젖어 있었다. 어둠에 눈이 익숙해지자, 환희는 산낙지를 소금에 절여놓은 듯 축 늘어진 엄마를 주무르기 시작했다. 환희는 혼란스러웠다. 분명 울부짖는 신음을 듣고 깨어났는데 아무 흔적도 없는 정적이 더 무섭게 다가왔다. 환희는 귀를 쫑긋 세우고 엄마의 가슴에 갖다 대었다. 엄마의 코끝에, 심장 가까이에 엄마의 숨소리를 더듬었다.

제 몸통의 살점이 도려져 나간 줄도 모른 채 뻐끔거리는 아가미처럼 선이의 심장은 얕게 오르내렸다. 선이는 아득히 자신을 부르는 소리를 들었다. "엄마! 엄마!" 눈물 젖은 환희의 목소리였다. 환희의 손을 타고 전기가 흐르듯 따스한 기운이 스며들었다. 엄마의 손을 어루만지고 팔을 주무르는 아들의 손, 얼어붙은 선이의 심장이 녹아 들었다. 그제야 선이는 숨을 쉬는 자신을 느꼈다. 돌덩이처럼 무거운 눈꺼풀을 밀쳐내려고 애를 썼다.

환희는 굼벵이가 기어가는 듯 느리게 맥박이 뛰고 있는 엄마를 느끼며 '됐다! 엄마는 죽지 않았어. 살아 있어!' 환희는 놀란 가슴을 쓸어내렸다. 가로등도 비치지 않는 방 안은 안과 밖을 분간할 수조차 없이 캄캄했다. 아이의 눈빛만이 어둠 속에 번득거렸다. 환희는 공책 한 권을 펼쳐놓은 듯한 쪽

창에 빨리 붉은 해가 찾아들기를 기다렸다. 두 무릎을 세워 웅크리고 앉아 두 팔을 포개어 얼굴을 묻었다. 고개를 푹 숙인 환희의 어깨가 들썩거렸다. 소리를 죽이려 애쓰는 울음이었다. 환희는 엄마 곁을 지키고 앉아 엄마에게서 눈을 떼지 않았다. 애꿎은 창을 힐끔거리다 엄마를 만져보다가 엄마가 깨어나기를 빌고 또 빌었다.

은혜로운 아침 해가 초라한 쪽창에도 얼굴을 내밀었다. 환희는 그날따라 햇살이 반가웠다. 학교에 갈 준비를 하면서 틈틈이 엄마에서 시선을 놓지 못했다. 선이는 겨우 눈을 떴지만, 몸이 말을 듣지 않았다. 억지로라도 일어나려는 선이를 환희가 제지했다. 환희는 작은 상에 뜨거운 물과 식은 밥을 차려왔다. 선이는 자신은 괜찮다고, 나중에 먹겠다고 돌아누웠다. 환희는 어제 먹다 남은 밥에 뜨거운 물을 부어 후루룩 마셨다. 일어나지 못하는 엄마가 걱정되었지만, 학교는 가야 했다.

환희는 "엄마, 다녀오겠습니다." 밝게 인사하고 방문을 살포시 닫았다. 길거리로 나온 환희의 어깨가 바닥으로 꺼져버릴 듯 내려앉았다. 환희는 철로를 따라 한 시간을 걸어서 학교에 다녔다. 비가 오나 눈이 오나, 땀에 범벅이 되거나, 두 손발이 꽁꽁 얼 것 같은 추운 날에도 차비를 아끼느라. 집을 나서면 눈 앞에 펼쳐진 풍경이라고는 잿빛 하늘 아래 다닥다닥 들어선 낡은 지붕들뿐이었다. 환희는 아무 기대할 것도 없다는 듯 차가운 거리를 터덜터덜 발걸음을 옮겼다. 그렇게 한참을 걷다 보면 두 지역을 잇는 다리가 나왔다. 회색 콘크리트로 세워진 다리는 아래에서 올려다보면 산만큼 높아 보였다. 환희는 다리를 지날 때마다 구구거리는 비둘기 떼를 구경했다. 인적이 없는 거리에서 그마저도 반가워 말을 걸곤 했다. "비둘기야, 춥지 않나? 아침은 먹었어?" 환희는 혼잣말처럼 비둘기에게 인사를 건넸다.

혼자 걸어 다니는 이 길에서 만나는 유일한 말동무였다. 그 비둘기들이 자신의 처지를 닮은 듯해 그냥 지나칠 수가 없었다. 그날은 마음이 더 싱숭생숭했다. 엄마가 아파 누웠는데도 학교를 가야 한다는 게 영 내키지 않아서였다. 뒤를 닦지 않은 사람처럼 엉거주춤 자꾸 신경이 쓰였다. 환희는 비둘기를 향해 쭈그리고 앉았다가 다가오는 비둘기에지 줄 게 없는 빈손이 무안해졌다. 내일은 뭐라도 하나 먹이를 챙겨와야겠다고 마음먹으며 다시 걸음을 재촉했다.

다리를 건너면 시내로 접어들었다. 거기서부터는 교복을 입은 학생들을 간간이 볼 수 있었다. 다리 하나를 사이에 뒀을 뿐인데 거리의 풍경은 사뭇 달랐다. 시내로 접어드는 다리 건너편 거리는 네모반듯한 건물에 햇살로 가득 찬 유리창은 눈이 부셨다. 오가는 사람들은 말쑥한 차림에 활기가 넘쳤다. 삼삼오오 짝을 지어 걷는 여학생들의 모습이 생기발랄했다. '아침부터 뭐가 저리 즐거울까?' 환희는 하얀 이를 드러내며 조잘거리는 여학생의 모습을 힐끔거렸다. 그 웃음을 상상할 수도, 끼어들 수도 없는 자신이 이방인 같았다. 뒤처져 걸으며 속으로는 알 수 없는 안도의 기운을 느꼈다. 아는 얼굴이 아니어도 함께 그 길을 걷는 누군가가 있다는 사실이 반가울 따름이었다.

그날 아침, 일을 못 간다고 알리는 선이의 목소리가 갈라졌다. 선이는 열이 차올라 목이 따끔거리고 뻐근했다. 온몸이 바늘로 쑤셔대는 것처럼 아팠다. 살아생전 아버지가 뼈가 쑤셔 잠 못 들던 그 그통이 이런 게 아니었을까 생각났다. 뼈를 비틀어 마구 헤집어 놓은 듯 아프지 않은 데가 없었다. 몸이 아픈 통증인지 마음이 아파 고통스러운 건지 선이는 세상 온갖 고통을 제 한 몸에다 얹어놓은 기분이었다. 왜 나에게 이런 시련을 주는 것일까? 내가 무슨 죄를 지었길래 이렇게 비참하게 짓밟는 것일까? 선이는 속이 시커멓게 타들어 가 살아갈 의지도 박탈당했다. 고향 집에서 고생하며 살아왔던 지난날이 떠올랐다. 홀로 된 아버지와 엄마 잃은 동생들을 위해 뭐라도 해보려고 애썼던 자신이 생각할수록 애처로웠다. 왜 나는 오빠도, 큰언니도, 둘째 언니마저도 못 견디고 떠나버린 집으로 제 발로 들어갔을까? 누구를 위해서, 무엇을 위해 그리했을까? 아무도 강요하지 않았지만, 모른 척할 수 없었던 가슴 한쪽을 잃은 사람들. 그들을 돌보느라 시집 온 뒤에도 태준에게, 가정에 충실하지 못했다는 자괴감이 가슴에 못을 박았다. 선이는 죽고만 싶었다. 모든 게 억울했다. 꿈 많았던 소녀는 엄마를 잃고, 옥이를 떠나보내며 눈물로 얼룩진 처녀 시절을 맞았다. 그 세월을 선착장 그 좁은 가게에 오롯이 바쳤다. 선이는 되돌릴 수 없는 지난날의 아픔이, 생지옥과도 같은 현실이 떠오르자, 누구에게랄 것도 없이 마구 소리를 질러댔다.

- 내가 뭘 잘못했는데! 내가 왜 이리 살아야 하는데! 왜! 왜! 왜 하필 그게 나여야 했냐고오!

소리치던 선이는 다시 두 손을 모았다. '하느님, 참말로 나는 잘살아보고 싶었습니다. 죄가 있다면 그 죄밖에 없는데 내가 뭘 그리 잘못했다고 나한테 이러는지, 세상에 해도해도 너무 합니다.' 선이는 주먹으로 가슴을 내리치며 엉엉 울었다. 온통 자신을 할퀴려 드는 손아귀뿐인 현실이 징글징글했다. 무슨 저주를 받아 이런 건지 다 내팽개치고 싶었다. 자신을 수렁으로 던져 놓고 말없이 떠나버린 엄마와 태준이 꼴 좋다며 비웃는 것 같았다. 선이는 밤이나 낮이나 지난 기억들 때문에 괴로웠다. 진절머리가 났다. 자신을 책망했다가 자신이 태준을 죽음으로 몰았다는 죄책감에 시달렸다. 태준이 집을 나가 객사한 상처가 바윗덩이처럼 가슴에 탁혔다. 이 세상 끝날 때까지 꿈쩍도 하지 않을 굳센 기세로.

사는 것이 죄악이었다. 그렇다고 죽자니 환희가 밟혔다. 차라리 모든 기억을 싹 다 지워버리고 싶었다. 아예 기억상실증에라도 걸려버렸으면. 정말이지 기억의 파편들을 모조리 끄집어내 개나 물어가라지 싶었다. 잠 못 드는 날이 지속되었다. 붉게 타오르는 불꽃처럼 선이의 심장은 화병으로 활활거렸다. 눈앞에 현실이 자신의 것이 아닌 남의 불행을 잘못 뒤집어쓴 건 아닐까, 착각에 빠지기도 했다. '나 때문에 남편이 죽었다. 나 때문에. 내가 밀쳐내는 바람에. 내가 그 손을 잡아주지 않는 바람에. 난 벌을 받아도 싸다. 벌을 받아 마땅하다. 내일은 눈을 뜨고 싶지 않습니다. 환희 아빠! 제발 당신들이 있는 그곳으로 나도 좀 데려가 줘요.' 선이는 삶과 죽음의 터널을 하루에도 몇 번이고 오갔다. 늘 죽음을 생각했다. 이 고통이 제발 멈춰주기를, 그것이 죽음일지라도 기꺼이. 대낮인데도 몇 평 남짓한 방 안에는 햇볕마저 들지 않았다.

학교에서 서둘러 돌아온 환희는 신발을 벗어 던지며 방으로 뛰어들었다. 엄마를 불렀지만, 대답이 없었다. 선이는 온몸이 불덩이였다. 환희는 엄마를 흔들어 깨웠다. 엄마는 눈을 뜨지 않았다. 환희는 엄마마저 잃게 될까 봐 두려웠다. 엄마를 살려야 한다는 생각뿐이었다.

― 이모! 엄마가 아파요. 눈을 안 떠요!

환희는 서울로 간 막내에게 전화했다. 겁에 질린 환희의 울먹이는 소리에 막내는 서울에서 한달음에 달려갔다. 헤매고 헤매 찾은 좁은 골목 안 파란 쪽문, 막내는 눈앞에 펼쳐진 현실에 입을 다물지 못했다. 차라리 꿈이었으면 했다. 어떻게 이런 골짜기에 기어들 생각을 했을까? 어쩌다 이 지경까지 왔을까? 막내는 무엇보다 미안했다. 멀리서 눈에 보이지 않는다고 이 지경인 줄 몰랐다는 사실이, 돈 몇 푼 보내고 도리를 다한 듯 지내왔던 자신이 한없이 부끄러웠다.

엉클어진 머리에 초점을 잃고 누워 있는 선이는 예전의 선이가 아니었다. 방 안 모서리에는 군데군데 머리카락이 먼지와 뭉쳐 나돌아다녔고, 구석에 던져 놓은 옷가지들은 누더기처럼 방치되어 있었다. 상상할 수조차 없는 노릇이었다. 선이의 손을 거치면 죽어가던 식물도 살아나 윤기가 났었다. 쭈그러진 냄비도 반들반들 닦아 새것같이 쓰던 선이, 그런 선이는 지금 죽어가고 있었다. 막내는 눈앞에 보고도 믿기지 않아 고개를 저었다. 어떻게 이럴 수가 있지? 누가 언니를 이렇게 만든 거야? 기가 막혀 억장이 무너져 내렸다. 막내를 멀뚱히 보는 선이의 눈동자가 빨갰다. 일어나지도 못하고 누운 선이의 양 볼을 타고 뜨거운 액체가 흘러내렸다. 속이 문드러져 삭이고 삭인 진액같이 진득한 눈물이. 그것이 이제야 왔냐는 원망인지, 지금이라도 와줘서 마음이 놓인다는 것인지 막내는 양가감정을 느끼며 선이의 손을 잡고 가만히 쓸어내렸다. 내가 왔으니 마음 놓으라는 마음을 전하며.

선이에게 필요한 것은 사람이었다. 괜찮냐고 물어봐 주는 사람, 혼자 살아내느라 애썼다고 말해 줄 사람, 무엇보다 이 고통을 짊어진 게 선이 자신의 탓이 아니라고 말해 줄 내 편이 필요했다. 막내는 그게 자신이어야 한다는 것을 누구보다 잘 알았다.

15
종이 조각 따위

    살얼음 같은 겨울을 견뎌내고 땅 밑에서 봄의 새싹이 기지개를 켜는 무렵이었다. 아들을 서울에 있는 대학에 보내겠다는 일념으로 이 악물고 분투한 선이의 노력에도 불구하고 환희는 서울에 있는 대학에 진학하지 못했다. 선이는 그 사실을 받아들일 수 없었다. 오직 하나 그 희망만으로 버텨 온 날들이 물거품이 되어버린 듯 허탈했다. 환희는 지방국립대 장학생으로 합격했지만, 선이는 거들떠보지 않았다. 선이는 오로지 서울에 있는 일류대학만이 아들이 가야 할 대학의 최종 목표였다. 선이의 완고한 결정을 따를 수밖에 없는 환희는 재수학원에 내몰린 신세가 되었다.
    선이는 막내의 도움을 받아 다른 동네로 이사를 감행했다. 막내는 환희의 성적을 위해서도 선이의 건강을 생각해서도 이사를 권유했다. 좁은 방에서 엄마와 성인이 된 아들이 한데 지내다 보니 서로 얼굴 붉힐 일이 생기면 피할 길이 없었다. 선이는 겨우 잠재웠던 울화가 되살아나 요동치는 바람에 하루에도 몇 번씩 온탕과 냉탕을 오갔다. 환희는 서울에 있는 대학을 못 간 죄인이 되어 선이가 들쑥날쑥 예고 없이 쏘아대는 화살을 묵묵히 받아냈다. 선이는 무방비로 오갈 데 없는 환희의 현실이 한편으론 가엾기도 했다.

새로 이사한 이층집은 방이 두 개여서 비로소 환희는 자기만의 공부방을 가질 수 있었다. 심각한 우울증을 앓았던 선이는 지난해 막내와 병원을 다녀온 후 처방 약을 먹고 호전된 상태였다. 이사를 하자마자 선이는 인근에 식당 일을 나갔다. 아침부터 늦은 밤까지 주방에서 일하다가, 바쁠 때는 홀 서빙을 돕느라 발바닥에 불이 났다. 그렇게 번 돈은 월세를 내고 대부분 환희의 학원비로 쓰였다. 이사한 후 그해 일 년 내내 환희는 재수학원에 붙들려 살았지만, 서울에 있는 대학 어느 곳에도 발을 들이지 못했다. 이층집의 방 두 칸은 굳게 문이 닫혔다. 또다시 봄은 왔지만, 선이와 환희에게는 여전히 냉랭한 겨울이 계속되었다.

막내는 대학에 떨어진 조카도 위로할 겸 고향을 다녀왔다. 고향 집을 다녀온 이후 막내는 뭔가 상실한 사람처럼 허망했다. 막내는 지극히 낮은 목소리로 겨우 몇 마디 할 뿐, 영혼이 빠져나간 사람처럼 멍하니 누워 흐느낄 뿐이었다. 그동안의 몸의 기억을 잃은 듯 방 안의 어둠을 끼고 앉아 바깥으로 나가기를 거부했다. 잿빛의 우울한 기운은 안개처럼 방 안을 기어 나와 거실과 식탁 밑 집안 곳곳으로 깔려 들었다.

막내는 자신이 누구인지, 도대체 무엇을 위해 살고 있는지 걷잡을 수 없는 혼돈의 도가니 속에 갇혔다. '무엇이 이토록 나를 고통 속에 울게 하는가?' 그 해답을 찾을 길이 없었다. 흐느적흐느적 금방이라도 쓰러질 것 같은 걸음걸이로 겨우 거실로 나오기도 했지만 거의 침대 위에 맥없이 누워 있었다. 무엇에 짓눌린 듯 가슴을 쥐어뜯거나, 엉엉 소리 내 울다가 까무러져 잠들기도 했다. 멍하니 앉아 울고 또 울기만 할 뿐 아무런 대책이 없었다. 그렇게 흘러가던 어느 날, 막내는 쟁쟁하게 들리는 선이의 목소리에 화들짝 잠에서 깼다. 고향 집에서, 아버지 무덤 앞에서 들었던 그 말이었다.

― 얼마 전, 큰집에 막내가 박사학위를 받았다더라. 설에 조상 묘 앞에 박사 학위증을 떡하니 갖다 놓고 온 식구가 다 같이 절을 올렸다네. 육남매 중 아무도 못 한 공부를 막내가 끝을 봤다고 다들 좋아서 울고불고 동네잔치를 했단다. 식구들이 못 배운 한을 막내 덕에 다 풀었지. 뭐. 막내 니도 몸만 아프지 않았어도 벌써 박사 되고도 남았을 낀데. 그랬으면 우리 아부지도 못 배운 한은 풀고 갔겠지.

선이는 큰집 가족 묘소를 턱으로 가리키며 부러운 듯 말을 쏟아냈었다. 그 말이 막내의 심장에 비수로 꽂혔지만, 막내는 느렇게 말라비틀어진 잔디를 애꿎게 뜯고 있을 뿐이었다. 그 자리에 함께한- 환희도 먼바다를 향해 뒤돌아 서 있었다. 막내는 환희의 축 처진 뒷모습이 쓸쓸해 보였다. 그때 막내는 대학에 떨어진 환희를 위로하느라 주저앉은 자신을 보지 못했다.

그 장면과 동시에 막내는 이전의 기억이 되살아났다. 선이 언니 소개로 선을 보았을 때, 선이 언니가 자신을 서울대 나왔다고 잘못 말한 바람에 난감했던 그 순간이. 그때 받은 상처는 막내에게 가족의 기대에 못 미치는 사람이라는 낙인으로 남아 있었다. 해내야 할 의무를 마땅히 해내지 못한 마음은 막내의 핏줄을 타고 흐르며 시시때때로 괴롭혔었다. 이것밖에 안 되는 존재라니, 나란 존재는 아버지와 선이 언니가 기대했던 사람이 되었는가 말이다. 그토록 고생만 한 그들에게 원하는 무엇 하나라도 채워주기는 했던가? 막내는 가족에게 받은 사랑을 갚겠다고 애썼던 지난날이 갑자기 공허했다. 한 계절 푸르게 뻗치다 풀썩 주저앉은, 뒤엉켜 더 이상 나아갈 수 없는 마른 덤불 같은 자신을 보았다.

막내는 서울로 이사한 후, 빠듯한 생활에 정신없이 치어 살다가 몇 년 만에 찾은 고향이었다. 태준이 사업을 시작해 자리를 잡고, 세상에 태어난 지 몇 해 동안 얼굴 한번 보이지 못한 막내아들을 친정 식구들에게 보일 겸, 다소 설레기도 했던 고향길이었다. 고향 집에서 아버지와 엄마 묘소를 지키며 살던 오빠는 막내를 보자 눈시울을 붉혔다. 오빠는 막내의 두 딸과 어린 아들을 두 팔에 안고 어렸을 때 막내 모습을 보는 것 같다며 올라간 입꼬리를 다물지 못했다. 오빠가 있어 친정집이라도 있었다.

막내는 올 때마다 반갑게 맞아주는 맏며느리이자 외며느리인 올케언니가 고맙고 든든했다. 집안의 온갖 대소사를 떠안고 있는 맏며느리, 그 자리의 무게가 느껴져 새삼 안타까웠다. 올케언니는 해마다 유자청을 담아 멀리 있는 막내에게 보내곤 했다. 살아생전 아버지가 지내던 집 앞 밭은 온통 유자나무가 들어차 있었다. 아버지가 심어 놓은 나무였다. 아버지는 "아버지가 죽으면 이 유자나무를 보며 생각해라이."라며 땅을 깊이 파서 유자나무 뿌리를 심고 막내에게 흙을 덮어 두 발로 다지라 했다. 올케언니는 아버지의 그 말을 잊지 않고 해마다 멀리 있는 막내에게 아버지의 사랑을 담아 보냈다. 오빠 내외는 두 딸을 공부시키랴, 지난여름 태풍에 날아간 가게 지붕과 배들을 손보느라 빚을 내어 보수 중이었다. 막내와 태준은 그 소식을 듣고 제법 두툼한 봉투를 내어놓았다.

막내가 떠나올 때, 오빠는 차창 안으로 고개를 들이밀고 조카들의 손을 잡고 놓지 못했다. 잘 가라며 작별 인사를 하다 말고 돌아서서 밤하늘에 대고 꺽꺽 소리 내 울었다. 흡사 짐승의 울부짖음을 보는 것 같았다. 막내는 오빠가, 오십을 넘긴 어른이 그리 슬피 우는 걸 처음 보았다. 오장육부가 다 끊어지는 듯한 울음, 울음이었다. 막내는 고향 집을 떠나 서울집까지 오는 내내 한마디 말이 없었다. 오빠의 울음소리가 가슴을 헤집고 다녔다. 가슴이 아렸다. 핏줄이 무엇이길래, 오빠의 그 울부짖음이 파도처럼 일렁이며 먼저 떠난 가족들을 불러일으켰다. 그들은 마지막 순간 누군가에게 무엇을 말하고 싶었던 걸까? 방바닥에 수화기를 떨어뜨린 채 홀로 세상을 등진 아버지의 쓸쓸한 주검이, 쏟아지는 빗속에 깊은 바다로 뛰어들었을 엄마의 치맛자락이, 생사조차도 알 수 없는 옥이의 그 슬픈 눈망울이 되살아나 가슴을 짓눌렀다.

그날 이후, 막내는 온갖 상념에 시달렸다. 서른아홉 살이 되던 해였다. 막내는 일찍 엄마를 잃고 힘들었던 어린 시절을 보낸 탓에 현모양처가 꿈이었다. 세 아이의 엄마로, 한 남자의 아내로 아등바등 살아내느라 자신은 온데간데없었다. 지난 세월, 아버지와 선이 언니가 자신을 위해 희생한 시간이 갚아야 할 빚으로 눈덩이처럼 쌓여 있었다. 그들이 바란 건, 집에서 살림이나 하고 앉은 그런 사람이 아니었다. 남 보기에 내세울 만한 자리, 가난해서 배우지 못한 가족들의 설움을 다 날려줄 수 있는 성공한 모습이어야 했다. 막내는 죄책감에 시달리는 만큼 자신을 미워하는 마음도 커졌다. 무엇을 위해 어떻게 존재해야 하는지 자신에게 묻고 또 물었다. 가슴이 울렁거리고 숨이 막힐 듯 심장이 조여왔다. 그럴때가다 류시화의 〈외눈박이물고기의 사랑〉 시를 꺼내 읽으며 눈물지었다. 시를 읽으며 절대고독을 받아들이고 자신을 위로했다. 막내는 아무도 없는 주방 바닥에 쪼그려 앉아 하염없이 울다가 어떤 날은 싱크대 밑에 처박아 둔 조롱박을 꺼내 뒤 베란다에 내던지곤 했다. 그러고도 풀리지 않는 날에는 차를 몰고 나가, 한적한 공원 나무 아래 세워두고 소리 내어 펑펑 울었다.

그런 막내를 지켜보던 태준은 막내에게 대학원 진학을 권했다. 태준은 평소 책 읽기를 즐기며 독서 모임을 꾸준히 이어오던 막내가 집안일에 치어 사는 것을 늘 안타까워했다. 막내는 "책만 읽으며 살고 싶다."라고 입에 달고 살았다. 밤이 되면 얼른 혼자 책을 보고 싶어 일찍 아이들을 재우느라 애를 먹었다. 막내는 어릴 때부터 이야기를 좋아했다. 아버지가 들려주는 옛날이야기에 귀를 쫑긋 세웠고, 『플란다스의 개』를 읽으며 눈물을 펑펑 쏟았다. 엄마가 없는 자신보다 더 불쌍한 넬로를 동정하며 용기를 낼 수 있었다. 『키다리 아저씨』의 주인공 고아 소녀 주디를 보며 어려운 환경에서도 희망을 꿈꾸는 법을 배우기도 했다. 그래서인지 세 아이를 키우며 책을 읽어주는 것을 좋아했다. 책을 읽다 말고 어느 페이지에 멈춰 혼자 눈물짓는 막내, 아이들에게 그런 엄마 모습은 일상에 한 부분으로 기억되었다. 막내는 문학작품에서 사람을 이해하고 다른 세상을 배우는 기쁨을 느꼈다. 그렇게 살아왔기에 그런 문학을 통해 이전의 시대, 아버지가 살아왔던 삶을 알고 싶었고, 존재 의미를 찾고자 했다.

계절이 몇 번 바뀌고 막내는 석사논문 초록 발표를 앞두고 있었다.

— 이것 좀 먹고 하지.
— 몇 시야?
— 아침 8시.
— 헉! 벌써 시간이 그렇게 됐어? 애들은?
— 아침 먹고 다 학교에 갔지. 새벽에 방문을 연 순간, 당신 눈에서 알 수 없는 광채가 뿜어져 나와 말을 붙일 수가 없었어. 누가 업어가도 모르겠더구먼. 힘들지 않아?

막내는 괜찮다며 태준이 두 손에 들고 온 쟁반을 책상 옆으로 밀어두었다. 김이 모락거리는 쌀밥과 달걀찜, 사과 몇 조각이 놓여 있었다. 발표가 있는 날의 아침은 늘 그랬다. 아이 셋을 키우며 석사과정을 밟는다는 것은 몸이 열두 개라도 모자랄 판이었다. 막내는 엄마로서의 하루를 마감하고 밤이 깊어야 책상에 앉을 수 있었다. 그 시간부터는 아이들도 엄마의 공부방 앞에는 얼씬거리지 않았다. 발표가 있는 전날 밤에 행여 책상에 엎쳐 막내가 잠들었을까 봐 태준은 수시로 나와 살피기도 했다. 태준은 어떤 힘에 이끌려 무아지경에 빠져든, 밤샘을 밥 먹 듯하는 막내를 말릴 수가 없었다. 막내가 밤새워 글쓰는 날엔 세 아이와 아침밥을 챙겨 먹고 각자의 길을 나섰다. 아이들은 책상에 앉아 컴퓨터 자판을 두드리고 있는 막내에게 아침 인사를 하지 않는 것이 불문율이 되었다. 1초를 다투는 막내의 손이 자판 위로 날아다녔다. 태준은 "병날까 겁난다."는 한마디를 내뱉고는 살짝 문을 닫았다. 어떤 방해도 하지 않겠다는 듯.

발표문 준비를 마친 막내는 아침은 먹는 둥 마는 둥 택시를 탔다. 청명에서 서울에 있는 학교까지는 두 시간이 넘게 걸렸다. 한 주 걸러 찾아오는 발표날에는 운전할 엄두도 대중교통을 이용할 기력도 없었다. 막내는 돈으로 시간을 사는 편을 택했다. 택시 기사에게 목적지를 말해두고 잠시 눈을 붙여야 했다. 움푹 꺼진 눈 밑에 시퍼렇게 눈그늘이 내려앉았다. 누가 봐도 화장기 없는 몰골이 '나 밤새웠어요.'라고 광고라도 하는 꼴이었다. 막내는 몸이 힘든 줄 모르고 학업에 몰두했다. 학위를 취득하는 게 더 나은 자신을 증명하는 것이라 여겼다. 선이 언니가 바라던 사회적으로 성공한 사람은 못 되었지만, 지금보다 나은 뭔가는 되어야 했다. 그래야 보이지 않는 이 두터운 막을 거둬낼 수 있을 것 같았다.

초록 논문 발표회가 있는 날은 매미 소리도 한창인 찌는 듯한 여름날이었다. 막내는 강원도 원통에 있는 한용운 문학관으로 향했다. 시외버스를 세 번이나 갈아타고 도착한 하계 발표회장은 엄숙한 기운이 맴돌았다. 단박에 사람을 주눅 들게 하고도 남을 무거운 공기. 초록 논문을 심사할 교수진과 석박사 선배들이 포진해 발표자들의 간담을 서늘하게 했다. 막내의 초록 발표는 많은 질문과 반박에 부딪혔다. 막내는 발표를 끝내고 두 다리가 휘청거리는 것을 느꼈다. 긴장이 풀리자 그 자리에 주저앉고 말았다. 거기까지가 최선이었다.

막내는 그날 밤부터 고열에 시달렸다. 가까운 병원에 갔으나 별다른 이상은 없다고 했다. 그런데도 몸에 이상한 징후가 계속되었다. 머리를 들면 땅이 기울었고, 걷다가, 운전하다 시도 때도 없이 붉은 코피가 터져 나왔다. 걷잡을 수 없이 막무가내로 쏟아지는 코피 탓에 나가기가 무서울 지경이었다. 몇 군데 병원을 쫓아다니며 원인을 찾으려 했지만, 결과는 아무런 문제가 없다는 것이었다.

그러던 날 밤, 모두가 깊이 잠이 든 새벽녘이었다. 막내는 쿨렁쿨렁 목을 타고 흐르는 액체를 삼키려다 꺽꺽거리며 잠에서 깼다. 불안정한 숨소리에 놀라 잠이 깬 태준은 두 눈을 의심했다. 막내의 코와 입에서 울컥울컥 붉은 피가 뿜어져 나왔고 삽시간에 침대 시트를 붉게 물들였다. 놀란 태준은 막내의 머리를 아래로 숙여 두 손가락으로 콧방울을 눌러 지혈을 시도했다. 그런 와중에 막내는 배를 움켜쥐고 비명을 질렀다. 태준은 응급실로 내달렸다.

의료 기술이 최고라는 대학병원에서 필요하다는 모든 정밀검사를 받았지만, 막내의 병은 딱히 원인을 찾지 못했다. 온갖 기능이 저하되어 입원해야만 지켜낼 수 있는 지경의 목숨이라는 것 외엔. 말 그대로 탈진 상태, 몸의 에너지보다 몇 배의 에너지를 끌어 쓰다 보니 언진이 멈춘 상태라고 했다. 담당 의사는 최소 몇 개월 동안 몸의 기초체력을 회복하는 데 집중해야 한다며 일상 활동을 금했다. 막내는 논문을 끝내야 한다고 입원을 거부했다. "그깟 논문이 무슨 대수랍니까? 내가 살아야 논문도 있는 거지요!" 담당 의사는 안타깝다는 듯 언성을 높였다.

막내의 입원 소식에 놀란 선이가 달려왔다. 자신의 모든 생활을 정지시켜 놓고 그 먼 길을 한달음에. 산송장 꼴을 한 막내를 보며 선이는 눈물을 쏟았다.

― 어쩌다 이 지경이 됐노? 참말로 살아 있는 게 천만다행이다아.
― 나도 아버지 무덤 앞에 박사 학위증 갖다 바치그 싶었어.

막내는 그 말을 내뱉고는 아이처럼 펑펑 울었다. 순간, 선이는 자신이 욕심부려 한 말들이 막내에게 화를 불러일으킨 것 같아 움찔했다. 선이는 아예 막내의 집에 눌러앉아 막내를 보살폈다. 세 아이 뒷바라지와 막내의 집안 살림을 도맡아 했다. 막내는 늘 자신을 낳지 않았을 뿐, 선이 언니가 엄마라 여겼다. 그런 사람이라 자신에 대한 기대도 바람도 큰 것이라고.

선이는 늘 불안하고 어딘가 구멍이 뚫린 듯 허한 마음이었다. 남 보기에 대단한 뭔가가 있어야지 가슴 속에 허기가 채워질 줄 알았다. 그래야 행복할 것으로 생각했다. 그것을 환희와 막내에게 바랐던 게 사실이었다. 어린 시절, 엄마가 살아 있을 때는 배불리 먹지 못해도 수제비 한 그릇 나눠 먹으면서도 웃고 떠들며 행복했는데, 엄마가 죽은 이후로는 살아 있으니 살아온 인생이었다. 시시때때로 밀려오는 죽음의 유혹을 밀어내며 자신을 지

탱해 줄 행복을 딴 데서 찾고 있었다. 선이는 제 욕심을 앞세워 막내가 더 번듯한 뭔가가 되기를 바랐던 자신을 책망했다.

― 그놈의 박사학위, 그 종이 쪼가리 하나 죽은 아버지 무덤에 갖다 바친다고 무슨 의미가 있겠냐! 내는 그런 거 한 개도 바라지 않는다. 니만 건강하면 된다. 참말로 그라면 된다아. 아무 생각 말고 살 궁리만 해라이.

선이는 저 무거운 짐을 떠메고 살아왔을 막내가 한없이 가여웠다. 약한 몸에 여린 마음에 얼마나 고달팠을지, 그깟 종이조각이 뭐라고.

16
피의 고리

한여름의 뜨거운 햇살이 콘크리트바닥에 내리꽂혀 불바다를 연상케 했다. 발목까지 뒤덮은 파란 원피스를 입은 막내는 하얗다 못해 푸른 빛이 도는 긴 팔을 올려 이마를 가렸다. 주위를 두리번거리며 서 있는 막내를 지나가는 사람들이 흘깃흘깃 훑어보았다. 허리에 닿는 긴 머리에 누가 봐도 정상적이지 않을 만큼 하얀 피부는 이목을 끌었다. 아파 누워 지내는 동안 미용실에 갈 수가 없어, 어쩔 수 없이 막내 인생에 제일 긴 머리카락을 달게 된 꼴이었다.

막내는 오랜만에 오롯이 혼자가 되었다. 하루 종일 옥죄던 브래지어 끈을 풀어내고 잠자리에 들 때의 안도감이 스며들었다. 누가 가둔 것도 아닌데, 스스로 묶어 두었던 가족이라는 울타리를 벗어나, 느슨한 기분으로 기차에 올랐다. 막내를 걱정하며 기다리는 선이 언니가 있는 곳, 집에서는 쉴 수 없으니 자기 곁에 와서 쉬어야 나을 수 있다고 말해 주는 사람, 막내에게는 선이 언니 그 존재 자체가 퀘렌시아, 안식처였다.

혼자 기차를 탄 막내는 여행을 떠나는 사람처럼 사뭇 설레기도 했다. 창 밖에 스치는 푸른 하늘을 쫓다 보니 어느덧 천안역에 닿았다. 언니 집까지 차로 태워주겠다는 남편의 말을 끝내 사양하고 혼자 나선 길이었다. 아파 누워 있는 날이 많아서인지 막내는 짐이 되는 것이 무엇보다 싫었다.

1층 아파트에 살던 막내네는 두 개의 현관문이 있었다. 마당으로 난 문이 하나 더 있었는데 그 문을 열면 고향 집을 떠올리는 아담한 마당이 나왔다. 막내는 쌀 한 줌을 마당에 흩뿌려 놓고 "구구구 많이 먹어라."라며 모여든 비둘기 떼를 쪼그리고 앉아 구경하는가 하면, 마른 멸치를 통에 담아 놓고 길고양이들이 쉬어가게 했다. 하얀 나무울타리가 쳐진 작은 정원에는 봄이 면 하얀 목련이 피었고 5월이면 붉은 덩굴장미가 울타리를 칭칭 감아 흐드 러졌다. 아침마다 새소리를 들을 수 있었고 때마다 나비가 날아들었다. 막 내는 오래전 사라지고 없는, 어릴 때 살았던 집에 줄지어 피던 코스모스와 함박꽃, 뒤뜰에서 풍기던 달콤한 딸기 냄새, 엄마와 살았던 그 집이 늘 그 리웠다. 막내는 지나가는 사람들이 보기 좋게 꽃망울이 커다란 수국을 색 깔별로 들여놓았다. 하얗고 파랗고 보라색을 띠는 수국들 사이에 탐스러운 연분홍 꽃망울이 보는 이의 마음을 설레게 했다. 막내는 아이들이 자라며 마구 뛰어놀 수 있는 그 집을, 고향 집을 닮은 아늑함을 좋아했다. 자신이 건강하지 못해 가족의 건강을 우선으로 챙겼고, 시장을 볼 때는 땀 흘려 농 사지은 농부를 떠올렸다. 가족들과 맛있는 음식을 먹을 수 있음에 늘 감사 했고, 그렇게 제 몸 아픈 것쯤 견디며 가족이 우선인 삶을 살았다.

천안역에 내려 대합실로 향하는 계단은 갈수록 끝이 좁아지는 기다란 사 다리꼴이었다. 몇 계단을 딛고 올라서자, 코끝에 매운 기가 올라와 아리는 듯, 귀가 멍하고 눈앞이 아련했다. 씩씩거리는 숨소리는 점차 거칠어졌고 가슴이 조여오는 듯 아팠다. '아, 참! 의사 선생님이 절대 계단을 오르면 안 된다고 했지?' 막내는 혼자 말을 하며 계단 난간에 한 손을 붙들고 서서 호흡을 가다듬었다. 만일의 경우 어지러울 때면 머리부터 바닥에 대고 누워야 한다는 의사의 말을 되새겼다. 제법 긴 계단 하나를 올라왔고, 이제 역광장으로 향하는 계단으로 내려가야 할 차례였다. 난관을 짚고 발을 내딛는 순간, 휘청휘청 몸이 흔들거렸다. 막내는 겨우 계단 하나 내려 딛고 잠시 서서 숨 한번 들이쉬고, 또 그러기를 반복했다. 어깨에 둘러멘 작은 가방 안에는 긴급환자 증서가 들어 있었다.

막내는 계단 난간을 붙들고 서서 가슴을 크게 한번 들었다 놓으며 숨을 가다듬었다. 오가는 사람들의 웅성거리는 소리가 한데 뭉쳐 머릿속에서 윙윙 울렸다. 머리가 어지러웠다. 빨리 이곳을 벗어나고 싶은데 마중 나와 있다는 둘째 언니는 보이지 않았다. 붉은 양귀비꽃이 새겨진 검은 배낭을 메고 다홍색 크로스백을 멘 막내는 어디에서도 한눈에 띄는 차림새였다. 둘째 언니는 어디에서 자신을 찾지 못하고 있는지 답답했다.

그날은 아이들이 방학을 맞은 첫날이었다. 막내는 어제저녁 집안 식구들을 모아놓고 방학 동안 일정을 의논했다. 아이들 등교와 학업 때문에 지금껏 삼켜왔던 속마음을 밝히는 자리이기도 했다. "이제 나 선이 이모에게로 갈래. 니네 방학이니 알아서들 지낼 수 있지?"라고 말한 뒤 집을 떠나 천안에 있는 선이 언니 집으로 가겠다고 선언했다.

막내는 의사 선생님의 수술 권유에도 몇 달째 약물치료로 버티고 있었다. 움직이면 안 된다는데 엄마라는 사람이 집안에서 움직이지 않는 게 더 힘든 일이었다. 초기대응이 늦은 탓에 과도한 출혈로 빈혈 수치가 바닥으로 떨어졌고, 맥박도, 심장박동수도 희미했다. 연일 피 주사를 맞고 약을 먹었다. 한번 터져버린 종양은 좀 나아질까 하면 또 재발하는 일상이 연속되었다. 아이들 학업 때문에 수술하지 않고 버티던 막내에게 담당 의사는 엄포를 놓았다.

― 환자분, 이러다 정말 큰일 납니다. 내가 몇 년 동안, 근종으로 좋은 사람 여럿, 저세상으로 보냈어요. 가족들은 눈앞에 보이지 않기 때문에 이 병의 심각성을 잘 몰라요. 이 지경이 되어 자식 걱정이 무슨 소용입니까? 내가 살아야 자식도 있는 거예요! 제발 지금은 자신만 생각하고 돌봐야 합니다. 고집을 피우다 또 재발하면 이제는 제게 찾아오지 마세요. 더 큰 병원으로 가시고 이 종이를 항상 지니고 다니세요.

흰머리가 희끗희끗한 오십 대 후반쯤으로 보이는 원장은 막내의 고집을 꺾을 수 없어 단념하기로 작정한 듯했다. 자식이 소중해서 제 목숨 귀한 줄을 모르고 사는 걸 안타까워했다. 응급상황이 발생했을 때 우선순위로 수혈을 받을 수 있는 긴급환자 증서를 발급해 주며 안쓰럽다는 눈빛을 감추지 못했다. 말은 그렇게 단호하게 했지만, 원장은 의자에서 일어나 진료실을 나서는 막내의 어깨를 두 손으로 어루만지며 당부했다. 대학병원에는 수술하지 않고도 고칠 수 있으니 꼭 그렇게 하라고. 막내는 진료받는 몇 달 동안 진심으로 걱정해 주던 원장에게 고개 숙여 작별 인사를 했다. 왠지 목이 멨다. 소리 없이 눈물이 주르르 흘러내렸다. 마치 다른 세상으로 떠나는 사람처럼, 다시 볼 수 없을 사람인 것처럼.

역광장 한쪽에는 둘째 언니가 일러준 대로 택시 승강장이 보였다. 맨 끝에 정차한 택시 뒤로 한 발짝 떨어져 서 있는 둘째 언니가 보였다. 순간 막내는 반가운 마음에 한 손을 들어 흔들었다. 둘째 언니는 미간에 잔뜩 힘을 준 채 쏟아져나오는 사람들 사이를 뚫어져라 쳐다보고 있었다. 막내는 언니를 향해 웃으며 걸어갔다. 언니는 가까이에 웃고 있는 막내를 보지 않고 더 먼 곳으로 시선을 둔 채 무언가를 쫓고 있었다. 자신을 향해 다가오는 허여멀건한 여자를 별 시답잖게 쳐다볼 뿐, 그 사람이 막내라고 알아차리지는 못했다. 막내가 손을 흔들며 부르지 않았다면 그냥 스치고 말 것처럼 막내의 꼴은 그랬다. 둘째 언니는 눈앞에 서 있는 막내를 한참 들여다본 후에야 막내임을 알아봤다. 눈꺼풀을 눈썹까지 끌어올리고 아래위를 훑었다.

- 엄마야, 이게 무슨 꼴이고? 니가 왜 이리됐나? 혼이 다 빠져나간 사람처럼 핏기라고는 하나 없이….

둘째 언니는 막내를 유령이라도 만난 듯 넋을 잃고 쳐다보았다. 순식간에 벌게진 두 눈에 그렁그렁 눈물을 달고.

- 난 괜찮아. 의사가 이제 괜찮다고 했어.
- 이 지경이 되도록 왜 아무 말을 안 해. 곰처럼 혼자 앓지 말고 말을 해야지. 말을. 이러다 잘못되면 어쩌려고! 아이고 세상에나.

둘째 언니는 막내를 집으로 데려오라는 선이의 부탁을 받고 나온 터였다. 막내는 사람 모양으로 부풀린 하얀 풍선이 허우적거리듯 기운이 없어 보였다. 둘째 언니는 한발 떼는 것도 힘들어 보이는 막내의 한쪽 팔을 잡고 허리를 감싸안은 채 택시에 올랐다. "기사님, 좀 천천히 가주세요. 우리 동생이 몸이 좀 안 좋아서요."라고 기사에게 부탁했다.

아파트에 도착하자 둘째 언니는 뛰어 들어가 방바닥에 이부자리부터 깔았다. 두 손으로 요를 쫙쫙 펼쳐 다듬은 뒤 그 위에 막내를 눕게 했다.

− 아이고 우리 예쁜 아가, 어서 누워라아. 더 서 있다가는 쓰러지겠어.
− 내 나이가 몇인데 아직도 아가라 그래? 늙어빠져 볼품도 없는데….
− 내 눈에는 세상에 우리 막내만큼 예쁜 사람 하나도 없더라. 오느라 힘들었는데 좀 쉬어.

막내는 둘째 언니의 호들갑스러우면서도 리듬을 타는, 특유의 그 목소리가 싫지 않았다. 언니가 시키는 대로 이불 위에 드러눕자 긴장했던 몸이 스르르 풀어지는 것 같았다. 둘째 언니는 막내의 머리맡에 앉아 막내의 얼굴을 쓰다듬고 머리를 쓸어 넘기며 가만가만 들여다보았다. 막내는 언니의 손길을 내버려두었다. 세상에서 가장 귀한 존재로 자신을 대하는 언니들이 막내에게는 친정엄마 같은 존재였다. 동생을 아끼는 법이 남다른 언니들, 이 언니들은 누구에게서 어디에서 엄마를 느끼는지 막내는 가끔 그런 생각을 하곤 했다. 동생은 돌봐야만 하는 존재로 여기는 사람들이라 의지할 데 없을 언니들이 오히려 가여웠다. 막내는 언니들이 기댈 수 있는 자리를 내어주고 싶었다. 마음은 늘 그랬다.

그때 현관문이 벌컥 열렸다. 선이었다. 선이는 가쁜 숨을 몰아쉬며 신발을 현관에 벗어던지고 방으로 들어섰다. 막내 상태가 영 심각하다는 둘째 언니의 전화를 받고 선이는 일이 끝나자마자 지름길로 달려왔다. 붉게 상기된 얼굴에는 땀이 줄줄 흐르고 옷은 흠뻑 젖어 있었다. 선이는 맥없이 누워 있는 막내를 보자 뒤로 나자빠졌다. "꼴이 이게 뭐꼬? 이러다 잘못되면 어쩌려고 그리 고집을 피웠노? 내일 당장 병원가자이. 내가 일하는 병원에 텔레비전에도 나오는 유명한 산부인과 의사가 특진 온단다. 내가 간호사한테 특별히 부탁해 놨다아."라고 말하며 선이는 막내에게 눈을 떼지 못했다. 혼이 다 빠져나간 듯한 막내가 안쓰럽다 못해 울화가 치밀었다. "언니들 말 좀 들어라. 오늘은 영양 보충 좀 하고 푹 쉬었다가 내일 같이 병원가자. 그놈의 자식이 뭐라고, 니가 살아야 자식도 있지." 둘째 언니도 덩달아 목소리를 높였다. 막내는 언니들의 성화에 알았다는 듯, 힘없이 고개를 주억거렸다. 선이는 막내가 온다고 미리 고아둔 삼계탕을 가스 불 위에 올렸다. 선이는 김이 모락모락 피어오르는 닭죽을 떠다 입으로 후후 불어 식혔다. 그러고는 아기에게 이유식을 먹이듯 막내에게 내밀었다.

둘째 언니는 싫다는 막내를 일으켜 안고서는 자기 몸에 기대게 했다. 막내는 언니들의 성화에 못 이기겠다는 듯 닭죽을 몇 술 받아먹었다. 씹을 것도 없이 목을 타고 넘어가는 온기가 그렇게 부드러울 수가 없었다. 따뜻한 욕조에 몸을 담갔을 때처럼 안온한 기운이 감싸들었다. 몸이 아파 고통스럽게 사느니 죽고만 싶었던 마음이 이제 살 수 있겠다는 안도감에 막내는 저도 모르게 뚝뚝 눈물을 흘렸다. 언니들이 눈앞에 있어서일까? 여태 얼마나 참아왔는지, 얼마나 힘겨웠는지 서러운 눈물이 쏟아져 내렸다. 선이는 그런 막내를 보며 눈시울을 붉혔다. 막내는 어릴 때부터 늘 혼자 참고 견디는 것에 익숙한 아이였다. 좀처럼 싫은 티를 내거나 불편함을 내색하지 않았다. 그래서 별명이 곰이었다. 선이는 그런 막내가 얼마나 아팠을지, 혼자 끙끙대며 참아왔을지 안 봐도 훤히 꿰뚫어 볼 수 있었다. 자식 셋을 키워내느라 제 몸을 챙기지 못하는 막내가 가여워 애를 끓였다.

— 차라리 내가 아픈 게 낫지. 내는 못 먹고 힘들어도 된다아. 내는 어찌

되어도 괜찮다. 그런데 니 눈에 눈물 나는 꼴은 나는 못 본다아.

선이가 울먹이며 내뱉자, 막내도 둘째 언니도 소매 끝으로 눈물을 훔쳤다. 이럴 때 엄마가 있었으면 막내가 저리 힘들진 않았을 텐데 하고 선이는 생각했다.

그렇게 막내는 또 언니의 짐이 되기로 했다. 불과 몇 해 전에도 막내가 이유 없이 쓰러져 몸져누웠을 때, 선이는 막내 집에 눌러앉아 막내를 보살피고 집안일을 도왔었다. 그때 선이는 막내 곁에, 막내는 혼자 된 선이 언니가 가까이 있기를 원했다. 그것이 두 사람 모두에게 서로를 위하는 방법임을 알기까지 오랜 시간이 걸렸다. 선이는 몸이 약한 막내를 보살피고 도울 수 있게 간호조무사자격을 취득해 병원에서 일했다. 붉은 피의 고리로 연결된 사람들. 선이는 무슨 죄로 늘 막내를 돌봐야 하는 덫에 걸린 것일까? 막내는 자신이 지켜주고 싶었던 선이 언니에게 오히려 짐이 되기만 하는 현실이 피할 수 없는 숙명이라고밖에 설명할 길이 없었다.

17
다섯 번째 계절

그해 푸른 하늘이 맑고 높은 날, 선이는 천안을 떠나 청명으로 이사했다. 그곳에는 시골집이 그리워 자연과 더불어 글을 쓰며 살겠다는 막내가 전원생활을 시작했고, 막내와 지척에 환희가 살고 있었다. 막내는 죽을 고비를 넘긴 뒤 키다리 아저씨 같은 존재, 중학교 담임선생님을 떠올리고 찾아 뵈었다. 선생님은 "수아야, 니는 왜 책을 안 쓰노? 꼭 글을 써라!"라고 오십이 넘은 제자에게 힘주어 말했다. 할머니가 된 선생님은 손자들을 돌봐주느라 서울에 있는 큰딸 집에 머물고 있었다. 선생님은 서울은 싫다며 막내와 가까운 곳에 시골집을 알아보는 중이었다.

선이는 환희가 사는 임대아파트에 짐을 풀었다. 환희는 막내네 회사에서 일했다. 환희는 이모부인 태준에게 회사경영을 배우느라 열심이었다. 막내와 태준을 부부의 연으로 이어준 것은 선이의 남편이자, 막내의 형부인 태준이었다. 태준이라는 이름을 가진 두 사람은 늙은 부모를 부양하며 형제들을 돌보며 살았고, 운명처럼 이름마저도 같았다. 그래서인지 친형제보다 서로 더 의지하고 정이 깊었다. 태준은 먼저 세상을 등진 형님 태준의 장례식장에서 다짐했었다. '형님, 환희는 제가 아들로 생각하고 돌볼 테니 저세상에서는 아무 걱정 말고 편히 잠드세요.' 태준은 형처럼 의지했던 태준과의 그 약속을 지키려고 애썼다. 선이와 막내는 그런 태준이 고마웠다.

선이는 이사한 후 낯선 곳에 채 적응도 하기 전 집안에 갇힌 신세가 되고 말았다. 코로나19 바이러스가 세상을 잠식하는 바람에 문밖으로 한 발짝도 나가지 못했다. 바이러스는 어디서 어떻게 발생했는지 그 진원지도 불분명하게 온 세계를 뒤덮었다. 나라에서는 되도록 외출을 금하여 사람들은 집안에 발이 묶였고, 도시는 마비 상태가 되었다. 하얀 마스크를 쓴 사람들은 눈 마주치기를 거부했다. 접촉을 불허했고 세상은 바이러스 공포에 꽁꽁 얼어붙었다. 뉴스에서는 설 명절에도 가족 다섯 명 이상 모이는 것을 금지했다. 선이는 덜컥 겁이 났다. 이사를 오자마자 황당한 사태를 맞다 보니 혼돈 속에 불안한 나날이었다. 가끔 마스크를 하고 막내가 다녀갔지만 오래 머물지 않았다.

추운 겨울 어느 날, 막내는 선이에게 다녀간 뒤 고열에 시달렸다. 열이 나는 증세가 있는 사람은 의무적으로 코로나 검사를 받아야 했다. 막내가 검사를 받기 위해 간 날, 병원 건물 밖에 설치된 검사장에는 코로나 검사를 받으려는 사람들의 줄이 병원 건물을 한 바퀴 돌고도 모자라 그 끝이 보이지 않았다. 줄을 선 사람들은 추위에 벌벌 떨며 대열을 지켰다. 검사 결과 막내는 코로나 확진을 받았다. 확진자와 접촉한 사람들은 모두 의무적으로 코로나 검사를 받아야 했다.

바이러스는 침이 발사하는 공기를 통해 일파만파 사람들에게 침투되었다. 다행히 선이는 감염되지 않았지만, 막내는 안방에 혼자 격리되어 산통에 버금가는 고통에 시달렸다. 목이 갈라져 침을 삼키기도 힘들었고, 생선 가시가 걸린 듯 갑갑했다. 후각도 미각도 기능을 멈췄다. 음식 맛을 느끼지 못했고 뼈가 끊어지는 듯한 통증에 어어 소리 내 울었다. 아픈 막내에게 오도 가도 못하는 선이는 안타까워 마음을 졸였다. 선이는 뉴스를 통해 보는 세상이 공포스러웠다. 하루에 확진자 수는 몇만 명씩 불어나고 사망자도 늘어만 갔다. 그러던 날 친정집에서 전화 한 통을 받았다. 올케언니였다. "고모! 오빠가 위독합니더. 병원에서 면회도 안 된다하네예."라고 말하며 가족조차도 면회가 안 된다고 했다.

오빠는 중환자실에 격리되어 오롯이 혼자 버티다 결국 그곳을 살아나오지 못했다. 곳곳에 흩어진 가족들이 병원에 도착도 하기 전 마지막 숨을 거두었다. 집안에 하나 남은 기둥마저 잃어 억장이 무너진 가족들은 장례식에서 마스크를 낀 채 얼굴을 마주했다. 옥이를 찾겠다고 전국을 떠돌아다니는 큰언니의 모습은 볼 수 없었다. 오빠는 이제 겨우 환갑을 지낸 젊은 나이였다. 환갑을 몇 달 앞두고 죽은 아버지보다 1년을 더 살아낸 것을 자축한 지도 얼마 되지 않았던 터였다.

오빠가 죽음을 통보받기 보름 전쯤 되는 날이었다. 오빠는 밤늦게 선이에게 전화한 적이 있었다. 과묵하고 말이 없는 오빠는 살면서 먼저 전화한 적 없이 한 번도 없었다. 평소 같지 않은 오빠의 행동에 선이는 깜짝 놀랐었다.

― 오빠가 우짠 일이라예? 살다 별일 다 보겠네.
― 선이야! 고마 니가 고향에 들어와 이 가게를 해라아! 어차피 이 가게는 니가 다 일궜다아이가.
― 그게 무슨 말이라예? 이제 와서 내가 그리 가건 뭐 하겠습니꺼? 이곳에서 막내랑 잘 지냅니더. 마음에 두지 마이소. 내는 내 할 일을 했을

뿐이라예.

선이는 오빠의 그 말에 울컥 눈물이 났다. 아버지 곁에서 고생한 지난 세월의 설움이 녹아나는 것 같았다. 평생 표현이라고는 할 줄 모르던 오빠의 그 한마디가 마지막 유언이 될 줄은 그때는 꿈에도 몰랐다.

오빠는 아버지와 엄마가 나란히 누운 고향 땅에 묻혔다. 오빠는 그렇게 그리워했던 엄마를 만났을까? 선이는 먼 나라에서 고생하다 귀국할 아버지를 볼 낯이 없어 바다로 몸을 던진 엄마의 심경을 이제는 알 것 같았다. 오빠밖에 몰랐던 엄마, 장남이자 2대 독자인 오빠가 학교에서 사고를 당하고 서울로 도망가자 죽기로 결심한 엄마. '소리 안 나는 총이 있으면 한 줄로 세워놓고 다 쏴 버리고 싶다.'라고 절규하던 엄마. 엄마는 죽기 몇 일전 그런 악담을 쏟아냈었다. 자기 배 아파 낳은 자식들을 향해, 평생 장애를 안고 살아야 하는 딸을 향해 거침없이. 엄마는 끝날 것 같지 않은 깊은 수렁에서 자식들의 고통도 끝내주고 싶었는지도 모르겠다. 선이는 혼자 힘들게 환희를 키워내며, 엄마를 그리워하면서도 원망도 했다가 죽고 싶었을 엄마의 그 마음을 헤아렸다. 오죽하면 그랬을까? 오죽하면. 엄마를 잃고 자기 인생을 내팽개쳐 버렸던 오빠는 엄마 품에 안겨 서러운 울음을 토해 내겠지. 선이는 그곳에서는 그들이 더는 외롭지 않길, 오순도순 함께하기를 온 마음으로 빌었다.

오빠의 장례를 치르고 돌아오는 길에 선이는 깊은 산골에 홀로 갇혀 있는 태준의 납골당을 찾았다. 살아생전 태준이 아끼던 조카들도 함께였다. 몇 년 만에 가는 길이었지만 어제 다녀간 듯 익숙했다. 선이는 급작스레 세상을 등지고 간 태준이 한 몸 편안히 누울 자리마저 마련하지 못해 두 발을 동동거렸었다. 그렇게 급히 마련한 옹색한 납골당에 태준을 가두어놓은 것이 미안했다. 선이는 멀리 있어 자주 찾아오지 못했다. 그것이 마음에 걸려 조카들에게 자주 들려달라고 부탁했었다. 큰조카는 삼촌이 그리 간 게 자기 탓이라며 자기 몫을 하려고 애썼다. 할머니를 요양원에 모시고 환희에게도 마음을 썼다. 선이 앞에 고개를 못 드는 큰조카에게 선이는 다 지난 일이라며 가만히 등을 두드려주었다. "환희 아빠, 갑갑하지요. 내가 멀리가 있어 자주 못 옵니더. 좋은 자리 마련해 꼭 모시러 올게요."라고 선이는 태준에게 말을 건넸다. 여유가 생기면 밝고 넓은 곳으로 자리를 옮겨주리라 다짐하며 두 손으로 정성 들여 유골이 든 항아리를 닦았다. 평생 선이를 지켜보던 시어머니와 시댁 식구들은 환희에게 자주 그런 말을 했다. "세상에 너거 엄마 같은 사람은 없다이. 젊은 나이에 혼자 되어 환희 니를 떠맡기고 갈 줄 알았다이. 평생 재가하지 않고 저리 혼자 살 줄은 몰랐다아. 환희 니가 엄마한테 잘 해라이."라고.

그해 겨우내 선이는 안타깝게 죽은 오빠 생각에 오열하는 날이 많았다. 태준을 잃고 악몽에 시달리던 그때로 돌아가고 있었다. 좁은 아파트에 갇혀 언제 끝날지 모르는 코로나바이러스의 공포에 선이는 멍한 상태로 의욕을 잃어갔다. 낯선 곳에서 맞닥뜨린 코로나19라는 기이한 세상. 막내 가까이 왔는데도 막내를 볼 수 없어 갑갑했다. 더구나 벌이도 없이 자식에게 얹혀 지낸다는 자괴감에 한 푼이라도 보태 주지 못하고 밥을 축내고 있는 자신의 처지가 편치 않았다. 코로나 여파로 문 닫는 상점들이 늘어나 일자리를 구할 형편도 아니어서 선이는 까맣게 속을 태웠다. 아무것도 손쓸 수 없는 하루하루 버텨내던 어느 날, 선이는 방바닥을 닦다 말고 손에 걸레를 든 채로 텔레비전 앞으로 자석처럼 끌려갔다. 누군가가 부르는 노랫소리에 귀를 곧

추세우고 그 자리에 못 박히듯 멈췄다. 저도 모르게 펑펑 눈물을 쏟으며.

내 손에 잡은 것이 많아서 손이 아픕니다.
등에 짊어진 삶의 무게가 온몸을 아프게 하고
매일 해결해야 하는 일 때문에 내 시간도 없이 살다가
평생 바쁘게 걸어 왔으니 다리도 아픕니다.

내가 힘들고 외로워질 때 내 얘길 조금만 들어 준다면
어느 날 갑자기 세월의 한복판에 덩그러니 혼자 있진 않겠죠.
큰 것도 아니고 아주 작은 한마디
지친 나를 안아 주면서
사랑한다, 정말 사랑한다는 그 말을 해준다면
나는 사막을 걷는다 해도 꽃길이라 생각할 겁니다.

온몸에 퍼져오는 전율, 그것은 자신을 위해 불러주는 노래였다. 노래를 듣고 있던 선이의 가슴은 강물처럼 출렁거렸다. 뜨거운 눈물이 비 오듯 흘러내려 얼굴은 눈물범벅이 되었다. 선이는 꾹꾹 눌러온 슬픔을, 외로웠던 자신을 마주했다. 정든 고향을 떠나와 낯선 이 도시에 홀로 갇혀 있는 자신이 불쌍했다. 선이는 방바닥에 퍼질러 앉아 아이처럼 엉엉 울었다. 자신을 두고 떠나버린 사람들의 얼굴이 스쳐 갔다. 엄마와 태준, 옥이, 그리고 아버지와 오빠까지. 선이는 살아생전 더는 아무도 잃고 싶지 않았다. 누군가를 떠나보내고 그 고통을 안고 삭여온 세월에 절레절레 고개를 흔들었다.

선이를 얼어붙게 만든 노래는 임영웅이라는 무명 가수가 부른 노사연의 〈바램〉이었다. 그 노래는 선이에게 무엇보다 큰 위로였다. 선이는 그날부터 '미스터 트롯'이라는 트로트 가수 우승자를 가리는 프로그램에 출전한 임영웅이라는 무명 가수를 응원하기 시작했다. 아무도 만날 수 없는 갇힌 세계, 벌이도 손에 쥔 돈도 없이 헐벗은 한겨울을 겪던 선이는 임영웅의 노래를 들으며 위로를 받고 견뎠다. 홀어머니와 아픈 상처를 딛고 일어선 그와 동질감을 느끼며 그가 우승하기를 간절히 바라는 마음으로. 그 마음은 비단 선이만의 것이 아니었다. 수많은 이의 표를 받아 '미스터트롯' 진을 차지한 가수 임영웅, 그를 응원하고 지지하는 그 열풍은 코로나를 덮을 만치 강력했다. 젊은 날 자신의 이름을 잃고 살아온 엄마들에게 위로를 건넨 노래의 힘, 영웅이라는 이름처럼 그 가수는 나이 든 어머니들의 영웅이 되었다. 잠시 반짝하는 유행이 아니라 그 세대의 문화현상처럼.

3년이라는 우중충한 코로나 시국을 점차 벗어나며 뜨거운 여름이 왔다. 어느덧 선이는 회갑을 맞았다. 선이는 평소 입버릇처럼 말했다. "나는 아무것도 필요 없다아. 영웅이 콘서트 한번 보는 게 소원이다. 내 회갑 선물은 그거 하나면 된다."라는 말에 환희와 막내는 콘서트 표를 구하기 위해 피켓팅 대열에 합류했다. 순식간에 매진되는 표를 구하기 위해 환희는 각지에 흩어져 있는 친구들에게 부탁하여 피시방에 미리 대기하는 전쟁을 치렀다. 막내도 예매사이트 링크에 접속하여 이만 명이 넘는 순번을 기다리며 가슴을 졸였다.

파란 풍선이 피어오르는 긴 대열에 파란 스카프를 매고 한 손에 파란 풍선을 든 선이가 아이처럼 들뜬 모습으로 활짝 웃고 있었다. "엄마! 저기 좀 봐요." 환희는 손가락으로 하늘을 가리켰다. 푸른 하늘 흰 구름도 사이로 파란 풍선들이 날아다녔다. 선이는 하얀 뭉게구름이 된 기분이었다. 사람들의 환호와 박수 소리로 올림픽 광장은 떠나갈 듯했다. 터져 나오는 함성이 지나가는 차량을 멈추게 했다. 선이는 그 대열 속에 서 있는 자신을 믿을 수 없었다. 가슴이 벅차올라 줄을 서 있을 뿐인데도 속눈썹을 뚫고 물기가 배어 나왔다. 가수가 되겠다던 어릴 적 꿈이 생각났다. 가수 혜은이를 만나러 서울을 가보겠다던 어린 날의 다짐도. 세월이 흘러 흰머리가 희끗희끗하고 눈가에 주름이 늘었지만, 노래를 좋아하는 선이는 그대로였다. 선이는 그리도 간절했던, 표구하기가 하늘의 별 따기라는 임영웅의 콘서트를 눈앞에 두고 있었다. 살아 있으니 이런 기쁜 날도 오는구나! 환희도 흥분하여 엄마 손을 잡고 사람들 틈새를 헤쳐 나갔다. 환희는 엄마가 저리 활짝 웃는 모습을 본 적이 없었다. 카메라 셔터를 쉴 새 없이 눌러 웃는 엄마를 사진으로 담았다. "꿈만 같다아! 영웅이 노래를 무대 앞에서 직접 볼 수 있다니! 내 소원이 이루어지다니 고맙다, 환희야!"

　그날은 선이에게 생애 최고의 날, 선이가 환갑을 맞은 날이었다. 지금껏 선이는 살아내고 견디느라 자기 생일을 챙기지 못하고 살았다. 자신은 죽을 것처럼 힘들어도 제자리를 지키는 것, 그것이 곁에 있는 사람들을 사랑하는 선이의 방식이었다. 선이는 받는 것에 익숙하지 않았다. 무엇이든 자신이 주어야 마음이 편했고, 그 무엇도 해줄 수 없을 때는 마음이 아팠다. 그리라도 살아 있으니 보게 된 세상, 자신이 원하던 것을 아들과 함께 누리는 이 시간이 꿈만 같았다. 옆에서 환하게 웃는 아들의 얼굴, 그것으로도 충분히 감사했다. 화려한 무대, 임영웅이 직접 부르는 노래를 들으며 선이는 감격에 겨워 눈시울을 붉혔다. 가슴 밑바닥 저 깊은 곳에서 소리 없이 퍼지는 울음. 태준도 함께라면 얼마나 좋을까? 선이는 가만히 태준을 불러보았다. 다시 만나게 되는 날엔 그를 꼭 안아주리라, 그 외로웠을 시간을 함께하리라. 선이는 이제 아무 바랄 게 없었다. 곁에 있는 환희도 건강하고 시골에 이사한 후 막내도 건강하게 지냈다. 선이는 살아 있는 것이 감사해서 입버릇처럼 늘 같은 말을 되뇌었다. "세끼 밥 먹고 사는 걱정 안 해도 되고 이만하면 잘 살았다. 내 평생 제일 좋아하는 영웅이 무대도 보고 더 바라면 욕심이제."라고.

해가 바뀌고 햇살 좋은 5월이 왔다. 도로변 가로수에는 이팝나무가 한창이었다. 온통 흰 쌀 꽃을 주렁주렁 매달고서. 선이는 큰길에서 잘 보일 수 있도록 가게 입간판을 내다 세웠다. 입간판에는 짤막한 문구 하나가 쓰여 있었다.

흰 쌀밥 한 그릇 드시고 가이소. 오늘은 다 공짜라예. -흰 쌀밥 나무집-

작은 식당 안에는 2인용 테이블 네 쌍과 4인용 티이블 하나가 놓여 있었다. 밝고 화사한 원목을 덧대어 만든 벽과 노란 병아리를 떠올리는 인조가죽 의자들이 편안한 느낌을 주었다. 선이는 매달 마지막 일요일에 무상으로 밥을 제공하는 나눔을 실천했다. 그날만큼은 막내와 환희도 소매를 걷고 도왔다. 주로 인근에 사는 독거노인과 정부 보조금으로 연명하는 사람들이 찾아왔다. 선이는 배고프고 힘든 고통이 어떤 건지 알기에 끼니조차 제대로 못 먹는 사람들에게 따뜻한 밥 한 그릇 나누는 삶을 꿈꾸었다. 선이의 깊은 뜻을 알고 막내와 환희가 의기투합하여 작은 식당을 차렸고, 선이는 바라던 꿈을 이루었다. 식당 이름은 '흰 쌀밥 나무집'이었다. 흰 쌀밥나무는 모두가 배고팠던 시절, 조상들이 흰 쌀 꽃을 보며 배고픔을 달래고, 굶어 죽은 아이를 그 나무 아래 묻었다는 전설을 가진 나무였다. 다음 생엔 배불리 먹기를 기원하고 부귀영화를 염원하던 나무, 나눠도 나눠도 계속 피어나는 흰 쌀 꽃처럼 베풀고 살려는 선이의 바람을 담은 이름이었다. 선이는 무상이라고 볼품없는 밥상을 내놓지는 않았다. 갓 지은 흰 쌀밥과 멸치육수를 우려낸 된장 시래깃국, 계절 따라 나물 반찬을 곁들였다. 소담하나 정성을 들인 한 끼였다. 선이는 임대아파트에 월세로 살면서도 무료 급식을 이어갔다. 어쩌다 옥이를 닮은, 옥이가 살았으면 저 나이는 되었겠다 싶은 손님을 볼 때면 가슴이 철렁 내려앉았다.

선이는 혼자가 되어 힘들 때, 배낭 하나를 메고 부산에 있는 장애인 보호 시설을 찾아다니며 옥이의 행방을 쫓아다니기도 했었다. 어디에서도 옥이의 흔적을 찾을 수 없었다. 평생 가슴에 묻고 살았던 옥이. 선이는 자신이 베풀고 살면 옥이도 어디선가 누군가에게 보살핌을 받으리라 믿었다.

― 더 가지면 뭐 하나, 남한테 손 안 벌리고 내 벌어 지금 묵을 것 있으면 됐지. 재어놓고 살면 뭐 할 끼고, 어차피 다 가져갈 것도 아닌데.

선이는 살아오는 내내 없는 자였고, 지금도 마찬가지였다. 없는 자의 설움이 몸에 녹아들어 같은 처지인 사람들을 연민했다. 선이는 가난하거나 몸이 불편한 사람들을 마주할 때면 아버지와 옥이를 떠올리며 뭐라도 도우려고 했다. 어디선가 '언니, 배고파!' 하고 옥이가 나타날 것만 같았다. 선이가 흰쌀밥 나무집을 그만둘 수 없는 이유였다. 모두에게 약속된 날, 누구도 어기지 않는 그날은 선이의 목소리가 제일 밝고 높은 날이기도 했다.

그날도 가게 문을 열어두고 선이는 주방에서 분주했다. 이른 시간인데 벌써 누군가 식당 안으로 들어오고 있었다. 마흔 남짓한 여자였다. 선이는 그녀와 눈을 맞추고 살갑게 맞이했다. 그녀는 길 건너 떡방앗간 딸이었는데 떡집에서 만나 얼굴을 익혀서인지 혼자서도 선이를 찾아왔다. 선이는 그녀를 옥이를 보듯 말을 걸고 다정하게 대했다. 그녀는 늙은 부모와 함께 살고 있었지만, 떡집에 매달려 사는 그들에게 이 딸은 평생의 멍에였다. 선이는 그들의 고된 삶에 말 못 하는 자식까지 거둬야 하는 고충을 보고 들으며 그 옛날 아버지의 마음을 이해하게 되었다. '너거한테는 절대 이 짐 지우지 않을 끼다. 옥이는 내가 데려갈 끼다!'라고 입버릇처럼 말하던 아버지. 아버지는 어쩔 수 없이 끝내 옥이를 시설에 버리고 말았지만 자기 자신을 위해서가 아니었음을 지금은 그 마음을 알고도 남았다. 하나뿐인 아들의 앞길을 막을까, 다른 자식들에게 평생 걸림돌이 될까 염려한 그것이 진심이었음을. 핏줄을 끊어내어야 했던 아버지의 속은 어떤 핏빛이었을까? 아버지의 유품 중에는 삐뚤삐뚤한 글씨로 김수옥이라고 적은 공책이 하나 있었다. 아버지는 그 이름을 수없이 새기며 죽는 날까지 속죄하며 살았던 것일까? 자식을 길러 본 뒤에야 와 닿는 진실이라니. 선이는 아버지를 생각하면 가슴이 먹먹했다.

선이는 해가 뜨면 열심히 몸을 움직여 일하고 밤이 찾아오면 깊은 잠을 잤다. 직장을 나갔다가 차를 몰고 집으로 돌아오는 환희를 보며 무탈한 하루에 감사했다. 장성한 환희가 곁에 있고 막내가 가까이 있으니 아무 두려움도 걱정도 없었다. 일주일이 멀다 하고 막내를 볼 수 있었다. 막내와 함께하는 일이라야 별것 없었다. 달라진 게 있다면 선이가 해다 나르던 반찬을 이제는 막내가 싸 들고 왔다. 막내는 선이의 눈 밑이 파르르 떨리는 것을 보고 마그네슘이 부족하다며 영양제를 사 오는가 하던, 고생하느라 가꾸지 못한 주름살을 펴주겠다며 콜라겐 성분이 든 화장품을 바르고 영양제를 먹게 했다. 선이는 막내가 선물한 화장품과 옷가지를 제일 아끼고 마음에 들었다. 선이는 막내와 함께 맛있는 음식을 먹고 향긋한 차를 마시며 여가를 즐기는 그 시간이 어릴 적 고향 집에서 수제비를 먹을 때처럼 행복했다.

선이는 세끼 밥을 먹을 수 있고 몸을 움직여 할 수 있는 일이 있음에 감사했다. 막내는 그런 소박한 것에 행복해하는 선이를 보며 간절하게 기도했다. 지금처럼 언니가 오래도록 행복했으면 하고. 막내는 행여 자신이 먼저 세상을 떠난다면, 혼자 남은 선이 언니가 그 아픈 세월을 또 어떻게 살아낼지 그것만은 막고 싶었다. 언제가 될지 모르지만, 뜻대로 되는 것이 아닌 줄도 알지만, 선이 언니를 두고 먼저 저세상으로 가는 형벌은 면하게 해 달라고 빌었다. 막내는 그런 생각만으로도 절레절레 머리를 저었다. "만약에 엄마가 잘못 되어 먼저 세상을 떠나더라도 선이 이모는 네가 끝까지 보살펴줘. 엄마라 생각하고. 그것만 부탁할게."라고 막내는 아들에게 선이 언니의 여생을 당부하며 눈시울을 붉혔다. 선이 언니에게 기대 살아온 세월이 고맙고 미안해서, 운명이란 게 뜻대로 되는 것도 아니어서, 온 우주의 기운을 끌어모아 언니의 생에 마지막 이별은 자신이 남아 정중히 배웅할 수 있기를 기도했다. 언니의 생에 끝까지 남아 지켜줄 수 있기를!

― 언니, 가수가 꿈이었잖아! 〈전국노래자랑〉 한번 나가볼래?
― 이리 늙어 노래는 무슨!
― 백세시대 인생 2막은 이제부터 시작이야! 진짜 하고 싶은 거, 되고 싶은 거 한번 해봐야지!

막내는 노래를 좋아하고 실력도 빼어난 선이를 위해 노래교실에 이미 등록을 해두었다. 선이는 못 이기는 척 막내를 따라나섰다. 아이처럼 가슴이 콩닥거렸다.

2부 　　　흰 쌀 꽃 나무집, 쌀밥 퍼주는 부인

작가의 말

오십이 훌쩍 넘어서야 첫 소설을 쓰기 시작했습니다. '바비레타'라는 그 한마디 단어에 이끌려서요. 여름에서 가을로 가는 사이의 가장 눈부신 때, 하늘이 가장 높고 푸른 청명한 그 짧은 시기를 러시아에서는 '바비레타'라고 합니다. 봄, 여름, 가을, 겨울 사계절에 '바비레타'라는 이 시기를 더 해 제5 계절, 다섯 번째 계절이라고도 한다네요. 젊은 날을 몸 바쳐 치열하게 살아낸 중년여성들의 아름다움이, 젊음의 눈부신 아름다움보다 더 값지다는 의미를 담고 있습니다. 중년여성에게 존경과 찬사를 담아 보내는 특별한 의미의 단어지요.

지금껏 목마르게 찾고 있던 어떤 의미를 그 한 단어에서 발견하게 되었어요. 가슴 뛰는, 고맙기도 한 발견이었습니다. 마치 『리스본행 야간열차』에서 주인공 그레고리우스가 "포르투게스"라는 스페인어 한마디에 홀려 리스본으로 떠나갔듯이, '바비레타'라는 그 단어는 강렬하게 가슴에 와 박혔습니다. 몇 해 전 예술의 전당에서 공연한 〈당신은 바비레타에 살고 있군요〉라는 연극을 보게 되면서요.

원형극장을 떠올리는 무대,
객석 어딘가에서 불쑥 뛰어나와 무대에 난입한 여인들,
일곱 개의 핀 라이트 아래 내장을 끊어내듯 춤추는 맨발의 여인들,
그녀들의 움직임은 비에 젖은 듯 흐느끼고 있었다.
누구의 엄마, 누구의 딸, 누구의 아내로 살며
잃어버렸던 자신의 이름을 되찾겠다고 절규하며.

일순간 관객들은 숨이 멎은 듯 빨려들었어요. 배우들의 열연에 전율이 일었지요. 객석에서 소리죽여 흐느끼던 울음소리는 점점 음향을 삼키며 봇물 터지듯 터져 나왔습니다. 울컥울컥 솟아나는 울음을 주체할 수가 없었지요. 배우들도, 우는 여인들도 대부분 중년여성이었습니다. 자신의 이름을 잃고 살아온 세월에 바치는 눈물의 합창, 그 광경을 지켜보면서 저는 누구보다도 더 깊은 울음을 삼키고 있을 한 여인을 떠올렸어요. 그 순간 무대 위에서 온몸으로 절규하는 배우들의 모습이 나의 셋째 언니의 모습이 아닐까, 소설의 주인공 선이는 그렇게 탄생했습니다.

1978.8.14 그날 밤은 유독 거센 비바람이 휘몰아쳤다. 해 질 무렵, 동네 마실 간다며 집을 나간 엄마는 그날 밤 돌아오지 않았다.

몇 줄 쓰다 터져버린 울음, 한 꼭지를 써내는데 울다 지쳐 쓰다 덮기를 반복했습니다. 십수 년이 지나 글로 쓰는 지금도 이럴진대, 하루아침에 엄마를 잃고 어린 동생들을 위해 열여덟 나이에 엄마 노릇을 하고 살아야 했던 선이의 세월은 어땠을까요? 살아갈수록 그 숭고한 삶에 고개 숙이게 됩니다. 무엇으로도 그 세월을 되돌려줄 수 없어, 쓰지 않고는 배길 수 없어

작가의 말

용기를 냈습니다. 세상에 소중하지 않은 사람은 없으니까요. 묻어버리기에는 너무 안타깝고 아름다운 삶. 언니의 희생에 기대어 살아왔던 날들에 감사하며 그 인생을 기록으로 남겨 위로하고 싶었습니다.

이 소설은 어느 날 스스로 생을 마감한 엄마를 잃고 어린 나이에 한 집안의 엄마가 되어야 했던 선이의 고통스러운 삶의 이야기입니다. 어른이 되어 결혼한 선이는 IMF 시국에 남편마저 극단적 선택을 하는 비극을 맞습니다. 세상에서 둘도 없는 소중한 사람을 잃고 상실의 아픔에 허우적거리는 선이의 삶은 시련의 연속이지요. 그런 속에서도 자신보다 가족을 지키기 위해 살아가는 선이, 서로를 위해 희생하고 헌신하며 지켜낸 가족이라는 울타리, 그 사랑의 힘이 얼마나 위대하고 아름다운지 두 자매의 삶을 통해 비춰봅니다. 개인주의로 치닫는 1인 가구 시대에 자살률은 세계 1위라는 오명을 둘러쓴 우리의 착잡한 현실에 온기가 스며들기를 바라면서요.

사랑을 베풀고 나누는 삶에 우리는 더 귀한 가치를 둡니다. 세상에서 고유한 나, 그 존재를 지키고 귀히 보듬으며 사는 것, 자신을 사랑하는 삶은 그런 삶이라 여깁니다. 그러나 자신을 지킬 줄조차도 모르는 이들에게는 누군가의 도움의 손길이 필요하지요. 그것이 가족이거나 이웃이거나 선한 마음과 따뜻한 인간애로 지켜가는 사람들, 그런 사람들이 존재하기에 세상은 아름답게 빛난다고 믿습니다. 자신보다 가족을 위해 희생하며 힘겨운 세월을 살아낸 선이 언니, 그 시대 베이비붐 세대의 수많은 선이가 있었지요. 그들의 희생이 있었기에 지금을 살아가는 세대에게 희망이 있었다고 봅니다. 이 소설은 그들에게 감사하고 따뜻한 위로를 전하고자 했습니다.

덧없이 헤맸던 날들의 어리석음도 살아가는 과정의 일부였음을, 그 모두가 사랑함이었다는 것을 이제는 압니다. 글을 쓰는 과정에서 비로소 아픈 상처를 매만질 수 있어 좋았습니다. 더 깊이 이해하고 사랑하게 된 사람들, 그것만으로도 충분히 감사할 따름입니다.

글을 쓰겠다는 생각으로 시골집으로 이사를 단행한 후, 2023년 봄에 시작한 이 글은 군에 입대한 아들이 제대하고 복학하는 즈음에야 퇴고했습니다. 리트 시험을 준비하던 딸과 함께 지역도서관과 카페를 전전하며 초고를 썼고, 긴 집필 기간에 외부적으로도 부딪히고 마음이 힘들어 쓰다 접기를 반복했습니다. 글을 쓰는 동안 늘 혼자가 되어야 했던 남편과 늙은 반려견에게 미안하고 도와준 큰딸에게 고마웠습니다. 가족뿐 아니라 모든 관계에 소홀할 수밖에 없었지요. 자발적 거리두기로 소원했을 관계에 질끈 눈을 감았습니다.

20년 가까이 함께 책을 읽고 문학기행을 다니며 같은 곳을 바라봤던 '문행' 친구들과 글쓰는 친구의 시간을 뺏지 않으려고 김밥을 싸들고 먼 길 달려와 응원했던 소중한 벗 L에게도 깊은 감사를 드립니다. 글을 쓰라 채찍질했던 중학교 담임이었던 은사님과 소설이 될 수 있다는 믿음을 준 책과강연 이정훈대표님, 김태한대표님, 독자의 눈으로 글을 봐준 김은아 작가님께도 머리숙여 감사합니다. 함께 새벽을 밝히며 치열하게 글을 썼던 책과강연의 글벗들이 있어 끝까지 쓸 수 있었네요.

내 글에 확신이 없어 흔들릴 때, 감수성 수업을 통해 '단어도 문장도 문장부호 하나하나도 건드릴 것이 없는 단정함과 섬세함이 김정아님 글의 장

작가의 말

점'이라며 차후 자서전이나 책을 꼭 내보라고, 계속 좋은 글을 써보라며 멘토링해주셨던 정여울 작가님께도 감사 말씀 전합니다. 그 덕분에 끝까지 나아갈 수 있었습니다. 그리고 초보 작가의 원고를 책으로 나오게 해준 출판사 관계자분들께도 감사합니다. 무엇보다 퇴고 막바지에 16년을 함께했던 내 영혼의 단짝 친구, 반려견이 무지개다리를 건너게 된 사연은 오래도록 가슴 아픈 기억으로 남을 듯합니다.

글을 쓴다는 것은 사치인지도 모르겠습니다. 엄마로서 아내로서 해야 할 역할을 내려놓고 소설 속 인물들과 이야기를 나누고 교감하며 그들과 함께해야 했으니까요. 그들은 나의 부모와 형제와 이웃이거나 친구이기도 한, 그저 자기 삶을 살아간 평범한 사람들입니다. 그들이 못다 한 말을 듣고 싶었고, 그들의 삶이 누군가에게는 이해받기를 바라는 마음으로 글을 썼습니다. 이 소설은 이름 없이 죽어간 사람들, 사회적 약자들의 이야기를 살리려 분투했어요. 세상에 소중하지 않은 사람은 없으니까요. 자신의 이름을 잃고 가족을 위해 희생하며 살아낸 수많은 선이에게 위로와 찬사를 보냅니다. 주인공 선이는 바로 우리들의 어머니, 우리 자신의 이야기일지도 모릅니다.

수많은 사람이 살아 있는 고통을 끊어내고자 제 몸을 던집니다. 소설 속 인물들처럼. 기댈 내 편이 한 사람도 없다는 생각에 혼자라는 두려움을 이기지 못하고서. 남은 사람의 고통도 떠난 사람 못지않게 균열이 갑니다. 스스로 생을 마감한 엄마, 집을 나가 소식이 없던 남편을 잃고 선이의 삶이 무너져 내렸듯이. 선이는 이제 그 누구도 잃고 싶지 않다고 외칩니다. 자살로 마감한 사람들로 인해 남은 사람들의 고통이 얼마나 큰지 잘 아니까요.

그래서 선이는 죽고자 했던 마음을 떨쳐내고 가족들을 위해 자기 앞에 생을 받아들입니다. 힘든 삶 속에서도 지금을 살아가는 자신을, 그 모습 그대로를 감사하며.

내면에 숨어 있는 자신과 똑바로 마주할 수 있을 때, 비로소 우리는 스스로 빛을 냅니다.

다섯 번째 계절,

자기 모습으로 오롯이 선 계절,

살아온 모든 날을 기어이 껴안으며 오늘을 사는 우리 모두에게 위로와 찬사를 보냅니다.

2025년 하늘은 높고 푸르고 새가 지저귀는 6월,

고포리에서 김정아